Das Buch

»Mit den Menschen, wie sie nun mal waren, mochten sie kämpfen, mochten sie lieben, mochten sie morden: ich wollte nichts damit zu tun haben.« Der englische Journalist Thomas Fowler sieht den Kolonialkrieg der Franzosen in Vietnam mit kühler Distanz. Er interessiert sich mehr für seine vietnamesische Geliebte Phuong und die asiatische Lebensart als für Politik. Der Amerikaner Aldon Pyle dagegen arbeitet angeblich für eine Wirtschaftshilfe-Organisation und will, scheinbar naiv, sendungsbewußt und demokratiegläubig, etwas Gutes tun: »... einem Land, einem Kontinent, einer Welt.« Erstaunlicherweise benutzt er Plastikbomben dazu ...

Der Autor

Graham Greene wurde am 2. Oktober 1904 in Berkhamsted (Hertfordshire) geboren und starb am 3. April 1991 in Vevey/Schweiz. Greene trat mit 22 Jahren zum Katholizismus über, lebte längere Zeit in Westafrika und Mittelamerika und zählt zu den bedeutendsten Schriftstellern der Gegenwart. Werke u. a.: ›Orient-Expreß‹ (1932, 1990), ›Ein Sohn Englands‹ (1935), ›Am Abgrund des Lebens‹ (1938), ›Die Kraft und die Herrlichkeit‹ (1940), ›Der dritte Mann‹ (1950), ›Unser Mann in Havanna‹ (1958), ›Ein Mann mit vielen Namen‹ (1988).

Graham Greene:
Der stille Amerikaner
Roman

Deutsch von Walther Puchwein
und Käthe Springer

Deutscher
Taschenbuch
Verlag

Von Graham Greene
sind im Deutschen Taschenbuch Verlag erschienen:
Ein Mann mit vielen Namen (11429)
Orient-Expreß (11530)
Ein Sohn Englands (11576)
Zwiespalt der Seele (11595)
Das Schlachtfeld des Lebens (11629)

Ungekürzte Ausgabe
Juni 1993
Deutscher Taschenbuchverlag GmbH & Co. KG,
München

Titel der englischen Originalausgabe:
›The quiet American‹

Umschlagtypographie: Celestino Piatti
Umschlagbild: Dietrich Ebert
Satz: MPM, Wasserburg
Druck und Bindung: C. H. Beck'sche Buchdruckerei,
Nördlingen
Printed in Germany · ISBN 3-423-11707-9

Liebe Phuong, lieber René!

Ich habe um Erlaubnis gebeten, Euch dieses Buch widmen zu dürfen — nicht nur im Gedenken an die glücklichen Abende, die ich im Lauf der letzten fünf Jahre mit Euch in Saigon verbracht habe, sondern auch aus einem anderen Grund: ich borgte ganz schamlos den Ort Eurer Wohnung, um darin eine meiner Romangestalten unterzubringen, und ebenso Deinen Namen, Phuong. Dies tat ich meinen Lesern zuliebe, weil dieser Name schlicht, schön und leicht auszusprechen ist, was man nicht von allen Frauennamen in Deinem Land behaupten kann. Ihr werdet beide feststellen, daß ich sonst sehr wenig geborgt habe, gewiß nicht den Charakter irgendeines Menschen in Vietnam. Pyle, Granger, Fowler, Vigot, Joe — für sie findet man im Leben von Saigon oder Hanoi keine Vorbilder. Sogar die historischen Ereignisse erscheinen hier anders gereiht. So ging zum Beispiel der große Bombenanschlag in der Nähe des »Continental« dem Zwischenfall mit den Fahrradbomben zeitlich voraus, und nicht umgekehrt. Ich habe keine Skrupel, solche Änderungen vorzunehmen. Dies ist eine Erzählung und nicht ein Stück Geschichte, und ich hoffe, daß sie als Erzählung über ein paar frei erfundene Gestalten Euch beiden einen heißen Abend in Saigon vertreiben wird. Herzlichst Euer

GRAHAM GREENE

Ich lasse mich nicht gern bewegen; denn der
Wille wird erregt; und die Tat
Ist ein höchst gefährlich Ding; stets bebe ich
vor einer Täuschung,
Einer Übeltat des Herzens, einem
ungesetzlichen Verfahren;
Denn dazu neigen wir so sehr — mit unserem
schrecklichen Begriff der Pflicht.

A. H. Clough

Wir leben im Zeitalter der Patente,
machen Erfindungen,
Um Leiber zu töten und Seelen zu retten,
Und verbreiten sie alle in edelster Absicht.

Byron

Erster Teil

Erstes Kapitel

Nach dem Abendessen saß ich in meinem Zimmer über der Rue Catinat und wartete auf Pyle. »Spätestens um zehn bin ich bei Ihnen«, hatte er gesagt, und als es Mitternacht geschlagen hatte, konnte ich nicht mehr stillsitzen und ging hinunter auf die Straße. Eine Schar alter Frauen in schwarzen Hosen hockte auf dem Treppenabsatz; es war Februar, und vermutlich fanden sie es im Bett zu heiß. Der Lenker einer Fahrradrikscha fuhr gemächlich vorüber, in Richtung Flußufer, und ich konnte den Schein von Lampen sehen, wo sie die neuen amerikanischen Flugzeuge ausgeladen hatten. Nirgends in der langen Straße war eine Spur von Pyle.

Er mochte natürlich aus irgendeinem Grund in der amerikanischen Gesandtschaft aufgehalten worden sein, sagte ich mir; doch in diesem Fall hätte er bestimmt das Restaurant angerufen — er nahm es mit den kleinen Höflichkeitsbezeigungen peinlich genau. Schon wollte ich in meine Wohnung zurückkehren, da sah ich im Hauseingang nebenan eine junge Frau stehen. Ihr Gesicht lag im Schatten, nur die weiße Seidenhose und das lange, geblümte Gewand waren zu sehen; trotzdem erkannte ich sie. So oft hatte sie an genau derselben Stelle und zur selben Stunde auf meine Heimkehr gewartet.

»Phuong«, sagte ich — das Wort bedeutet Phönix; aber heutzutage gibt es keine Fabelwesen mehr, und nichts erhebt sich mehr aus seiner Asche. Noch ehe sie Zeit fand, es mir zu sagen, wußte ich, daß auch sie auf Pyle wartete. »Er ist nicht hier«, sagte ich.

»*Je sais. Je t'ai vu seul à la fenêtre.*«

»Du kannst ebensogut oben warten«, sagte ich. »Er wird bald kommen.«

»Ich kann hier warten.«

»Lieber nicht. Die Polizei könnte dich mitnehmen.«

Sie folgte mir in meine Wohnung hinauf. Mir fielen etliche spöttische und böse Bemerkungen ein, aber weder ihr Englisch noch ihr Französisch waren so gut, daß sie die Ironie verstanden hätte; und so seltsam es klingen mag, ich trug kein Verlangen, weder sie noch selbst mich zu verletzen. Als wir den Treppenabsatz erreichten, wandten all die alten Frauen die Köpfe, und sowie wir vorüber waren, begann das Gewirr ihrer Stimmen auf und ab zu wogen, als stimmten sie ein gemeinsames Lied an.

»Worüber reden sie?« fragte ich.

»Sie glauben, ich bin wieder nach Hause gekommen«, antwortete Phuong.

In meinem Zimmer hatte das Bäumchen, das ich vor einigen Wochen zur Feier des chinesischen Neujahrsfests aufgestellt hatte, die meisten seiner gelben Blüten abgeworfen. Sie waren zwischen die Tasten meiner Schreibmaschine gefallen. Vorsichtig zog ich sie heraus. *»Tu es troublé«*, sagte Phuong.

»Es ist gar nicht seine Art. Er ist ein so pünktlicher Mensch.«

Ich nahm meine Krawatte ab, zog die Schuhe aus und legte mich aufs Bett. Phuong zündete den Gasherd an und setzte das Wasser für den Tee zu. Das alles hätte genau so vor sechs Monaten sein können. »Er sagt, du wirst bald abreisen«, meinte sie.

»Vielleicht.«

»Er hat dich sehr gern.«

»Darauf kann ich verzichten«, sagte ich.

Es fiel mir auf, daß sie ihr Haar jetzt anders frisierte; sie ließ es schwarz und glatt über die Schultern herabfallen. Ich erinnerte mich, daß Pyle einmal die kunstvolle Haartracht kritisiert hatte, von der Phuong meinte, sie gezieme sich für die Tochter eines Mandarins. Ich schloß die Augen, und Phuong war wieder, was sie früher gewesen war: Sie war das Zischen des Dampfs im Teekessel, das Klirren einer Tasse, eine bestimmte Stunde der Nacht und das Versprechen von Ruhe.

»Er wird nicht mehr lange ausbleiben«, sagte sie, als müsse sie mich wegen seiner Abwesenheit trösten.

Ich überlegte, worüber die beiden wohl miteinander sprachen. Pyle war ein sehr ernster Mensch, und ich hatte oft gelitten unter seinen Vorträgen über den Fernen Osten, den er seit ebenso vielen Monaten kannte, wie ich Jahre dort verbracht hatte. Die Demokratie war sein zweites Lieblingsthema — er hatte sehr entschiedene und entnervende Ansichten darüber, was die USA für die Welt taten. Phuong hingegen war wunderbar unwissend. Wenn in der Unterhaltung plötzlich der Name Hitler gefallen wäre, hätte sie uns unterbrochen und gefragt, wer das sei. Eine Erklärung wäre ziemlich schwer gefallen, weil sie niemals einem Deutschen oder einem Polen begegnet war und von der Geographie Europas nur die verschwommensten Vorstellungen hatte, während sie natürlich über Prinzessin Margaret mehr wußte als ich. Ich hörte, wie sie am Bettende ein Tablett abstellte.

»Ist er noch in dich verliebt, Phuong?«

Mit einer Annamitin ins Bett zu gehen, das ist genau so, wie wenn man einen kleinen Vogel zu sich nimmt: Sie zwitschern und singen auf dem Kopfkissen. Es hatte eine Zeit gegeben, da glaubte ich, daß keine ihrer Stimmen so schön sang wie die Phuongs. Ich streckte die Hand aus und berührte ihren Arm — auch ihre Knochen waren so zart und zerbrechlich wie die eines Vogels.

»Ist er es, Phuong?«

Sie lachte, und ich hörte, wie sie ein Zündholz anstreifte. »Verliebt?« — vielleicht war das einer der Ausdrücke, die sie nicht verstand. »Darf ich dir eine Pfeife richten?« fragte sie.

Als ich die Augen aufschlug, hatte sie die Lampe angezündet, und das Tablett war bereits vorbereitet. Das Licht gab ihrer Haut die Tönung dunklen Bernsteins, als sie sich über die Flamme beugte und vor Konzentration die Stirn runzelte, während sie das kleine Stückchen Opiumpaste erhitzte und ihre Nadel rasch hin und her drehte.

»Raucht Pyle immer noch nicht?« erkundigte ich mich.

»Nein.«

»Du solltest ihn aber dazu bringen, sonst kommt er nicht wieder.« Es gab bei ihnen diesen Aberglauben, daß ein Liebhaber, der Opium rauchte, unter allen Umständen zurückkehrte, sogar aus Frankreich. Das sexuelle Leistungsvermögen eines Mannes mochte durch das Opiumrauchen beeinträchtigt werden, aber sie zogen einen treuen Geliebten dem potenten vor. Jetzt knetete sie das winzige Kügelchen heißer Paste auf dem krummen Rand des Pfeifenkopfs, und ich konnte den Duft des Opiums riechen. Kein Geruch läßt sich mit dem seinen vergleichen. Die Zeiger des Weckers neben meinem Bett wiesen auf zwanzig Minuten nach zwölf, aber die Spannung war bereits von mir gewichen. Pyle war in den Hintergrund getreten. Das Lampenlicht fiel hell auf Phuongs Gesicht, während sie die lange Pfeife vorbereitete und sich mit der ernsten Aufmerksamkeit, die einem Kind hätte gelten können, darüber beugte. Ich liebte meine Pfeife: ein über zwei Fuß langes gerades Bambusrohr, an beiden Enden in Elfenbein gefaßt. Im unteren Drittel befand sich der Kopf, vergleichbar einer umgestülpten Windenblüte; der nach außen gewölbte Rand war durch das häufige Kneten des Opiums geglättet und nachgedunkelt. Jetzt stieß Phuong mit einer raschen Bewegung des Handgelenks die Nadel in die winzige Öffnung, gab das Opium frei, drehte den Pfeifenkopf über der Flamme um und hielt mir die Pfeife mit ruhiger Hand hin. Das Opiumkügelchen wallte sanft und leise, während ich den Rauch in die Lungen sog.

Ein geübter Raucher kann den Inhalt einer ganzen Pfeife auf einmal inhalieren, aber ich benötigte dazu immer mehrere Züge. Dann legte ich mich zurück, so daß mein Nacken auf dem Lederkissen ruhte, indessen Phuong mir die zweite Pfeife richtete.

»Die Sache ist ja sonnenklar«, sagte ich. »Pyle weiß, daß

ich vor dem Schlafengehen gern ein paar Pfeifen rauche, und er will mich dabei nicht stören. Sicher wird er am Morgen vorbeikommen.«

Wieder fuhr die Nadel hinein, und ich rauchte meine zweite Pfeife. Als ich sie weglegte, sagte ich: »Kein Grund zur Beunruhigung, wirklich kein Grund zur Beunruhigung.« Ich nahm einen Schluck Tee und legte meine Hand in Phuongs Achselhöhle. »Als du mich verlassen hast, war es ein Glück für mich, daß ich dazu meine Zuflucht nehmen konnte«, sagte ich. »In der Rue d'Ormay gibt es ein gutes Haus. Was für ein Aufhebens machen doch wir Europäer von jeder Nichtigkeit! Du solltest nicht mit einem Mann zusammenleben, der nicht raucht, Phuong.«

»Er wird mich aber heiraten«, entgegnete sie. »Sehr bald schon.«

»Das ist natürlich etwas anderes.«

»Soll ich dir noch eine Pfeife richten?«

»Ja, bitte.«

Ich überlegte, ob sie bereit sein würde, heute nacht bei mir zu schlafen, falls Pyle überhaupt nicht kommen sollte. Ich wußte aber auch, daß ich kein Verlangen nach ihr empfinden würde, wenn ich vier Pfeifen geraucht hatte. Natürlich wäre es angenehm, ihren Schenkel an meiner Seite zu spüren – sie schlief immer auf dem Rücken; und wenn ich morgens erwachte, konnte ich den Tag mit einer Pfeife beginnen anstatt bloß mit meiner eigenen Gesellschaft. »Jetzt kommt Pyle nicht mehr«, sagte ich. »Bleib hier, Phuong.« Sie reichte mir die Pfeife und schüttelte den Kopf. Und als ich das Opium eingesogen hatte, machte es sehr wenig aus, ob sie blieb oder ging.

»Warum ist Pyle nicht hier?« fragte sie.

»Wie soll ich das wissen?«

»Ging er General Thé besuchen?«

»Das wüßte ich nicht zu sagen.«

»Er sagte mir, wenn er nicht mit dir zum Dinner gehen könnte, würde er hierher kommen.«

»Mach dir keine Sorgen. Er wird kommen. Bereite mir noch eine Pfeife.«

Als sie sich über die Flamme beugte, fiel mir ein Gedicht von Baudelaire ein: *»Mon enfant, ma sœur …«* Wie ging es nur weiter?

> Aimer à loisir,
> Aimer et mourir
> Au pays qui te ressemble.

Draußen am Flußufer schliefen die Schiffe, *»dont l'humeur est vagabonde«*. Ich dachte, ihrer Haut müßte ein zarter Duft von Opium entströmen, wenn ich daran röche, und ihre Farbe glich dem Schein der winzigen Flamme im Lämpchen. Die Blumen auf ihrem Kleid hatte ich an den Wasserläufen oben im Norden gesehen. Sie war in diesem Land heimisch wie eine Pflanze, und ich wollte nie mehr nach Hause zurückkehren.

»Ich wünschte, ich wäre Pyle«, sagte ich laut; doch der Schmerz war begrenzt und erträglich — dafür sorgte das Opium. Jemand klopfte an die Tür.

»Pyle«, sagte sie.

»Nein. Das ist nicht sein Klopfen.«

Wieder klopfte es, diesmal schon ungeduldig. Phuong erhob sich rasch, sie streifte gegen das gelbe Bäumchen, so daß es seine Blüten erneut über meine Schreibmaschine streute. Die Tür ging auf. »Monsieur Folaire«, sagte eine Stimme in Befehlston.

»Ich bin Fowler«, antwortete ich. Wegen eines Polizisten stand ich nicht auf — ich konnte seine kurze Khakihose sehen, ohne den Kopf zu heben.

Er erklärte mir in fast unverständlichem vietnamesischem Französisch, daß ich auf der Stelle — sofort — schnell — bei der Sureté zu erscheinen hätte.

»Bei der französischen Sureté oder bei der vietnamesischen?«

»Bei der französischen.« In seinem Munde klang das Wort *»française«* wie *»françang«*.

»Wozu?«

Das wußte er nicht: er hatte nur den Auftrag, mich zu holen. *»Toi aussi«*, sagte er zu Phuong.

»Sagen Sie gefälligst *›vous‹*, wenn Sie mit einer Dame sprechen«, herrschte ich ihn an. »Wieso wußten Sie, daß sie hier ist?«

Er wiederholte bloß, daß dies seine Befehle seien.

»Ich komme morgen früh.«

»Sur le champ«, beharrte er, eine kleine, saubere, unbeugsame Erscheinung. Es hatte keinen Sinn, mit ihm zu streiten; also erhob ich mich, nahm meine Krawatte und schlüpfte in die Schuhe. In diesem Land hatte die Polizei stets das letzte Wort: Sie konnte meine Erlaubnis, mich im Staatsgebiet frei zu bewegen, rückgängig machen; sie konnte mich von den Pressekonferenzen ausschließen lassen; wenn sie wollte, konnte sie mir sogar eine Ausreisebewilligung verweigern. Das waren die offenen, die gesetzmäßigen Methoden; aber in einem Land, das sich im Krieg befand, war Gesetzmäßigkeit etwas Unwesentliches. Ich kannte einen Mann, der ganz plötzlich und auf unerklärliche Weise seinen Koch verlor. Er verfolgte seine Spur bis zur vietnamesischen Sureté, wo ihm der Beamte versicherte, daß der Mann nach einer Vernehmung wieder auf freien Fuß gesetzt worden sei. Seine Familie sah ihn nie wieder. Vielleicht hatte er sich zu den Kommunisten geschlagen, vielleicht war er in eine der privaten Armeen eingetreten, die rings um Saigon aus dem Boden schossen — die der Hoa-Haos, der Caodai-Anhänger oder des General Thé. Vielleicht saß er in einem französischen Gefängnis. Vielleicht war er drüben in Cholon, im Chinesenviertel, fröhlich damit beschäftigt, an Mädchen Geld zu verdienen. Oder vielleicht hatte ihn während des polizeilichen Verhörs der Herzschlag getroffen. Ich sagte: »Zu Fuß gehe ich nicht. Sie werden mir eine Rikscha zahlen müssen.« Man mußte seine Würde wahren.

Deshalb auch lehnte ich die Zigarette ab, die mir der französische Offizier in der Sureté anbot. Nach drei Opiumpfeifen war mein Verstand klar und hellwach; er vermochte solche Entscheidungen mit Leichtigkeit zu treffen, ohne dabei die wichtigste Frage aus den Augen zu lassen — was wollen sie von mir? Ich hatte Vigot zuvor etliche Male auf Gesellschaften getroffen — er war mir aufgefallen, weil er in unbegreiflicher Weise in seine Frau verliebt zu sein schien, eine auffallende, unechte Blondine, die ihn überhaupt nicht beachtete. Jetzt war es zwei Uhr morgens, und er saß müde und niedergeschlagen im Zigarettenrauch und in der drückenden Hitze. Seine Augen waren durch einen grünen Schirm geschützt. Auf dem Schreibtisch hatte er einen Band Pascal aufgeschlagen liegen, um sich damit die Zeit zu vertreiben. Als ich gegen seine Absicht, Phuong gesondert zu vernehmen, Einspruch erhob, gab er sofort nach — mit einem einzigen tiefen Seufzer, aus dem sein Überdruß an Saigon, an der Hitze oder am ganzen menschlichen Dasein sprechen mochte.

»Es tut mir sehr leid, daß ich Sie bitten mußte zu kommen«, sagte er auf englisch.

»Ich wurde nicht gebeten. Ich wurde beordert.«

»Ach, diese Polizisten von hier — die verstehen das nicht.« Seine Augen ruhten auf einer Seite von *Les Pensées*, als wäre er noch immer in jene traurigen Argumente versunken. »Ich wollte ein paar Fragen an Sie richten — wegen Pyle.«

»Da sollten Sie lieber ihn fragen.«

Er wandte sich an Phuong und verhörte sie in scharfem Ton und auf französisch. »Wie lange leben Sie schon mit Monsieur Pyle?«

»Vielleicht einen Monat — ich weiß es nicht«, sagte sie.

»Und wieviel hat er Ihnen gezahlt?«

»Sie haben kein Recht, sie das zu fragen«, sagte ich. »Sie ist nicht zu verkaufen.«

»Vorher lebte sie doch mit Ihnen, nicht wahr?« fragte er unvermittelt. »Zwei Jahre lang.«

»Ich bin ein Zeitungskorrespondent, der über Ihren Krieg berichten soll — wenn Sie ihn lassen. Verlangen Sie nicht von mir, daß ich auch noch Beiträge zu Ihrer Skandalchronik liefere.«

»Was wissen Sie über Pyle? Bitte, beantworten Sie meine Fragen, Mr. Fowler. Es widerstrebt mir, diese Fragen zu stellen, aber die Sache ist ernst. Glauben Sie mir, sie ist sehr ernst.«

»Ich bin kein Polizeispitzel. Was ich Ihnen über Pyle sagen könnte, wissen Sie selbst alles. Alter zweiunddreißig, beschäftigt bei der Wirtschaftshilfsmission, Staatsbürgerschaft amerikanisch.«

»Das hört sich an, als wären Sie ein Freund von ihm«, sagte Vigot, indem er an mir vorbei auf Phuong blickte. Ein vietnamesischer Polizist trat ein und brachte drei Tassen schwarzen Kaffees.

»Oder möchten Sie lieber Tee?« fragte mich Vigot.

»Ich bin ein Freund«, sagte ich. »Warum nicht? Ich werde eines Tages nach Hause fahren, nicht wahr? Ich kann sie nicht mitnehmen. Bei ihm wird sie gut aufgehoben sein. Ein durchaus vernünftiges Arrangement. Und er behauptet, er wird sie heiraten. Wissen Sie, das wäre möglich. Er ist nämlich in seiner Art ein guter Kerl. Ernst. Nicht einer von diesen lauten Lümmeln im ›Continental‹. Ein stiller Amerikaner«, sagte ich, ihn präzise zusammenfassend, wie ich hätte sagen können: »Eine blaue Eidechse«, »ein weißer Elefant«.

»Ja«, sagte Vigot. Plötzlich schien er auf seinem Schreibtisch nach Worten zu suchen, um mit ihnen seine Gedanken genauso präzise zu formulieren, wie ich es getan hatte. »Ein sehr stiller Amerikaner.« Er saß in seinem engen, stickig heißen Büro und wartete darauf, daß wir etwas sagten. Summend setzte ein Moskito zum Angriff an, und ich beobachtete Phuong. Opium macht hellhörig — vielleicht nur deshalb, weil es die Nerven beruhigt und die Erregung des Gemütes besänftigt. Nichts, nicht einmal der Tod, erscheint besonders wichtig. Phuong hatte nach meinem Empfinden den Ton von Vigots Worten, der wehmütig und endgültig war, nicht erfaßt, und ihre Kenntnisse des Englischen waren sehr dürftig. Während sie geduldig auf dem harten Bürostuhl saß, wartete sie noch immer auf Pyle. Ich hatte in diesem Augenblick das Warten aufgegeben und konnte sehen, daß Vigot diese beiden Tatsachen nicht entgangen waren.

»Unter welchen Umständen trafen Sie ihn zum erstenmal?« fragte er mich.

Wozu sollte ich ihm erklären, daß Pyle es war, der mich getroffen hatte? Ich hatte ihn im vergangenen September quer über den Platz zur Bar des »Continental« herüberkommen sehen: ein unverkennbar junges, unverbrauchtes Gesicht, das uns gleich einem Pfeil entgegengeschleudert wurde. Mit seinen langen, schlaksigen Beinen, dem militärischen Bürstenhaarschnitt und dem weiten Blick, der gewohnt war, ein Universitätsgelände zu überschauen, sah er aus, als könne er niemandem ein Haar krümmen. Vorne am Straßenrand waren fast alle Tische besetzt. »Gestatten Sie?« hatte er mich mit ernster Höflichkeit gefragt. »Mein Name ist Pyle. Ich bin hier neu.« Und er hatte die Beine um einen Stuhl gewickelt und ein Bier bestellt. Dann blickte er mit einer raschen Bewegung in das harte, grelle Licht der Mittagssonne hinaus.

»War das eben eine Handgranate?« fragte er erregt und zugleich hoffnungsvoll.

»Höchstwahrscheinlich der Auspuff eines Autos«, sagte ich, und plötzlich tat er mir in seiner Enttäuschung leid. So rasch vergißt man die eigene Jugend: Einstmals interessierte auch ich mich für das, was man mangels eines besseren Ausdrucks als Neuigkeit bezeichnet. Aber Handgranaten hatten ihre Wirkung auf mich verloren; sie wurden nur noch auf der letzten Seite des Lokalblättchens vermerkt — so viele in der vergangenen Nacht in Saigon, und so viele drüben in Cholon. Den Weg in die europäische Presse fanden sie überhaupt nicht mehr. Die Straße herab kamen die schönen, schmalen Gestalten in weißen Seidenhosen, langen, enganliegenden Jacken mit rosa oder lila Mustern, seitlich bis zum Oberschenkel hinauf geschlitzt: Ich betrachtete sie mit jenem Gefühl des Heimwehs, von dem ich damals schon wußte, daß ich es dereinst empfinden würde, wenn ich diese Regionen für immer verlassen hätte. »Wunderschön sind sie, nicht wahr?« sagte ich über mein Bier hinweg, und Pyle schenkte ihnen einen flüchtigen Blick, während sie die Rue Catinat hinaufschlenderten.

»Oh gewiß«, antwortete er gleichgültig. Er war einer von der ernsten Sorte. »Unser Gesandter macht sich wegen dieser Handgranaten große Sorgen. Es wäre sehr peinlich, sagt er, wenn es einen Zwischenfall gäbe — mit einem von unseren Leuten, meine ich.«

»Mit einem von Ihnen? Ja, ich glaube, das wäre eine ernste Angelegenheit. Dem Kongreß würde das bestimmt nicht gefallen.« Weshalb überkommt einen die Lust, die Unerfahrenen zu hänseln? Vor zehn Tagen war er vielleicht noch über das Common, den Park im Herzen Bostons, geschritten, die Arme voll Bücher, die er zu seiner Vorbereitung über den Fernen Osten und die Probleme Chinas gelesen hatte. Er hörte gar nicht, was ich sagte; so beschäftigt war er bereits mit den Zwangsentscheidungen der Demokratie und der Verantwortung des Westens. Er war — das sollte ich sehr bald erfahren — fest entschlossen, Gutes zu tun, nicht einem einzelnen Menschen, sondern einem Land, einem Kontinent, einer Welt. Nun, jetzt war er in seinem Element, und das ganze Universum stand ihm für seine Weltverbesserungspläne offen.

»Liegt er in der Leichenhalle?« fragte ich Vigot.

»Woher wußten Sie, daß er tot ist?« Das war eine alberne Frage aus dem Munde eines Polizisten, unwürdig eines Mannes, der Pascal las, und ebenso unwürdig eines Mannes, der seine Frau in so seltsamer Weise liebte. Ohne Intuition kann man nicht lieben.

»Ich bekenne mich nicht schuldig«, erklärte ich und sagte mir, daß dies der Wahrheit entsprach. War Pyle nicht stets seine eigenen Wege gegangen? In meinem Herzen forschte ich nach irgendeinem Gefühl, und sei es Unwillen über den Argwohn eines Polizeibeamten, doch ich konnte keines entdecken. Niemand außer Pyle selbst war für das Geschehene verantwortlich zu machen. »Wäre es nicht für uns alle besser, wir wären tot?« argumentierte das Opium in mir. Aber ich warf einen verstohlenen Blick auf Phuong, denn für sie war es hart. Sie mußte ihn auf ihre Art geliebt haben: hatte sie mich nicht gern gehabt und mich dennoch Pyles wegen verlassen? Sie hatte sich an die Jugend, die Hoffnung und die Ernsthaftigkeit angeschlossen, und jetzt hatten jene sie ärger im Stich gelassen als Alter und Verzweiflung. Sie saß da und betrachtete uns beide; offenbar hatte sie es noch nicht begriffen. Ich überlegte, daß es vielleicht gut wäre, wenn ich sie von hier wegbrächte, bevor ihr das Geschehene zu Bewußtsein kam. Also war ich bereit, alle Fragen zu beantworten, falls ich die Vernehmung zu einem raschen und zweideutigen Ende bringen konnte, um ihr erst später unter vier Augen, nicht unter dem scharfen Blick des Kriminalisten, und fern von den harten Bürostühlen und der ungeschützten grellen Lampe, um die die Nachtfalter taumelten, alles mitzuteilen.

»Über welche Stunden wünschen Sie Aufklärung?« sagte ich zu Vigot.

»Über die Zeit zwischen sechs und zehn.«

»Um sechs Uhr nahm ich im ›Continental‹ einen Drink. Die Kellner werden sich daran erinnern. Um sechs Uhr fünfundvierzig ging ich an den Kai hinunter, um zuzusehen, wie die amerikanischen Flugzeuge ausgeladen wurden. Am Eingang des ›Majestic‹ traf ich Wilkins von der ›Associated News‹. Dann ging ich nebenan ins Kino. Dort wird man sich wahrscheinlich erinnern — sie mußten mir eine größere Banknote wechseln. Vom Kino weg fuhr ich in einer Rikscha zum ›Vieux Moulin‹ — ich kam schätzungsweise um acht Uhr dreißig an und aß allein mein Dinner. Granger war dort — Sie können ihn fragen. Um ungefähr Viertel vor zehn fuhr ich in einer Rikscha nach Hause. Sie können wohl den Fahrer ausfindig machen. Ich erwartete Pyle um zehn, er kam aber nicht.«

»Warum erwarteten Sie ihn?«

»Er rief mich an und sagte, er müsse mich in einer wichtigen Angelegenheit sprechen.«

»Haben Sie eine Idee, was das sein mochte?«

»Nein. Für Pyle war alles wichtig.«

»Und seine Freundin da? Wissen Sie, wo sie war?«

»Um Mitternacht wartete sie unten auf der Straße auf ihn. Sie war besorgt. Sie weiß nichts. Nun, können Sie nicht sehen, daß sie noch immer auf ihn wartet?«

»Ja«, sagte er.

»Und Sie können doch nicht im Ernst annehmen, daß ich ihn aus Eifersucht ermordete, oder sie ihn — aus welchem Grund denn? Er wollte sie doch heiraten.«

»Ja.«

»Wo hat man ihn gefunden?«

»Er lag im Wasser unter der Brücke nach Dakow.«

Das »Vieux Moulin« befand sich neben der Brücke. Bewaffnete Polizei stand auf der Brücke, und das Restaurant war durch ein starkes Eisengitter vor Handgranaten geschützt. Nachts war es gefährlich, über die Brücke zu gehen, da sich nach Einbruch der Dunkelheit das gesamte jenseitige Flußufer in den Händen der Vietminh befand. Als ich beim Dinner saß, konnte ich nicht mehr als fünfzig Meter von seiner Leiche entfernt gewesen sein.

»Es war sein Unglück, daß er sich in die Politik hineinziehen ließ«, sagte ich.

»Um offen zu sein: besonders leid tut es mir nicht«, erwiderte Vigot. »Er hat viel Schaden angerichtet.«

»Gott bewahre uns stets vor den Unschuldigen und vor den Guten«, sagte ich.

»Vor den Guten?«

»Ja. Er war gut — auf seine Art. Sie sind Katholik. Sie würden seine Art nicht begreifen. Wie dem auch sei, letztlich war er ein verdammter Yankee.«

»Wären Sie bereit, ihn zu identifizieren? Sie müssen entschuldigen, aber es ist Vorschrift, keine sehr angenehme Vorschrift.«

Ich nahm mir nicht die Mühe, ihn zu fragen, weshalb er

nicht auf einen Beamten der amerikanischen Gesandtschaft wartete, denn ich wußte Bescheid. Gemessen an unseren kaltschnäuzigen Methoden, erscheinen jene der Franzosen ein wenig altmodisch: Sie glauben noch an das Gewissen, an das Schuldgefühl und meinen, ein Verbrecher soll dem Opfer seiner Tat gegenübergestellt werden; vielleicht verliert er dann die Fassung und verrät sich. Während wir die Steintreppe zum Keller hinunterstiegen, wo die Kühlanlage leise summte, sagte ich mir von neuem, daß ich unschuldig war.

Sie zogen ihn heraus wie ein Tablett mit Eiswürfeln und ich betrachtete ihn. In der Eiseskälte waren seine Wunden zu friedlicher Gelassenheit erstarrt. »Sehen Sie, sie öffnen sich in meiner Gegenwart nicht«, sagte ich zu Vigot.

»*Comment?*«

»Ist das nicht unter anderem der Zweck dieser Sache? Gottesgericht in irgendeiner Form? Aber Sie haben ihn steifgefroren. Im Mittelalter hatte man noch keine Tiefkühler.«

»Sie erkennen ihn?«

»O ja.«

Pyle schien mehr denn je fehl am Platz zu sein: Er hätte daheimbleiben sollen. Ich sah ihn wie in einem Familienalbum, beim Reiten auf einer vornehmen Ranch, beim Baden auf Long Island, im Kreis seiner Kollegen in einer Wohnung im dreiundzwanzigsten Stockwerk. Er gehörte in die Welt der Wolkenkratzer und der Expreßaufzüge, der Eiscreme und der Martini-Cocktails, dorthin, wo man zum Lunch Milch trinkt und an Bord des »Merchant Adventurer« Sandwiches mit Hühnerfleisch ißt.

»Daran ist er nicht gestorben«, sagte Vigot und deutete auf eine Wunde in der Brust. »Er wurde im Schlamm ertränkt. Wir fanden Schlamm in der Lunge.«

»Sie arbeiten flink.«

»Das muß man in diesem Klima.«

Sie schoben das Tablett zurück und schlossen die Tür. Die Gummidichtung machte ein dumpfes Geräusch.

»Sie können uns also gar nicht helfen?« fragte Vigot.

»Nicht im geringsten.«

Ich ging mit Phuong zu meiner Wohnung zurück. Jetzt war ich nicht mehr auf meine Würde bedacht. Der Tod raubt uns alle Eitelkeit — sogar die Eitelkeit des betrogenen Liebhabers, der seinen Schmerz nicht zeigen darf. Sie wußte immer noch nicht, was vorgefallen war, und ich besaß nicht die Fähigkeit, es ihr allmählich und schonend beizubringen. Ich war Berichterstatter: Ich dachte in Schlagzeilen. »Amerikanischer Beamter in Saigon ermordet«. Wenn man für eine Zeitung arbeitet, lernt man nicht, wie man schlimme Nachrichten schonend beibringt, und sogar in dieser Stunde mußte ich an meine Redaktion denken und Phuong fragen: »Stört es dich, wenn wir kurz beim Telegrafenamt halten?« Ich ließ sie auf der Straße warten, sandte mein Telegramm ab und kehrte wieder zu ihr zurück. Das Ganze war nicht mehr als eine Geste: Ich wußte nur zu gut, daß die französischen Korrespondenten wohl über den Fall bereits informiert waren; falls aber Vigot sich fair benommen hatte (was durchaus im Bereich des Möglichen lag), dann würde die Zensur mein Telegramm so lange zurückhalten, bis die Franzosen ihre eigenen Meldungen eingereicht hatten. Meine Zeitung würde die Nachricht zuerst aus Paris erhalten. Nicht, daß Pyle besonders wichtig war. Es wäre nicht angegangen, die Einzelheiten seiner wahren Laufbahn zu kabeln, etwa, daß er vor seinem gewaltsamen Ende für den Tod von mindestens fünfzig Menschen verantwortlich war. Denn dies hätte die britisch-amerikanischen Beziehungen getrübt, und der Gesandte wäre höchst bestürzt gewesen. Der Gesandte war von großer Hochachtung vor Pyle erfüllt — Pyle hatte seine Studien mit gutem Erfolg abgeschlossen, in — nun, in einem jener Fächer, die man in Amerika eben studieren kann: vielleicht Public Relations oder Theaterwissenschaft, vielleicht sogar Ostasienkunde (er hatte darüber eine Menge Bücher gelesen).

»Wo ist Pyle?« fragte Phuong. »Was wollte die Polizei?«

»Komm heim«, sagte ich.

»Wird Pyle kommen?«

»Es ist so wahrscheinlich, daß er dorthin kommt wie irgendwohin anders.«

In der verhältnismäßig kühlen Luft des Treppenhauses klatschten noch immer die alten Weiber. Als ich meine Tür öffnete, erkannte ich sofort, daß mein Zimmer durchsucht worden war: Alles war ordentlicher, als ich es jemals verlassen hatte.

»Noch eine Pfeife?« fragte mich Phuong.

»Ja.«

Ich legte die Krawatte ab und zog die Schuhe aus; das Zwischenspiel war vorüber, die Nacht beinahe so, wie sie vordem gewesen war. Phuong hockte am Ende meines Betts und zündete die Lampe an. *Mon enfant, ma sœur* — die Haut mit der Farbe von Bernstein. *Sa douce langue natale.*

»Phuong«, sagte ich. Auf dem Pfeifenkopf knetete sie jetzt das Opium. »*Il est mort*, Phuong.« Sie hielt die Nadel in der Hand und blickte zu mir empor, stirnrunzelnd wie ein Kind, das seine Gedanken zu sammeln trachtet. *»Tu dis?«*

»Pyle *est mort. Assassiné.*«

Sie legte die Nadel weg, setzte sich zurück auf die Fersen und starrte mich unverwandt an. Es gab keine Szene, keine Tränen, nur Gedanken — die langen, in sich gekehrten Gedanken eines Menschen, der seinen ganzen Lebensweg ändern muß.

»Bleib heute nacht lieber hier«, sagte ich.

Sie nickte, nahm die Nadel wieder zur Hand und begann das Opium zu erhitzen. In dieser Nacht erwachte ich aus einer jener Perioden tiefen Opiumschlafs, die nur zehn Minuten dauern und dennoch den Eindruck einer vollen Nachtruhe hinterlassen, und bemerkte, daß meine Hand dort lag, wo sie nachts immer gelegen hatte: zwischen ihren Beinen. Sie schlief, und ihr Atem war kaum zu hören. Wieder einmal war ich nach vielen Monaten nicht allein; und dennoch, als mir Vigot in den Sinn kam, mit dem grünen Schirm über den Augen, im engen Polizeirevier, und die stillen, menschenleeren Gänge in der Gesandtschaft, und als ich die weiche, unbehaarte Haut unter meiner Hand spürte, da dachte ich plötzlich zornig: »Bin ich der einzige, dem Pyle wirklich etwas bedeutete?«

Zweites Kapitel

1

An dem Vormittag, als Pyle auf dem Platz vor dem Hotel Continental auftauchte, hatte ich genug vom Anblick meiner amerikanischen Kollegen von der Presse; sie waren groß, dick, laut, kindisch und mittleren Alters, stets mit faulen Witzen über die Franzosen zur Hand, die letzten Endes diesen Krieg ausfochten. In gewissen Abständen — sooft ein Gefecht säuberlich beendet und die Gefallenen vom Schlachtfeld entfernt worden waren — wurden sie alle nach Hanoi gerufen, über eine Flugstrecke von beinahe vier Stunden, dort vom Oberstkommandierenden empfangen und für eine Nacht im Presse-Camp einquartiert, von dem sie prahlten, es gebe dort den besten Barmixer in ganz Indochina; dann wurden sie im Flugzeug in tausend Meter Höhe (gerade über der Reichweite eines schweren Maschinengewehrs) über das jüngste Kampfgelände geführt und schließlich sicher und geräuschvoll, wie nach einem Schulausflug, wieder vor dem Hotel Continental in Saigon abgesetzt.

Pyle war ruhig, er wirkte bescheiden, an jenem ersten Tag mußte ich mich von Zeit zu Zeit vorbeugen, um überhaupt zu verstehen, was er sagte. Und er war sehr, sehr ernst. Mehrmals schien er bei dem Lärm, den die amerikanischen Presseleute auf der Terrasse über uns machten, förmlich in sich hineinzuschrumpfen — auf der Terrasse, von der man allgemein annahm, daß sie größere Sicherheit vor Handgranaten bot. Aber er kritisierte niemanden.

»Haben Sie York Harding gelesen?« fragte er mich.

»Nein. Nein, ich glaube nicht. Was hat er denn geschrieben?«

Er starrte zur Milchbar auf der anderen Straßenseite hinüber und sagte verträumt: »Das sieht aus wie eine gute amerikanische Erfrischungsbar.« Ich fragte mich, welche Tiefe an Heimwehschmerz sich hinter der seltsamen Auswahl verbergen mochte, die er bei der Betrachtung einer so völlig fremden Szenerie traf. Aber hatte nicht auch ich schon bei meinem ersten Spaziergang in der Rue Catinat sofort den Laden bemerkt, wo man Parfum von Guerlain zu kaufen bekam, und mich mit dem Gedanken getröstet, daß Europa schließlich doch nur dreißig Stunden entfernt war? Widerstrebend wandte Pyle seinen Blick von der Milchbar ab und sagte: »Harding schrieb ein Buch mit dem Titel ›Der Vormarsch Rotchinas‹, ein sehr scharfsinniges Buch.«

»Ich habe es nicht gelesen. Kennen Sie den Verfasser?«

Er nickte feierlich und versank in Schweigen. Aber im nächsten Augenblick brach er es wieder, um den Eindruck, den seine Antwort gemacht haben mußte, zu korrigieren. »Gut kenne ich ihn nicht«, sagte er. »Ich habe ihn im ganzen zweimal gesehen, glaube ich.« Das machte ihn mir sympathisch — seine Annahme, es könnte angeberisch wirken, wenn er sich auf seine Bekanntschaft mit — wie hieß der Mensch gleich? — York Harding berief. Später sollte ich erfahren, daß er ungeheure Hochachtung vor den Leuten hatte, die er als ernste Schriftsteller bezeichnete. Dieser Begriff schloß Romanciers, Dichter und Dramatiker aus, sofern sie nicht ein — wie er es nannte — zeitgenössisches Thema behandelten, und selbst dann hielt er es für besser, einen nüchternen Tatsachenbericht zu lesen, wie er aus der Feder York Hardings kam.

Ich sagte: »Wissen Sie: wenn man lange an einem Ort lebt, da mag man nichts mehr darüber lesen.«

»Natürlich höre ich mir immer gern an, was ein Mann vor Ort zu sagen hat«, entgegnete er zurückhaltend.

»Um es dann mit Hilfe von York Harding zu überprüfen?«

»Ja.« Vielleicht hatte er die Ironie herausgehört, denn er fügte mit seiner gewohnten Höflichkeit hinzu: »Ich würde es als besondere Auszeichnung betrachten, wenn Sie sich die Zeit nähmen, mich über die wesentlichen Punkte aufzuklären. Denn sehen Sie, Harding war schon vor über zwei Jahren hier.«

Seine Loyalität gegenüber Harding — wer immer dieser

Harding sein mochte — gefiel mir. Sie hob sich wohltuend von den herabsetzenden Äußerungen der Presseleute und ihrem unreifen Zynismus ab. Ich sagte: »Trinken Sie noch eine Flasche Bier; und ich will Ihnen die Verhältnisse in groben Umrissen schildern.«

Während er mich gespannt anstarrte wie ein Vorzugsschüler seinen Lehrer, begann ich meine Ausführungen damit, daß ich ihm die Situation im Norden erklärte, in Tonkin, wo die Franzosen damals gerade das Delta des Roten Flusses hinhaltend verteidigten, wo Hanoi und der einzige Hafen der nördlichen Provinz, Haiphong, liegen. Hier wuchs der meiste Reis, und jedesmal, wenn er reif war, begann die alljährliche Schlacht um den Besitz der Ernte.

»Soweit der Norden«, sagte ich. »Die Franzosen, die armen Teufel, werden sich vielleicht halten können, wenn nicht die Chinesen den Vietminh zu Hilfe kommen. Ein Krieg im Dschungel, auf den Bergen und im Sumpf, in den Reisfeldern, wo man bis zu den Schultern im Wasser watet und wo der Feind einfach verschwindet, seine Waffen vergräbt und Bauernkleider anzieht. Aber in der feuchten Hitze von Hanoi kann man gemütlich verkommen. Dort werden keine Bomben geworfen. Weiß Gott, warum nicht. Man könnte es einen regulären Krieg nennen.«

»Und hier im Süden?«

»Die Franzosen kontrollieren die Hauptstraßen bis sieben Uhr abends: Danach kontrollieren sie die Wachttürme und die Städte — zum Teil. Das heißt aber nicht, daß Sie sich hier in Sicherheit befinden; sonst gäbe es nicht die Eisengitter vor den Restaurants.«

Wie oft hatte ich dies alles schon erklärt! Ich war wie eine Schallplatte, die zur Belehrung der Ankömmlinge immer wieder abgespielt wurde — für den Parlamentsabgeordneten, der auf Besuch kam, für den neuen britischen Gesandten. Bisweilen erwachte ich mitten in der Nacht und sagte vor mich hin: »Nehmen wir den Fall der Anhänger Caodais. Oder den der Hoa-Haos oder jenen der Binh Xuyen, denken wir an die vielen privaten Armeen, die ihre

Dienste um Geld oder aus Rache verkaufen.« Fremde fanden sie malerisch, doch weder der Verrat noch das Mißtrauen hat etwas Malerisches an sich.

»Und nun«, fuhr ich fort, »ist da ein gewisser General Thé. Früher einmal war er der Stabschef der Caodai-Truppen; jetzt aber hat er sich in die Berge geschlagen, um beide Seiten zu bekämpfen, die Franzosen wie die Kommunisten ...«

»Harding behauptet, daß der Osten eine Dritte Kraft braucht«, sagte Pyle. Vielleicht hätte ich das fanatische Aufblitzen in seinen Augen sehen sollen, das schnelle Aufgreifen einer Phrase, den magischen Klang der Zahlwörter: Fünfte Kolonne, Dritte Kraft, Siebenter Tag. Uns allen, auch Pyle selbst, hätte ich vielleicht viel Schweres ersparen können, wenn ich damals die Richtung erkannt hätte, in der sich die Gedanken dieses unermüdlichen jungen Gehirns bewegten. Doch nachdem ich ihm mit wenigen dünnen Strichen den Hintergrund skizziert hatte, verließ ich ihn, um meinen täglichen Spaziergang in der Rue Catinat zu machen. Den wirklichen Hintergrund, der den Fremden ebenso fest in seinen Bann zog, wie dies ein Geruch zu tun vermag, würde er aus eigener Anschauung kennenlernen müssen; das Gold der Reisfelder unter den schrägen Strahlen der sinkenden Sonne; die zierlichen Kräne mit Fischnetzen, die wie Moskitos über den Feldern schwebten; die Tassen Tee, die man auf der Terrasse eines greisen Abtes trank, wo sein Bett stand, wo Geschäftskalender hingen, wo sich Eimer und zerbrochenes Teegeschirr, kurz, das Gerümpel eines ganzen Lebens rings um seinen Stuhl angesammelt hatte; die flachen, muschelförmigen Hüte der jungen Mädchen, die die Straße ausbesserten, wo eine Mine explodiert war; das Gold, das junge Grün und die bunten Kleider im Süden, und im Norden die tiefbraunen Farbtöne und die schwarzen Gewänder, den weiten Bogen der vom Feind besetzten Berge und das Dröhnen von Flugzeugen. Zu Beginn meines Aufenthalts in diesem Land hatte ich die Tage gezählt, an denen mein Auftrag mich hier festhalten würde, so wie ein Schüler die Tage bis zum Ende des Trimesters zählt. Ich hatte gemeint, ich könnte mich von den Ruinen eines Bloomsbury Square im Londoner Westen, der Autobuslinie 73, die am säulengeschmückten Eingang von Euston Station vorüberfährt, und einem Frühlingsabend im Wirtshaus am Torrington Place nicht lossagen. Jetzt blühten wohl in den Gartenanlagen des Platzes die ersten Tulpen, und mir war das völlig einerlei. Ich sehnte mich nach einem Tagesablauf, hin und wieder durch einen scharfen Knall akzentuiert, der vom Auspuff eines Autos oder von einer Handgranate herrühren mochte; ich wollte den Anblick der seidenbehosten Gestalten behalten, die sich graziös durch die feuchte Mittagshitze bewegten; ich begehrte Phuong – meine Heimat hatte sich achttausend Meilen nach Osten verschoben.

Am Haus des Hochkommissars, wo die Fremdenlegionäre in ihren weißen Käppis und scharlachroten Epauletten Wache standen, machte ich kehrt, überquerte die Straße bei der Kathedrale und wanderte entlang der düsteren Mauer der vietnamesischen Sureté, die nach Urin und Ungerechtigkeit zu riechen schien, wieder zurück. Und doch war auch dies ein Teil von Heimat, wie die finsteren Gänge in oberen Geschossen, die man als Kind ängstlich mied. An den Bücherständen unten am Kai wurden die neuesten Nummern obszöner Magazine angeboten – *Tabu* und *Illusion*, und die Matrosen tranken auf dem Gehsteig ihr Bier, ein günstiges Ziel für eine selbstgefertigte Bombe. Ich dachte an Phuong, die wohl in der dritten Seitengasse links um den Fisch für das Mittagessen feilschte, bevor sie zum zweiten Frühstück in die Milchbar ging (in jenen Tagen wußte ich stets, wo sie sich aufhielt), und Pyle entschwand rasch und auf natürliche Weise aus meinem Gedächtnis. Ich erwähnte ihn Phuong gegenüber gar nicht, als wir uns in meinem Zimmer an der Rue Catinat zum Lunch setzten und sie ihr bestes geblümtes Seidengewand trug, weil es auf den Tag genau zwei Jahre her war, seit wir uns im »Grand Monde« in Cholon kennengelernt hatten.

2

Keiner von uns erwähnte ihn, als wir am Morgen nach seinem Tod erwachten. Phuong war aufgestanden, ehe ich noch richtig wach war, und hatte schon den Tee zubereitet. Auf Tote ist man nicht eifersüchtig, und so schien es mir an diesem Morgen ein leichtes, das alte Zusammenleben wiederaufzunehmen.

»Bleibst du heute nacht hier?« fragte ich Phuong so gleichgültig, wie ich nur konnte, während wir knusprige *croissants* aßen.

»Ich müßte meinen Koffer holen.«

»Ich gehe lieber mit dir. Die Polizei könnte dort sein«, sagte ich. Näher berührten wir das Schicksal Pyles an diesem Tag nicht.

Er hatte eine Wohnung in einer neuen Villa unweit der Rue Duranton, gleich bei einer jener Hauptstraßen, die die Franzosen zu Ehren ihrer Generäle immer wieder unterteilten, so daß etwa die Rue de Gaulle von der dritten Querstraße an Rue Leclerc hieß und früher oder später wahrscheinlich ebenso unvermittelt in die Rue de Lattre übergehen würde. Eine bedeutende Persönlichkeit mußte mit dem Flugzeug aus Europa eingetroffen sein, denn auf dem Weg zur Residenz des Hochkommissars stand alle zwanzig Meter ein Polizist, das Gesicht dem Gehsteig zugewandt.

Auf der kiesbestreuten Einfahrt zu Pyles Wohnung standen mehrere Motorräder, und ein vietnamesischer Polizist überprüfte meinen Presseausweis. Er wollte Phuong nicht ins Haus einlassen. Also machte ich mich auf die Suche nach einem französischen Offizier. In Pyles Badezimmer wusch sich Vigot gerade mit Pyles Seife die Hände und trocknete sie in Pyles Handtuch ab. Sein Tropenanzug hatte auf dem Ärmel einen Fettfleck – von Pyles Haaröl vermutlich.

»Was Neues?« erkundigte ich mich.

»Wir fanden seinen Wagen in der Garage. Es ist kein Benzin im Tank. Er muß gestern abend eine Rikscha genommen haben – oder den Wagen eines anderen. Vielleicht wurde das Benzin abgelassen.«

»Er könnte ja auch zu Fuß gegangen sein«, wandte ich ein. »Sie wissen ja, wie Amerikaner sind.«

»Ihr Wagen ist verbrannt, nicht wahr?« fuhr Vigot nachdenklich fort. »Und Sie haben noch keinen neuen?«

»Nein.«

»Es ist auch nicht von entscheidender Bedeutung.«

»Nein.«

»Haben Sie sich irgendeine Meinung gebildet?« fragte er.

»Zu viele«, sagte ich.

»Erzählen Sie.«

»Nun, er kann von den Vietminh ermordet worden sein. Sie haben in Saigon eine Menge Leute umgebracht. Seine Leiche wurde unter der Brücke nach Dakow im Fluß gefunden – das ist Gebiet der Vietminh, sobald sich Ihre Polizei abends zurückzieht. Oder er kann von der vietnamesischen Sureté ermordet worden sein – solche Fälle sind bekannt. Vielleicht mochten sie seine Freunde nicht. Vielleicht wurde er von den Caodai-Leuten getötet, weil er General Thé kannte.«

»Hat er das?«

»Es wird behauptet. Vielleicht wurde er von General Thé ermordet, weil er die Caodai-Leute kannte. Vielleicht brachten ihn die Hoa-Haos um, weil er den Konkubinen des Generals zu nahe trat. Vielleicht wurde er bloß von jemandem ermordet, der es auf sein Geld abgesehen hatte.«

»Oder ein einfacher Fall von Eifersucht«, sagte Vigot.

»Oder vielleicht war es die französische Sureté«, setzte ich fort, »weil ihr seine Bekanntschaften nicht gefielen. Suchen Sie tatsächlich die Leute, die ihn getötet haben?«

»Nein«, sagte Vigot, »ich mache nur einen Bericht, weiter nichts. Solange es ein Kriegsereignis ist – nun, jedes Jahr kommen Tausende ums Leben.«

»Mich können Sie aus dem Spiel lassen«, sagte ich. »Ich habe nichts damit zu tun. Nichts damit zu tun«, wiederholte ich. Das war einer meiner Glaubensartikel gewesen.

Mit den Menschen, wie sie nun mal waren, mochten sie kämpfen, mochten sie lieben, mochten sie morden: ich wollte nichts damit zu tun haben. Meine Kollegen von der Presse nannten sich Korrespondenten; ich zog die Bezeichnung Berichterstatter vor. Ich schrieb nieder, was ich sah. Ich unternahm nichts — selbst eine Meinung zu haben, ist schon eine Art von Tat.

»Was suchen Sie hier eigentlich?« fragte Vigot.

»Ich komme Phuongs Sachen abholen; Ihre Polizei hat sie nicht hereingelassen.«

»Na schön, gehen wir sie suchen.«

»Das ist sehr nett von Ihnen, Vigot.«

Pyles Wohnung hatte zwei Zimmer, eine Küche und ein Badezimmer. Wir gingen ins Schlafzimmer. Ich wußte, wo Phuong ihren Koffer aufzubewahren pflegte — unter dem Bett. Wir zogen ihn gemeinsam hervor; er enthielt ihre Bildbände. Aus dem Wandschrank nahm ich ihre wenigen Kleidungsstücke, die beiden guten Gewänder und ihre zweite Seidenhose. Man hatte das Gefühl, daß sie erst seit wenigen Stunden hier gehangen hatten und nicht hergehörten; sie waren nur vorübergehend hier, wie ein Schmetterling in einem Zimmer. In einer Lade fand ich ihre kleinen dreieckigen Höschen und ihre Sammlung von Schals. Es gab wirklich nicht sehr viel in den Koffer zu packen, weniger, als daheim in England ein Wochenendbesucher mitbringt.

Im Wohnzimmer fand ich eine Fotografie von ihr und Pyle. Sie hatten sich im Botanischen Garten neben einem riesigen Drachen aus Stein aufnehmen lassen. Sie hielt Pyles Hund an der Leine — einen schwarzen Chow mit einer ebenso schwarzen Zunge. Ein allzu schwarzer Hund. Ich legte das Foto in den Koffer. »Was ist aus dem Hund geworden?« sagte ich.

»Er ist nicht da. Möglicherweise hatte er ihn mitgenommen.«

»Vielleicht kommt er zurück; dann können Sie die Erde an seinen Pfoten chemisch untersuchen lassen.«

»Ich bin kein Meisterdetektiv wie Lecoq oder gar Maigret, und außerdem haben wir Krieg.«

Ich ging hinüber zum Bücherschrank und betrachtete die zwei Reihen Bücher — Pyles Bibliothek. ›Der Vormarsch Rotchinas‹, ›Die Aufgaben der Demokratie‹, ›Die Rolle des Westens‹ — das waren offenbar die gesammelten Werke York Hardings. Außerdem gab es noch eine Unmenge von Sitzungsberichten des amerikanischen Kongresses, eine Sammlung vietnamesischer Redewendungen, eine Geschichte vom Krieg auf den Philippinen, eine Shakespeare-Ausgabe. Was hatte er zur Entspannung gelesen? Seine leichte Lektüre fand ich auf einem anderen Bücherbord: ein Werk von Thomas Wolfe in einer Taschenbuchausgabe, eine geheimnisvolle Anthologie, betitelt ›Der Triumph des Lebens‹, und eine Auswahl amerikanischer Lyrik. Ich fand auch ein Buch über Schachprobleme. Das schien nicht viel für den Ausklang eines Arbeitstags, aber er hatte ja Phuong gehabt. Versteckt hinter der Anthologie stand eine Broschüre mit dem Titel ›Die Physiologie der Ehe‹. Vielleicht studierte er das Sexualleben genau so wie den Fernen Osten — auf dem Papier. Und das entscheidende Wort lautete »Ehe«. Pyle hielt es für richtig, sich einzulassen.

Sein Schreibtisch war ganz leer. »Sie haben hier reinen Tisch gemacht«, stellte ich fest.

»Ach«, meinte Vigot, »ich mußte im Auftrag der amerikanischen Gesandtschaft alles beschlagnahmen. Sie wissen ja, wie schnell sich Gerüchte verbreiten. Es hätte hier geplündert werden können. Ich ließ seine gesamten Papiere versiegeln.« Das sagte er mit todernster Miene, ohne die Spur eines Lächelns.

»Irgend etwas Belastendes?«

»Wir können es uns nicht leisten, etwas zu finden, was einen Verbündeten belasten würde«, sagte Vigot.

»Haben Sie etwas dagegen, wenn ich mir eines dieser Bücher nehme — als Andenken?«

»Ich werde wegsehen.«

Ich wählte York Hardings Buch ›Die Rolle des Westens‹ aus und packte es zu Phuongs Kleidern in den Koffer.

»Gibt es gar nichts, was Sie als sein Freund mir im Vertrauen mitteilen könnten?« sagte Vigot. »Mein Bericht ist fix und fertig. Er wurde von den Kommunisten ermordet. Vielleicht der Anfang einer Kampagne gegen die amerikanischen Hilfssendungen. Aber unter uns gesprochen — hören Sie, die Unterhaltung ist zu trocken; wie wär's mit einem Vermouth-Cassis in der Bar gleich um die Ecke?«

»Noch zu früh.«

»Er hat Ihnen bei Ihrem letzten Zusammentreffen gar nichts anvertraut?«

»Nein.«

»Wann war das?«

»Gestern morgen. Nach dem großen Krach.«

Vigot machte eine Pause, damit der Sinn meiner Antwort voll bewußt werden könne — mir, nicht ihm: Seine Verhöre waren stets fair. »Sie waren nicht zu Hause, als er Sie gestern abend besuchen wollte?«

»Gestern abend? Da muß ich wohl aus gewesen sein. Ich wußte nicht . . .«

»Sie werden vielleicht ein Ausreisevisum brauchen. Es ist Ihnen wohl bekannt, daß wir seine Erteilung unbegrenzt verzögern können.«

»Glauben Sie denn wirklich«, sagte ich, »daß ich nach Hause fahren möchte?«

Vigot blickte durchs Fenster in den hellen, wolkenlosen Tag hinaus. »Die meisten Leute möchten es«, sagte er wehmütig.

»Mir gefällt es hier. Daheim gibt es — Probleme.«

»Merde!« rief Vigot plötzlich. »Da ist der amerikanische Handelsattaché.« Sarkastisch wiederholte er: »Handelsattaché!«

»Dann mache ich mich lieber aus dem Staub; sonst läßt er mich auch noch versiegeln.«

»Ich wünsche Ihnen viel Glück«, sagte Vigot mit müder Stimme. »Mir wird er schrecklich viel zu sagen haben.«

Als ich aus dem Haus trat, stand der Handelsattaché neben seinem Packard und versuchte, seinem Fahrer irgend etwas zu erklären. Er war ein feister Mann in mittleren Jahren mit einem übergroßen Hinterteil und einem Gesicht, das aussah, als hätte es nie eine Rasur gebraucht. »Fowler!« rief er. »Könnten Sie diesem verflixten Kerl klarmachen ...«

Ich erklärte es ihm.

»Genau dasselbe habe ich ihm auch gesagt, aber er tut immer so als verstünde er kein Französisch.«

»Das liegt vielleicht am Akzent.«

»Ich war drei Jahre in Paris. Mein Akzent ist gut genug für einen verdammten Vietnamesen.«

»Die Stimme der Demokratie«, sagte ich.

»Was ist das?«

»Ich glaube, es ist ein Buch von York Harding.«

»Ich verstehe Sie nicht.« Dann warf er einen argwöhnischen Blick auf den Koffer, den ich in der Hand hielt. »Was haben Sie da drinnen?«

»Zwei lange Hosen aus weißer Seide, zwei Seidengewänder, etliche Damenhöschen — drei sind es, glaube ich. Alles einheimische Erzeugnisse, keine amerikanischen Hilfslieferungen.«

»Sind Sie dort drinnen gewesen?« fragte er weiter.

»Ja.«

»Haben Sie von der Geschichte gehört?«

»Ja.«

»Es ist furchtbar«, sagte er, »einfach furchtbar.«

»Ich nehme an, daß der Gesandte durch den Vorfall sehr beunruhigt sein wird.«

»Na und ob! Er ist gerade beim Hochkommissar; und er hat um eine Unterredung mit dem Präsidenten gebeten.« Er legte mir die Hand auf den Arm und führte mich von den Autos weg. »Sie kannten den jungen Pyle gut, nicht wahr? Ich kann nicht darüber hinwegkommen, daß ihm so etwas zustoßen mußte. Ich kenne seinen Vater, Professor Harold C. Pyle — Sie werden von ihm schon gehört haben.«

»Nein.«

»Er ist die größte Kapazität in der ganzen Welt auf dem Gebiet der Unterwassererosion. Sahen Sie nicht vor einigen Monaten sein Bild auf der Titelseite von ›Time‹?«

»Oh, ich glaube, ich erinnere mich. Im Hintergrund war eine abbröckelnde Klippe, und im Vordergrund eine goldumrandete Brille.«

»Das ist er. Ich mußte den Text für das Telegramm an seine Familie aufsetzen. Es war schrecklich. Ich liebte diesen Jungen, als wäre er mein eigener Sohn.«

»Das bringt Sie in ein recht nahes Verhältnis zu seinem Vater.«

Er richtete seine feuchten braunen Augen auf mich und sagte: »Was ist los mit Ihnen? So spricht man doch nicht, wenn ein feiner junger Kerl...«

»Es tut mir leid. Der Tod berührt jeden von uns anders.« Vielleicht hatte er Pyle wirklich geliebt. »Was schrieben Sie in Ihrem Telegramm?« fragte ich.

Ganz ernst zitierte er wörtlich: »›Melden mit Bedauern Heldentod Ihres Sohnes im Dienste der Demokratie.‹ Der Gesandte unterschrieb es persönlich.«

»Heldentod«, sagte ich. »Könnte das nicht etwas Verwirrung stiften? Ich meine, bei seinen Angehörigen daheim. Die Wirtschaftsmission klingt so gar nicht nach Armee. Bekommen sie dort etwa auch Verwundetenabzeichen?«

Er sagte mit leiser Stimme, vor Zweideutigkeit ganz angespannt: »Er hatte Sonderaufträge.«

»Ach ja, das vermuteten wir alle.«

»Er sprach doch nicht darüber, oder doch?«

»Keineswegs.« Vigots Worte fielen mir wieder ein: »Er war ein sehr stiller Amerikaner«.

»Haben Sie eine Idee, warum man ihn ermordete? Und wer es tat?« fragte der Handelsattaché.

Plötzlich war ich wütend; ich war der ganzen Bande überdrüssig, mit ihren privaten Vorräten an Coca-Cola, ihren fahrbaren Lazaretten, ihren Packards und ihren nicht mehr ganz neuen Geschützen. Ich sagte: »Ja, ich weiß es. Sie ermordeten ihn, weil er zum Leben zu unschuldig war. Jung war er, unwissend und töricht, und er ließ sich ein. Er hatte von der ganzen Sache nicht mehr Ahnung als ihr alle; und ihr habt ihm Geld gegeben und York Hardings Bücher über den Osten und gesagt: ›Vorwärts! Gewinne den Osten für die Demokratie!‹ Niemals sah er etwas, von dem er nicht in einem Hörsaal gehört hatte, und seine Bücher und Hochschullehrer machten einen Narren aus ihm. Wenn er einen Toten erblickte, konnte er nicht einmal die Wunden sehen. Eine Rote Gefahr war er, ein Streiter für die Demokratie.«

»Ich hielt Sie für seinen Freund«, sagte er in vorwurfsvollem Ton.

»Ich *war* sein Freund. Ich hätte ihn gern gesehen, wie er daheim die Sonntagsbeilage seiner Zeitung liest und die Baseballresultate verfolgt. Ich hätte ihn gern in der sicheren Obhut eines standardisierten amerikanischen Mädchens gesehen, das ein Abonnement bei einem Buchklub hat.«

Er räusperte sich verlegen. »Natürlich«, sagte er. »Diese unselige Sache hatte ich ganz vergessen. Da stand ich eindeutig auf Ihrer Seite, Fowler. Er benahm sich sehr schlecht. Ich will Ihnen nicht verschweigen, daß ich mit ihm eine sehr lange Aussprache über jenes Mädchen hatte. Sehen Sie, ich war in der vorteilhaften Lage, Professor Pyle und seine Frau zu kennen ...«

»Vigot wartet auf Sie«, unterbrach ich ihn und ging davon. Jetzt erst bemerkte er Phuong; und als ich einen Blick zurück warf, sah ich, daß er mich mit gequälter Ratlosigkeit betrachtete: ein ewiger älterer Bruder, der nichts verstand.

Drittes Kapitel

1

Das erste Zusammentreffen zwischen Pyle und Phuong ereignete sich wiederum im »Continental«, etwa zwei Monate nach seiner Ankunft. Es war am frühen Abend, in der plötzlichen Kühle, die unmittelbar nach Sonnenuntergang eintrat, und in den Verkaufsbuden der Seitengassen waren die Kerzen angezündet worden. Die Würfel klapperten auf den Kaffeehaustischen, wo die Franzosen *Quatre Cent Vingt-et-un* spielten, und durch die Rue Catinat fuhren die Mädchen in ihren weißen Seidenhosen auf dem Fahrrad nach Hause. Phuong trank Orangensaft und ich ein Glas Bier, und wir saßen in Schweigen, zufrieden, daß wir zusammen waren. Da kam Pyle zögernd heran, und ich stellte ihn vor. Er hatte so eine Art, Frauen unverwandt anzustarren, als hätte er noch nie eine gesehen, und dann zu erröten. »Darf ich Sie und die Dame an unseren Tisch bitten?« sagte er. »Einer unserer Attachés ...«

Es war der Handelsattaché. Er strahlte uns von der Terrasse herab an, ein breites, warmes begrüßendes Lächeln, so vertrauensvoll wie der Mann auf dem Plakat, der sich seine Freunde erhält, weil er das richtige Deodorant verwendet. Des öfteren hatte ich gehört, daß man ihn Joe nannte, aber seinen Familiennamen hatte ich nie erfahren. Geräuschvoll und mit großen Gesten rückte er Stühle zurecht und rief nach dem Kellner, obwohl ein solcher Eifer im »Continental« unmöglich mehr zeitigen konnte als eine Wahl zwischen Bier, Brandy mit Soda und Vermouth-Cassis. »Rechnete gar nicht damit, Sie hier zu treffen, Fowler«, sagte er. »Wir erwarten die Jungs von Hanoi zurück. Dort scheint es eine ziemliche Schlacht gegeben zu haben. Waren Sie nicht mit von der Partie?«

»Ich habe es satt, vier Stunden zu einer Pressekonferenz zu fliegen«, meinte ich.

Er sah mich mißbilligend an und sagte: »Diese Burschen legen sich mächtig ins Zeug. Ja, als Geschäftsleute oder beim Rundfunk könnten die wahrscheinlich doppelt soviel verdienen, und ohne jede Gefahr.«

»Dort müßten sie vielleicht arbeiten«, sagte ich.

»Die Leute wittern förmlich den Kampf — wie Schlachtrosse«, fuhr er überschwenglich fort und überhörte die Worte, die ihm nicht behagten. »Zum Beispiel Bill Granger — den können Sie von keinem Kampfgetümmel fernhalten.«

»Damit dürften Sie recht haben. Ich sah ihn neulich abends in der Bar des ›Sporting‹ in eines verwickelt.«

»Sie wissen ganz genau, wie ich es meine.«

Zwei Rikschafahrer kamen, wild in die Pedale tretend, die Rue Catinat herabgesaust und hielten Kopf an Kopf vor dem »Continental«. Im ersten Fahrzeug saß Granger, das zweite enthielt ein kleines, graues, stummes Häufchen Elend, das Granger jetzt auf das Straßenpflaster herauszuziehen begann. »Na, komm schon, Mick«, sagte er. »Komm schon.« Dann fing er mit seinem Lenker über den Fahrpreis zu streiten an. »Da. Nimm's oder laß es bleiben«, sagte er und warf das Fünffache der angemessenen Summe auf die Straße, so daß sich der Mann danach bücken mußte.

Nervös sagte der Handelsattaché: »Ich habe das Gefühl, diese Jungs verdienen eine kleine Entspannung.«

Granger warf seine Last auf einen Stuhl. Dann fiel sein Blick auf Phuong. »Ah, Joe, du alter Gauner! Wo hast du die aufgelesen? Hab' gar nicht gewußt, daß du's noch in dir hast! Entschuldigt mich; muß mal aufs Klo. Gebt auf Mick acht.«

»Rauhe Soldatensitten«, sagte ich.

Pyle wurde wieder rot und sagte ernst: »Ich hätte Sie beide nicht eingeladen, wenn ich gewußt hätte ...«

Das graue Bündel regte sich auf seinem Sessel, der Kopf fiel vornüber auf die Tischplatte, als wäre er nicht befestigt. Es seufzte — ein langer, pfeifender Seufzer, aus dem unsägliche Langeweile sprach — und lag dann still da.

»Kennen Sie ihn?« fragte ich Pyle.

»Nein. Ist er nicht von der Presse?«

»Ich hörte, wie Bill ihn mit Mick anredete«, sagte der Handelsattaché.

»Ist nicht ein neuer United-Press-Korrespondent da?«

»Der da ist es nicht. Ich kenne den Neuen. Vielleicht einer von Ihrer Wirtschaftsmission? Sie können unmöglich alle Ihre Leute kennen — es sind doch Hunderte!«

»Ich glaube nicht, daß er zu uns gehört«, sagte der Handelsattaché. »Ich kann mich nicht an ihn erinnern.«

»Wir könnten nach seinem Ausweis suchen«, schlug Pyle vor.

»Weckt ihn doch um Gottes willen nicht auf! *Ein* Besoffener ist schon genug. Granger wird ihn sowieso kennen.«

Das war aber nicht der Fall. Mit bedrückter Miene kam er von der Toilette zurück. »Wer ist die Kleine da?« fragte er mürrisch.

»Miss Phuong ist eine Bekannte von Mr. Fowler«, sagte Pyle steif. »Wir möchten gerne wissen, wer ...«

»Wo hat er sie her? In dieser Stadt muß man vorsichtig sein.« Düster setzte er hinzu: »Danken wir Gott für das Penicillin!«

»Bill«, sagte der Handelsattaché, »wir möchten wissen, wer Mick ist.«

»Keine Ahnung.«

»Du hast ihn doch hergebracht.«

»Die Franzosen vertragen keinen Whisky. Er wurde ohnmächtig.«

»Ist er denn ein Franzose? Ich dachte, Sie nannten ihn Mick.«

»Na, irgendeinen Namen mußte ich ihm doch geben«, meinte Granger. Er beugte sich zu Phuong hinüber und sagte: »He, du! Trinkst du noch ein Glas Orangensaft? Und hast du heute abend schon ein Rendezvous?«

Ich sagte: »Sie hat jeden Abend ein Rendezvous.«

Der Handelsattaché sagte hastig: »Wie steht's mit dem Krieg, Bill?«

»Großartiger Sieg nordwestlich von Hanoi. Die Franzosen haben zwei Dörfer zurückerobert, deren Verlust sie uns nie gemeldet hatten. Schwere Verluste der Vietminh. Die eigenen haben sie noch nicht zählen können, werden sie uns aber in ein bis zwei Wochen bekanntgeben.«

»Es geht das Gerücht, daß die Vietminh in Phat Diem eingedrungen sind, den Dom niedergebrannt und den Bischof davongejagt haben«, sagte der Handelsattaché.

»Davon würden sie uns in Hanoi nichts erzählen. Das ist doch kein Sieg.«

»Eine unserer Sanitätsmannschaften kam über Nam Dinh nicht hinaus«, sagte Pyle.

»So weit hinunter bist du nicht gekommen, Bill?« fragte der Handelsattaché.

»Wofür hältst du mich? Ich bin Korrespondent mit einer *Ordre de circulation*, aus der genau zu ersehen ist, wann ich mich auf verbotenem Gebiet befinde. Nein, ich lande auf dem Flughafen von Hanoi. Man gibt uns einen Wagen zum Presse-Camp. Dann wird ein Flug über die zwei zurückeroberten Städte veranstaltet, und die Franzosen zeigen uns, daß dort die Trikolore weht. Aus solcher Höhe gesehen, könnte es jede x-beliebige Flagge sein. Dann halten sie eine Pressekonferenz ab, bei der uns ein Oberst erklärt, was wir gesehen haben. Dann reichen wir unsere Telegramme beim Zensor ein. Dann gibt es Drinks. Vom besten Barmixer in ganz Indochina. Zum Schluß fliegen wir wieder zurück.«

Pyle betrachtete stirnrunzelnd sein Bierglas.

»Du unterschätzt dich, Bill«, sagte der Handelsattaché. »Zum Beispiel dieser Bericht über die Chaussee 66 — wie nanntest du ihn? Ach ja: ›Straße zur Hölle‹ —, der hätte den Pulitzerpreis verdient. Du weißt, welche Geschichte ich meine — die von dem Mann, dem der Kopf weggerissen worden war und der im Straßengraben kniete, und von dem anderen, den du traumwandelnd gesehen hast ...«

»Ja, meinst du denn, ich würde wirklich in die Nähe dieser verfluchten Straße gehen? Stephen Crane war imstande, einen Krieg zu schildern, ohne ihn zu sehen. Warum sollte ich das nicht fertigbringen? Es ist sowieso nur ein verdammter Kolonialkrieg. Verschaff' mir noch was zum Trinken. Und dann gehen wir uns ein Mädchen suchen. Du hast da eine Puppe! Ich möchte auch so etwas haben.«

»Glauben Sie, daß an dem Gerücht über Phat Diem etwas Wahres ist?« wandte ich mich an Pyle.

»Das weiß ich nicht. Ist es wichtig? Ich würde gern hinfahren und mir die Sache ansehen, wenn sie wichtig ist«, sagte er.

»Wichtig für die Wirtschaftsmission?«

»Ach, man darf da nicht so scharfe Trennungslinien ziehen. Die Medizin ist auch ein Art Waffe, nicht wahr? Diese Katholiken – die dürften wohl stark antikommunistisch eingestellt sein, meinen Sie nicht?«

»Sie treiben jedenfalls mit den Kommunisten Handel. Der Bischof bekommt seine Kühe und das Bambusrohr für seine Bauten von den Kommunisten. Ich würde nicht behaupten, daß sie unbedingt York Hardings Vorstellung von der Dritten Kraft entsprechen«, frotzelte ich ihn.

»Hört schon endlich auf!« brüllte Granger. »Wir können doch nicht die ganze Nacht hier rumsitzen. Ich gehe ins ›Haus der fünfhundert Mädchen‹.«

»Darf ich Sie und Miss Phuong zum Dinner einladen«, begann Pyle.

»Ihr könnt ja im ›Chalet‹ essen«, unterbrach ihn Granger, »während ich nebenan die Mädels bumse. Vorwärts, Joe. Du bist wenigstens ein Mann!«

Ich glaube, in diesem Augenblick, während ich mich fragte, was ein Mann ist, empfand ich zum erstenmal Sympathie für Pyle. Er hatte sich von Granger ein wenig abgewandt und drehte mit der Hand sein Bierglas hin und her; sein Gesicht verriet, daß er sich deutlich von ihm distanzieren wollte. Er sagte zu Phuong: »Ich nehme an, daß Ihnen diese ganze Fachsimpelei allmählich zuwider wird – über Ihr Land, meine ich.«

»Comment?«

»Was willst du mit Mick anfangen?« fragte der Handelsattaché Bill Granger.

»Hierlassen«, meinte er.

»Das kannst du nicht tun. Du weißt nicht einmal, wie er heißt.«

»Wir könnten ihn ja mitnehmen und ihn den Mädchen überreichen, damit sie sich um ihn kümmern.«

Der Handelsattaché gab ein wieherndes, der Allgemeinheit gewidmetes Gelächter von sich. Er sah aus wie ein Gesicht auf dem Fernsehschirm. »Ihr jungen Leute könnt machen, was ihr wollt. Ich bin für solche Scherze zu alt. Ich nehme ihn mit nach Hause. Sagtest du nicht, daß er Franzose ist?«

»Er sprach französisch.«

»Wenn ihr ihn in meinen Wagen heben könnt ...«

Nachdem er abgefahren war, nahm Pyle mit Granger eine Rikscha, und Phuong und ich folgten ihnen in einer zweiten auf der Straße nach Cholon. Granger hatte versucht, sich zu Phuong in die Rikscha zu drängen, aber Pyle hatte ihn davon abgebracht. Während die Fahrer mit uns die lange Vorstadtstraße zum Chinesenviertel hinunterradelten, fuhren wir an einer Marschkolonne französischer Panzerwagen vorbei. Aus jedem Panzer ragte das Geschütz hervor, und ein stummer Offizier stand jeweils regungslos wie eine Galionsfigur unter den Sternen und dem samtschwarzen Himmelsgewölbe. Es gab also wieder Zusammenstöße, wahrscheinlich mit einer der privaten Armeen, vielleicht den Binh Xuyen, die das »Grand Monde« und die Spielhöllen von Cholon betrieben. Dies war ein Land rebellischer Adeliger, wie Europa im Mittelalter. Was taten also die Amerikaner hier? Kolumbus hatte ihr Land doch noch gar nicht entdeckt. Ich sagte zu Phuong: »Dieser Pyle gefällt mir.«

»Er ist so still«, meinte sie, und das Eigenschaftswort, das sie als erste gebrauchte, blieb an ihm haften wie ein Spitzname in der Schule, bis ich es sogar aus Vigots Mund vernahm, als er mit dem grünen Schirm über den Augen dasaß und mir Pyles Tod mitteilte.

Ich ließ unsere Rikscha vor dem »Chalet« halten und sagte zu Phuong: »Geh' voraus und suche einen Tisch für uns: Ich sehe besser nach Pyle.« Dies war meine erste instinktive Regung — das Verlangen, ihn zu beschützen. Nie wäre ich auf den Gedanken gekommen, daß es notwendiger war, mich selbst zu beschützen. Immer ist es die Unschuld, die stumm nach einem Beschützer ruft, während es so viel ratsamer wäre, uns vor ihr in acht zu nehmen: Die Unschuld gleicht einem stummen Aussätzigen, der seine Glocke verloren hat und nun durch die Welt zieht, ohne Böses zu wollen.

Als ich das »Haus der fünfhundert Mädchen« erreichte, waren Pyle und Granger bereits hineingegangen. Ich fragte den Wachtposten der Militärpolizei, der gleich hinter dem Eingang stand: *»Deux Americains?«*

Der junge Korporal der Fremdenlegion unterbrach die Reinigung seines Revolvers. Er deutete mit dem Daumen auf eine Tür im Hintergrund und machte auf deutsch einen Witz, den ich nicht verstand.

In dem gewaltigen Innenhof, der sich offen unter dem Himmel hinbreitete, war gerade die Stunde der Rast. Hunderte von Mädchen lagen oder hockten im Gras und unterhielten sich mit ihren Gefährtinnen. Die Vorhänge der winzigen Kammern, die den Hof rings umsäumten, waren zurückgezogen – ein erschöpftes Mädchen lag mit gekreuzten Beinen allein auf einem Bett. In Cholon gab es Unruhen, die Truppen waren kaserniert, und hier war man beschäftigungslos: der Sonntag des Leibes. Aber ein dichter Schwarm zankender, balgender und kreischender Mädchen zeigte mir, wo noch Kundschaft zu finden war. Die alte Saigoner Geschichte von dem vornehmen Besucher fiel mir wieder ein, der beim Versuch, sich zum sicheren Ort des Polizeipostens durchzukämpfen, seine Hose eingebüßt hatte. Für Zivilisten gab es hier keinen Schutz. Wenn sie sich darauf einließen, im Revier des Militärs zu wildern, dann mußten sie auf sich selbst achtgeben und schauen, wie sie wieder herauskamen.

Ich hatte eine Technik gelernt: Teile und herrsche! Ich griff aus der Gruppe, die sich um mich zu bilden begann, eines der Mädchen heraus und drängte es langsam zu der Stelle hin, wo Pyle und Granger kämpften.

»Je suis un vieux«, sagte ich. *»Trop fatigué.«* Das Mädchen kicherte und drängte sich an mich. *»Mon ami«*, sagte ich, *»il est très riche, très vigoureux.«*

»Tu es sale«, erwiderte es.

Ich erblickte Granger, erhitzt und triumphierend: Anscheinend betrachtete er diese Demonstration als eine Huldigung an seine Männlichkeit. Eines der Mädchen hatte seinen Arm in den von Pyle geschlungen und versuchte, ihn mit sanfter Gewalt aus dem Ring der anderen herauszuziehen. Ich stieß mein Mädchen unter die übrigen und rief: »Hierher, Pyle!«

Er sah über die Köpfe der Mädchen zu mir herüber und sagte: »Furchtbar ist das. Furchtbar.« Es mochte eine Täuschung durch das Lampenlicht sein, aber sein Gesicht sah abgezehrt aus. Der Gedanke kam mir, daß er möglicherweise noch nie eine Frau besessen hatte.

»Kommen Sie mit, Pyle«, sagte ich. »Und überlassen Sie die Mädchen Granger.« Ich sah, daß sich seine Hand in Richtung Hüfttasche bewegte. Ich glaube allen Ernstes, er wollte seine Taschen leeren und Piaster und Dollar unter die Mädchen verteilen. »Seien Sie doch kein Narr, Pyle«, fuhr ich ihn an. »Gleich werden sie sich um Sie zanken.« Mein Mädchen wandte sich wieder mir zu, und ich gab ihr noch einen Stoß zurück in den engen Kreis um Granger. *»Non, non«*, sagte ich, *»je suis un Anglais, pauvre, très pauvre«*. Dann erwischte ich Pyle am Rockärmel und zerrte ihn heraus, während das Mädchen an seinem anderen Arm hing wie ein Fisch an der Angel. Zwei oder drei Frauen suchten uns den Weg abzuschneiden, ehe wir das Ausgangstor erreichten, wo der Korporal stand und uns beobachtete; aber es fehlte ihnen an Entschlossenheit.

»Was soll ich mit der da anfangen?« sagte Pyle.

»Sie wird keine Scherereien machen«, meinte ich, und in diesem Augenblick ließ das Mädchen auch schon Pyles Arm los und stürzte sich in das Getümmel um Granger.

»Wird ihm wohl nichts passieren?« fragte Pyle besorgt.

»Der hat jetzt, was er haben wollte — eine Puppe.«

Draußen im Freien, wo gerade eine zweite Abteilung von Panzerwagen zielbewußt vorüberrollte, schien die Nacht sehr still zu sein. »Furchtbar ist das«, wiederholte Pyle. »Ich hätte es nicht für möglich gehalten...« Betrübt und zugleich ehrfürchtig fügte er hinzu: »So hübsch waren sie.« Er beneidete nicht Granger, er klagte nur darüber, daß etwas Gutes — und Schönheit und Grazie sind ohne Zweifel Ausdrucksformen des Guten — so verdorben und mißhandelt wurde. Pyle vermochte Leid zu erkennen, wenn er es vor Augen hatte. (Wenn ich solches über ihn schreibe, so ist das kein Hohn, denn nicht viele unter uns verfügen über diese Fähigkeit.)

»Kommen Sie zurück zum ›Chalet‹. Phuong wartet auf uns«, sagte ich.

»Entschuldigen Sie. Das hatte ich ganz vergessen. Sie hätten sie nicht allein lassen sollen.«

»*Sie* war ja nicht in Gefahr.«

»Ich dachte nur, ich würde Granger sicher nach Hause...« Wiederum versank er in seinen Gedanken. Doch als wir das Lokal betraten, sagte er in unbegreiflichem Seelenschmerz: »Ich hatte vergessen, wie viele Männer es gibt...«

2

Phuong hatte einen Tisch am Rande der Tanzfläche für uns besetzt, und das Orchester spielte einen Schlager, der vor fünf Jahren in Paris populär gewesen war. Zwei vietnamesische Paare, zierlich, elegant, distanziert, tanzten mit einem Flair von Zivilisiertheit, mit dem wir es nicht aufnehmen könnten. (Ich erkannte eines der Paare — es war ein Buchhalter der Banque de l'Indo-Chine und seine Gattin.) Man hatte den Eindruck, daß sie sich niemals nachlässig kleideten, niemals etwas Falsches sagten, niemals einer ungehörigen Leidenschaft anheimfielen. Wenn der Krieg in diesem Land mittelalterlich erschien, dann glichen sie der Zukunft des achtzehnten Jahrhunderts. Man hätte meinen können, Monsieur Pham-Van-Tu verfaßte in seiner Freizeit klassische Verse; zufällig wußte ich aber, daß er ein Verehrer Wordsworths war und romantische Naturpoesie schrieb. Seine Urlaube verbrachte er in Dalat, wo er noch am ehesten die Stimmung der nordenglischen Seenlandschaft vorfand. Er verbeugte sich leicht, als er an uns vorübertanzte.

Ich fragte mich, wie es fünfzig Meter von uns entfernt Granger ergangen war.

Eben entschuldigte sich Pyle bei Phuong in schauerlichem Französisch dafür, daß wir sie hatten warten lassen. *»C'est impardonable«*, sagte er.

»Wo waren Sie?« fragte sie ihn.

»Ich habe Granger nach Hause begleitet«, antwortete er.

»Nach Hause?« sagte ich und lachte, und Pyle warf mir einen Blick zu, als sei ich ein zweiter Granger. Mit einem Mal sah ich mich selbst, wie er mich sehen mußte, als einen Mann in mittleren Jahren, die Augen leicht gerötet, mit beginnendem Fettansatz, plump und ungelenk in der Liebe, weniger aufdringlich als Granger vielleicht, aber zynischer, weniger unschuldig; und für einen Augenblick sah ich Phuong vor mir, wie ich sie zum erstenmal gesehen hatte, als sie in einem weißen Ballkleid an meinem Tisch im »Grand Monde« vorübertanzte, achtzehnjährig und unter der Aufsicht einer älteren Schwester, die entschlossen gewesen war, sie gut mit einem Europäer zu verheiraten. Ein Amerikaner hatte sich eine Karte gekauft und sie zu einem Tanz aufgefordert. Er war etwas betrunken — aber durchaus harmlos, und ich nehme an, er war noch fremd in diesem Land und meinte, die Eintänzerinnen im »Grand Monde« seien Dirnen. Er hielt sie viel zu fest an sich gepreßt, während sie die erste Runde um das Parkett machten. Und sie — sie ging unvermittelt an ihren Platz neben der Schwester zurück, und er blieb allein, einsam und verlassen unter den übrigen Tänzern, er wußte nicht, was geschehen war oder weshalb. Und die junge Frau, deren Namen ich nicht kannte, saß still an ihrem Tisch, nippte hin und wieder an ihrem Glas Orangensaft, gehörte nur sich selbst.

»Peut-on avoir l'honneur?« fragte Pyle eben mit seinem fürchterlichen Akzent, und einen Augenblick später sah ich sie am anderen Ende des Saales schweigend dahintanzen. Pyle hielt seine Partnerin so weit von sich, daß man hätte meinen können, er werde sich im nächsten Augenblick völlig von ihr trennen. Er war ein elender Tänzer, und sie war

in jener Zeit im »Grand Monde« die beste Tänzerin, der ich je begegnet war.

Es war ein langes Liebeswerben voll Enttäuschungen gewesen. Hätte ich ihr die Ehe und eine entsprechende Vermögensübertragung anbieten können, dann wäre alles leicht gegangen, und die ältere Schwester hätte sich bei jeder unserer Zusammenkünfte still und taktvoll zurückgezogen. So aber vergingen drei Monate, ehe ich sie auch nur für einen Augenblick allein sprechen konnte. Es war auf einem Balkon des »Majestic«, und ihre Schwester fragte im Zimmer dahinter ununterbrochen, wann wir wieder hineinzukommen gedächten. Im Schein von Leuchtfeuern wurde auf dem Saigon-Fluß ein Frachtdampfer aus Frankreich entladen. Die Fahrradglocken der Rikschas schrillten wie Telefone. Und ich hätte ein junger, unerfahrener Narr sein können — so schwer fiel es mir, die richtigen Worte zu finden. Verzweifelt kehrte ich zu meinem Bett in der Rue Catinat zurück und hätte mir nie im Traum einfallen lassen, daß Phuong vier Monate später dort neben mir liegen werde, ein wenig atemlos und lachend, als sei sie überrascht, daß alles etwas anders war, als sie erwartet hatte.

»Monsieur Fowlair!« Ich hatte die beiden beim Tanzen beobachtet und nicht bemerkt, daß Phuongs Schwester mir von einem anderen Tisch aus zuwinkte. Jetzt kam sie herüber, und ich forderte sie widerstrebend auf, Platz zu nehmen. Unsere Freundschaft hatte in jener Nacht ein Ende gefunden, als sie im »Grand Monde« plötzlich von einem Unwohlsein befallen worden war und ich Phuong nach Hause begleitet hatte.

»Ich habe Sie ein ganzes Jahr lang nicht gesehen«, sagte sie.

»Ich bin sehr oft weg, in Hanoi.«

»Wer ist Ihr Freund?« erkundigte sie sich.

»Er heißt Pyle.«

»Was tut er?«

»Er gehört der amerikanischen Wirtschaftsmission an. Sie kennen das ja — elektrische Nähmaschinen für halbverhungerte Näherinnen.«

»Gibt es welche?«

»Das weiß ich nicht.«

»Jedenfalls verwenden sie keine elektrischen Nähmaschinen. Wo die wohnen, gibt es bestimmt keinen Strom.« Sie war eine Frau, die alles wörtlich nahm.

»Da müssen Sie schon Pyle fragen«, erwiderte ich.

»Ist er verheiratet?«

Ich warf einen Blick zur Tanzfläche hinüber. »Ich möchte behaupten, daß er noch nie näher als jetzt an eine Frau herangekommen ist.«

»Er tanzt sehr schlecht«, stellte sie fest.

»Richtig.«

»Aber er macht einen netten, verläßlichen Eindruck.«

»O ja.«

»Kann ich ein bißchen bei Ihnen sitzen bleiben? Meine Bekannten sind sehr langweilig.«

Die Musik hörte auf, und Pyle verbeugte sich steif vor Phuong, dann brachte er sie an den Tisch zurück und rückte ihr den Stuhl zurecht. Ich konnte es ihr ansehen, daß ihr seine förmliche Art gefiel. Wie vieles sie in ihrer Beziehung zu mir vermissen mußte, dachte ich.

»Das ist Phuongs Schwester, Miss Hei«, wandte ich mich an Pyle.

»Sehr erfreut, Ihre Bekanntschaft zu machen«, sagte er und errötete.

»Sie kommen aus New York?« fragte sie.

»Nein, aus Boston.«

»Das liegt auch in den Vereinigten Staaten?«

»O ja, ja.«

»Ist Ihr Herr Vater Geschäftsmann?«

»Nein, eigentlich nicht. Er ist Professor.«

»Ein Lehrer?« fragte sie mit einem Anflug von Enttäuschung.

»Nun, er ist gewissermaßen eine Autorität, wissen Sie. Die Leute konsultieren ihn.«

»Wegen ihrer Gesundheit? Ist er Doktor?«

»Nicht die Sorte Doktor, an die Sie denken. Er ist ein

Doktor-Ingenieur. Er weiß alles über Unterwassererosion. Haben Sie eine Ahnung, was das ist?«

»Nein.«

Pyle machte einen schwachen Versuch, humorvoll zu sein: »Na, dann will ich es meinem Dad überlassen, Ihnen das zu erklären.«

»Ist er denn hier?«

»Ach, nein.«

»Aber er kommt her?«

»Nein. Das war nur ein Scherz«, sagte Pyle entschuldigend.

»Haben Sie vielleicht noch eine Schwester?« fragte ich Miss Hei.

»Nein. Weshalb?«

»Weil es so klingt, als wollten Sie Mr. Pyles Heiratswürdigkeit überprüfen.«

»Ich habe nur eine Schwester«, sagte Miss Hei und griff nach Phuongs Knie, das sie mit fester Hand umklammerte, wie der Vorsitzende in einer Debatte seine Glocke, wenn er zur Ordnung ruft.

»Sie ist eine sehr hübsche Schwester«, sagte Pyle.

»Sie ist das schönste Mädchen in ganz Saigon«, erwiderte Miss Hei, als wolle sie sein Urteil korrigieren.

»Das glaube ich gern.«

»Es ist Zeit, daß wir unser Dinner bestellen«, sagte ich. »Selbst das schönste Mädchen von Saigon muß essen.«

»Ich bin nicht hungrig«, erklärte Phuong.

»Sie ist sehr zart«, fuhr Miss Hei mit Entschiedenheit fort. In ihrer Stimme lag ein drohender Unterton. »Sie braucht Fürsorge. Sie verdient Fürsorge. Sie ist sehr, sehr treu.«

»Mein Freund ist ein Glückspilz«, sagte Pyle ernst.

»Sie liebt Kinder«, sagte Miss Hei.

Ich lachte und fing dabei Pyles Blick auf; er betrachtete mich schockiert und erstaunt, und plötzlich wurde mir klar, daß er dem, was Miss Hei zu sagen hatte, aufrichtiges Interesse entgegenbrachte. Während ich das Dinner bestellte (trotz Phuongs Beteuerung, sie sei nicht hungrig, wußte ich, daß sie ein ausgiebiges Beefsteak tatare mit zwei rohen Eiern und so weiter wohl vertragen konnte), hörte ich zu, wie er die Kinderfrage ernsthaft erörterte. »Ich habe mir schon immer gedacht, daß ich viele Kinder haben möchte«, erklärte er. »Eine große Familie ist ein wunderbarer Lebenszweck. Sie festigt die Ehe. Und auch für die Kinder ist das gut. Ich war ein Einzelkind, und das ist ein großer Nachteil.« Nie zuvor hatte ich ihn so viel reden hören.

»Wie alt ist Ihr Herr Vater?« fragte Miss Hei in ihrer Unersättlichkeit.

»Neunundsechzig.«

»Alte Leute lieben Enkelkinder. Es ist sehr traurig, daß meine Schwester keine Eltern mehr hat, die sich an ihren Kindern erfreuen könnten. Wenn der Tag kommt«, fügte sie mit einem unheildrohenden Blick auf mich hinzu.

»Und daß Sie auch keine mehr haben«, ergänzte Pyle, wie mir schien, ziemlich überflüssigerweise.

»Unser Vater stammte aus einer überaus vornehmen Familie. Er war ein Mandarin in Hué.«

»Ich habe für euch alle Dinner bestellt«, sagte ich.

Miss Hei erhob Einspruch: »Nicht für mich! Ich muß zu meinen Bekannten zurückgehen. Mr. Pyle würde ich sehr gern einmal wiedersehen. Vielleicht könnten Sie es so einrichten.«

»Wenn ich aus dem Norden zurückkomme«, erwiderte ich.

»Sie gehen nach dem Norden?«

»Ja, ich glaube, es ist Zeit, daß ich mir den Krieg ansehe.«

»Aber die gesamte Presse ist doch schon zurückgekommen«, meinte Pyle .

»Das ist für mich die günstigste Zeit. So brauche ich nicht mit Granger zusammenzutreffen.«

»Sie müssen zu meiner Schwester und zu mir zum Dinner kommen, wenn Monsieur Fowlair fort ist.« Und mit mißmutiger Höflichkeit fügte Miss Hei hinzu: »Um sie aufzuheitern.«

Nachdem sie gegangen war, sagte Pyle: »Was für eine charmante, kultivierte Frau. Und sie spricht so gut Englisch.«

»Sag' ihm, daß meine Schwester einmal in Singapur gearbeitet hat«, forderte mich Phuong voll Stolz auf.

»Wirklich? Was denn?«

Ich übersetzte für sie: »Import und Export. Sie kann stenographieren.«

»Ich wollte, wir hätten mehr Angestellte mit ihren Fähigkeiten in unserer Wirtschaftsmission.«

»Ich werde mit ihr sprechen«, sagte Phuong. »Sie würde gern für die Amerikaner arbeiten.«

Nach dem Dinner tanzten sie noch einmal. Ich bin auch ein schlechter Tänzer, und ich besaß nicht Pyles Unbefangenheit – oder, so überlegte ich, hatte ich sie in jenen Tagen, als ich mich in Phuong verliebte, etwa doch besessen? Es mußte vor jener denkwürdigen Nacht von Miss Heis Unpäßlichkeit oftmals vorgekommen sein, daß ich im »Grand Monde« mit Phuong tanzte, nur um mich mit ihr unterhalten zu können. Eine solche Gelegenheit ergriff Pyle nicht, während sie jetzt aufs neue um das Parkett kreisten. Er war etwas entspannter, das war alles, und er hielt seine Partnerin nicht mehr auf Armeslänge von sich; aber beide waren schweigsam. Ich blickte auf Phuongs Füße, ihre schwerelosen und exakten Tanzschritte, die selbst Pyles Dahinstolpern meisterten, und war auf einmal wieder verliebt. Ich konnte es kaum glauben, daß sie in einer Stunde oder zwei mit mir zurückkehren würde in mein schäbiges Zimmer, mit der Gemeinschaftstoilette draußen und den alten Weibern, die auf dem Treppenabsatz hockten.

Ich wünschte, das Gerücht über Phat Diem wäre mir niemals zu Ohren gekommen, oder es hätte sich auf irgendeinen anderen Ort bezogen als ausgerechnet auf die eine Stadt im Norden, wo mir meine Freundschaft mit einem französischen Marineoffizier gestatten würde, ohne Zensur und ohne Kontrolle hineinzuschlüpfen. Ein Zeitungsknüller? Nicht in jenen Tagen, wo die ganze Welt nur auf Nachrichten aus Korea wartete. Eine Gelegenheit, den Tod zu finden? Weshalb sollte ich sterben wollen, wenn Phuong jede Nacht neben mir schlief? Doch ich wußte die Antwort auf diese Fragen. Von Kindheit an hatte ich nie an Beständigkeit geglaubt und mich doch danach gesehnt. Unablässig beherrschte mich die Angst, ich könnte das Glück verlieren. Noch diesen Monat, oder nächstes Jahr, würde Phuong mich verlassen. Und wenn nicht nächstes Jahr, so in drei Jahren. Der Tod war der einzige absolute Wert in meiner Welt. Wer das Leben verlor, konnte für alle Ewigkeit nie wieder irgend etwas verlieren. Ich beneidete jene, die an einen Gott glauben konnten, und mißtraute ihnen; ich hatte das Gefühl, daß sie mit Hilfe einer Fabel vom Unveränderlichen und ewig Bestehenden ihren Mut aufrechterhielten. Dem Tod kam viel größere Gewißheit zu als Gott, und mit dem Tod würde die Gefahr, daß die Liebe mit jedem Tag sterben konnte, ein Ende finden. Der Alptraum einer Zukunft voll Langeweile und Gleichgültigkeit würde mir genommen werden. Ich hätte nie ein Pazifist sein können. Einen Menschen töten hieß mit Sicherheit, ihm eine unermeßliche Wohltat zu erweisen. O ja, allenthalben liebten die Leute ihre Feinde. Nur ihre Freunde verschonten sie, damit sie das Leid und die Leere erleben konnten.

»Verzeihen Sie mir, daß ich Ihnen Miss Phuong entführt habe«, sagte Pyles Stimme.

»Ach, ich bin kein Tänzer, aber ich sehe ihr gern beim Tanzen zu.« So sprach man stets von ihr: in der dritten Person, als wäre sie gar nicht anwesend. Bisweilen schien sie unsichtbar zu sein wie der Friede.

Die erste Kabarettvorstellung des Abends begann: eine Sängerin, ein Jongleur, ein Komiker — er war sehr obszön, aber als ich zu Pyle hinüberblickte, stellte ich fest, daß er dieser Art Sprache offensichtlich nicht folgen konnte. Er lächelte, wenn Phuong lächelte, und lachte unbehaglich, wenn ich lachte. »Ich möchte nur wissen, wo Granger jetzt ist«, sagte ich, und Pyle warf mir einen vorwurfsvollen Blick zu.

Dann kam die Hauptattraktion des Abends: eine Truppe von Schauspielern, die Frauen imitierten. Ich hatte die meisten von ihnen schon im Laufe des Tages in der Rue Catinat auf und ab schlendern sehen, in alten Flanellhosen und Pullovern, mit einem bläulichen Bartschatten ums Kinn und sich in den Hüften wiegend. Jetzt, in tiefausgeschnittenen Abendkleidern, mit falschem Schmuck und falschen Brüsten und rauchigen Stimmen, wirkten sie mindestens ebenso begehrenswert wie die meisten europäischen Frauen in Saigon. Eine Gesellschaft von jungen Luftwaffenoffizieren pfiff ihnen zu, und sie lächelten glamourös zurück. Ich war überrascht von der plötzlichen Heftigkeit, mit der Pyle protestierte. »Fowler«, sagte er, »gehen wir. Wir haben genug gesehen, nicht wahr? Das ist doch ganz und gar unpassend für *sie*.«

Viertes Kapitel

I

Vom Glockenturm der Kathedrale aus betrachtet, glich die Schlacht nur einem Bild, wie das Panorama einer Kampfszene aus dem Burenkrieg in einer alten Nummer der ›Illustrated London News‹. Ein Flugzeug warf mit dem Fallschirm Nachschubmaterial für einen eingeschlossenen Vorposten im *Calcaire* ab, jenen seltsamen, von Wind und Wetter zerfressenen Bergen an der Grenze von Annam, die wie Haufen von Bimsstein aussehen; und weil die Maschine jedesmal von derselben Stelle aus zum Gleitflug ansetzte, hätte man meinen können, sie habe sich von dort gar nicht fortbewegt; und auch der Fallschirm schwebte stets an demselben Punkt auf halbem Weg zur Erde. Aus der Ebene stiegen ewig gleich die Explosionswolken der Granatwerfer auf, der Rauch so fest geballt wie Stein, und die Flammen auf dem Marktplatz brannten blaß im Sonnenlicht. Die winzigen Gestalten der Fallschirmjäger bewegten sich im

Gänsemarsch entlang den Kanälen, doch aus dieser Höhe schienen sie stillzustehen. Selbst der Priester, der in einem Winkel des Turms saß und sein Brevier betete, veränderte nie seine Haltung. Der Krieg war ordentlich und sauber aus dieser Entfernung.

Ich war vor dem Morgengrauen auf einem Landungsboot aus Nam Dinh hereingekommen. Wir hatten an der Marinestation nicht landen können, weil der Feind, der die Stadt in einem Umkreis von sechshundert Metern völlig umzingelt hielt, die Verbindung mit ihr abgeschnitten hatte; daher legte das Boot neben dem lodernden Marktplatz an. Wir waren im Licht der Flammen ein leicht erkennbares Ziel, aber aus irgendeinem Grund schoß niemand. Alles blieb still, nur das Knistern und Bersten der brennenden Marktbuden war zu vernehmen. Ich konnte deutlich hören, wie am Flußufer ein Senegal-Schütze, der dort Posten stand, seine Stellung veränderte.

Ich hatte Phat Diem in den Tagen vor dem Angriff gut gekannt — die eine enge, lange Straße von hölzernen Buden, die alle hundert Meter von einem Kanal, einer Kirche und einer Brücke unterteilt wurde. Nachts war sie nur mit Kerzen und Öllämpchen beleuchtet gewesen (in Phat Diem gab es keinen elektrischen Strom, außer in den Quartieren der französischen Offiziere), und bei Tag und bei Nacht hatten Menschen und Lärm die Straße erfüllt. In einer seltsam mittelalterlichen Art, überschattet und zugleich beschirmt vom Fürstbischof, war es die lebendigste Stadt im ganzen Land gewesen. Doch als ich jetzt hier landete und mich auf den Weg zum Offiziersquartier machte, schien sie so ausgestorben wie keine andere. Schutt, zerbrochenes Glas, der Geruch von verbrannter Farbe und geborstenem Verputz, die lange, menschenleere Straße, soweit das Auge reichte — dieses Bild gemahnte mich an eine Hauptverkehrsader in London in den frühen Morgenstunden nach der Entwarnung; man erwartete geradezu, ein Plakat mit der Aufschrift »Vorsicht! Blindgänger!« zu sehen.

Die Vorderwand des Offiziersgebäudes war weggeschossen worden, und die Häuser auf der gegenüberliegenden Straßenseite lagen in Trümmern. Während wir von Nam Dinh flußabwärts fuhren, hatte mir Leutnant Peraud erzählt, was sich ereignet hatte. Er war ein ernster junger Mann, ein Freimaurer, und für ihn war dies gewissermaßen ein Strafgericht über die abergläubischen Anschauungen seiner Mitmenschen. Der Bischof von Phat Diem hatte einmal Europa besucht und sich dort die Verehrung Unserer Lieben Frau von Fatima angeeignet — jener Vision der Heiligen Jungfrau, die nach der Überzeugung der Katholiken einer Gruppe von Kindern in Portugal erschienen war. Nach seiner Rückkehr ließ er ihr zu Ehren auf dem umfriedeten Domplatz eine Grotte errichten und beging ihren Festtag alljährlich mit einer feierlichen Prozession. Die Beziehungen zwischen dem Bischof und dem Oberst, der die französischen und vietnamesischen Streitkräfte in diesem Abschnitt befehligte, waren stets sehr gespannt gewesen, seit die Behörden die private Armee des Bischofs aufgelöst hatten. In diesem Jahr aber hatte der Oberst — den eine gewisse Sympathie mit dem Bischof verband, weil beiden ihr Land wichtiger erschien als die katholische Religion — eine Geste der Freundschaft gemacht und war mit den Offizieren seines Stabes an der Spitze der Prozession marschiert. Niemals zuvor hatte sich in Phat Diem eine größere Volksmenge versammelt, um Unserer Lieben Frau von Fatima ihre Verehrung darzubringen. Selbst viele Buddhisten — die rund die Hälfte der Bevölkerung ausmachten — wollten sich diesen Spaß nicht entgehen lassen, und jene, die weder an Gott noch an Buddha glaubten, dachten, daß irgendwie die vielen Banner und Weihrauchfässer und die goldene Monstranz den Krieg von ihrem Heim fernhalten würden. Das letzte Überbleibsel der bischöflichen Armee — die Musikkapelle — führte die Prozession an, ihr folgten die französischen Offiziere, die auf Befehl ihres Obersten mit frommer Miene gleich Chorknaben durch das große Tor auf den Domplatz zogen, vorüber an der weißen Statue des Heiligsten Herzens Jesu, die auf einer Insel in dem kleinen

See vor dem Dom stand, unter dem Glockenturm mit seinen ausladenden, orientalisch geschwungenen Dächern vorbei und in den mit Schnitzereien reich verzierten Holzbau des Doms, dessen gigantische Säulen aus je einem einzigen Baumstamm bestanden und dessen Altar, in scharlachroter Lackarbeit gehalten, eher buddhistisch als christlich wirkte. Aus allen Dörfern zwischen den Kanälen, aus jener holländisch anmutenden Landschaft, wo junge grüne Reissprößlinge und goldene Erntefelder den Platz der Tulpen einnehmen und Kirchen jenen der Windmühlen, strömte das Volk zusammen.

Niemand bemerkte die Agenten der Vietminh, die sich ebenfalls der Prozession angeschlossen hatten; und als in der folgenden Nacht die Hauptstreitmacht der Kommunisten, wohl beobachtet von den hilflosen französischen Vorposten auf den Bergeshöhen, durch die Paßübergänge im *Calcaire* in die Ebene von Tonkin vorrückte, schlug das Vorkommando ihrer Agenten in Phat Diem zu.

Jetzt, nach viertägigem Ringen, war der Feind dank des Einsatzes von Fallschirmjägern eine halbe Meile rund um die Stadt zurückgedrängt worden. Das war eine Niederlage: Keine Kriegsberichterstatter wurden zugelassen, keine Telegramme konnten abgesandt werden; denn die Zeitungen durften nur Siege melden. Die Behörden würden mich in Hanoi festgehalten haben, wenn sie von meiner Absicht gewußt hätten. Aber je weiter man sich vom Hauptquartier entfernt, desto lockerer wird die Überwachung, bis man schließlich, wenn man in die Reichweite des feindlichen Feuers vordringt, zum willkommenen Gast wird — was für den Etat-Major in Hanoi eine Bedrohung gewesen ist, und für den Oberst in Nam Dinh eine Sorge, bedeutet für den Leutnant im Feld einen Scherz, eine Zerstreuung, einen Beweis für das Interesse der Außenwelt, so daß er für ein paar gesegnete Stunden sich selbst ein bißchen dramatisieren und sogar die Verwundeten und Gefallenen in seinen eigenen Reihen in einem falschen heroischen Licht sehen kann.

Der Priester schloß sein Brevier und sagte: »Also, das wäre erledigt.« Er war Europäer, aber kein Franzose, denn der Bischof hätte in seiner Diözese keinen französischen Geistlichen geduldet. Entschuldigend sagte er: »Ich muß hier heraufkommen, verstehen Sie, um von all den armen Menschen dort unten ein wenig Ruhe zu haben.« Das Krachen der Granatwerfer schien näherzurücken, oder vielleicht erwiderte der Feind endlich das Feuer der Franzosen. Das Schwierigste war seltsamerweise, ihn aufzuspüren: Es gab ein Dutzend schmaler Fronten, und zwischen den Kanälen, in den Bauernhöfen und Reisfeldern, boten sich unzählige Gelegenheiten zu einem Hinterhalt.

Unmittelbar zu unseren Füßen stand, saß und lag die gesamte Bevölkerung von Phat Diem. Katholiken, Buddhisten, Heiden; sie alle hatten ihre wertvollste Habe — einen Kochherd, eine Lampe, einen Spiegel, einen Kleiderschrank, etliche Matten, ein Heiligenbild — zusammengepackt und waren damit in den umfriedeten Domplatz gezogen. Hier im Norden wurde es bei Einbruch der Dämmerung bitter kalt, und die Kirche war bereits voll von Menschen: es gab kein schützendes Dach mehr; selbst auf den Treppen, die hinauf zum Glockenturm führten, war jede Stufe besetzt, und ständig drängten sich weitere Flüchtlinge, mit kleinen Kindern und Hausgeräten beladen, durch die Tore. Was immer ihre religiöse Überzeugung sein mochte, hier glaubten sie sich in Sicherheit. Während wir diese Szene betrachteten, schob sich ein junger Mann in vietnamesischer Uniform und mit einem Gewehr in der Hand durch die Massen: Ein Priester hielt ihn an und nahm ihm die Waffe ab. Der Geistliche an meiner Seite sagte zur Erklärung: »Wir sind hier neutral. Dies ist das Territorium Gottes.« Ich dachte: Es ist eine sonderbare, arme Bevölkerung, die Gott in seinem Königreich hat, verschüchtert, frierend und hungernd — »Ich weiß nicht, wie wir alle diese Menschen ernähren sollen«, sagte mir der Priester — man sollte doch meinen, ein großer König brächte Besseres zustande. Doch dann dachte ich: Wohin immer man geht, es ist überall dasselbe — nicht jene sind die mächtigsten Herrscher, die über das glücklichste Volk gebieten.

Unten waren bereits kleine Verkaufsbuden errichtet worden. Ich sagte: »Hier sieht es aus wie auf einem riesigen Markt, aber es gibt nicht ein lachendes Gesicht.«

Der Priester entgegnete: »Sie haben vorige Nacht furchtbar gefroren. Wir müssen die Klostertüren geschlossen halten, sonst würden sie uns überfluten.«

»Und Sie haben es dort drinnen hübsch warm, wie?«

»Nicht sehr warm. Außerdem hätten wir nicht für ein Zehntel von ihnen Platz. Ich weiß, was Sie jetzt denken«, fuhr er fort. »Aber es ist wichtig, daß einige von uns gesund bleiben. Wir haben das einzige Spital in ganz Phat Diem, und unsere einzigen Krankenpflegerinnen sind diese Nonnen.«

»Und Ihr Chirurg?«

»Ich tue, was in meiner Macht steht.« Da erst bemerkte ich, daß seine Soutane blutbespritzt war.

»Kamen Sie herauf, um mich zu suchen?« fragte er.

»Nein, ich wollte mich nur orientieren.«

»Ich fragte Sie bloß deshalb, weil ich in der vergangenen Nacht einen Mann hier oben hatte. Er wollte beichten. Er hatte ein bißchen Angst bekommen, wissen Sie, nach allem, was er unten am Kanal gesehen hatte. Man konnte ihm keinen Vorwurf machen.«

»Dort sieht es wohl übel aus?«

»Ja, die Fallschirmjäger nahmen sie ins Kreuzfeuer. Arme Kerle! Ich meinte, Sie wären in einer ähnlichen Stimmung.«

»Ich bin kein Katholik. Sie könnten mich nicht einmal als Christen bezeichnen, glaube ich.«

»Es ist seltsam, was die Angst bei einem Menschen bewirkt.«

»Bei mir würde sie nie so etwas bewirken. Wenn ich überhaupt an einen Gott glaubte, wäre mir doch der Gedanke der Beichte immer noch verhaßt. In einem Ihrer Kasten zu knien! Mich vor einem anderen Menschen förmlich zu entblößen! Sie müssen mir verzeihen, Hochwürden, aber mir erscheint das morbid — geradezu unmännlich.«

»Oh, ich nehme an, Sie sind ein guter Mensch«, entgegnete er leichthin. »Wahrscheinlich haben Sie nie viel zu bereuen gehabt.«

Ich blickte die Reihe der Kirchen entlang, die in gleichmäßigen Abständen zwischen den Kanälen aufragten, und dann gegen das Meer hinaus. Vom zweiten Turm in der Kette blitzte ein Licht herüber. »Sie haben aber nicht alle Ihre Kirchen neutral gehalten«, sagte ich.

»Das ist auch nicht möglich«, meinte er. »Die Franzosen haben sich bereit erklärt, den Platz rund um den Dom in Frieden zu lassen. Mehr können wir nicht erwarten. Dort drüben, wo Sie eben hinsehen, ist ein Posten der Fremdenlegion.«

»Ich werde jetzt gehen. Leben Sie wohl, Hochwürden.«

»Leben Sie wohl. Und viel Glück. Nehmen Sie sich vor den Heckenschützen in acht.«

Ich mußte mich durch das Menschengewühl zwängen, um zum Ausgang zu gelangen, kam am See vorüber und an der weißen Statue mit ihren süßlich ausgebreiteten Armen, und hinaus auf die lange Straße. In jeder Richtung konnte ich beinahe einen Kilometer weit sehen, und außer mir waren auf dieser ganzen Strecke nur zwei lebendige Wesen zu erblicken — zwei Soldaten mit getarnten Stahlhelmen und schußbereiten Maschinenpistolen; behutsam gingen sie am Straßenrand dahin und entfernten sich dabei immer mehr von mir. Ich sage »lebendige Wesen«, weil in einer Tornische ein Toter lag, mit dem Kopf auf der Straße. Das Summen der Fliegen, die sich dort versammelten, und das leiser und leiser werdende Platschen der Soldatenstiefel waren die einzigen hörbaren Laute. Den Kopf abgewandt, ging ich rasch an der Leiche vorüber. Als ich mich ein paar Minuten später umsah, war ich mit meinem Schatten ganz allein, und außer den Geräuschen, die ich verursachte, war nichts zu vernehmen. Ich kam mir vor wie eine Zielscheibe auf einem Schießstand, und es durchzuckte mich der Gedanke, daß es, falls mir hier etwas zustieß, viele Stunden dauern konnte, bis man mich auflas. Zeit genug, daß sich die Fliegen einfanden.

Nachdem ich zwei Kanäle überquert hatte, bog ich in eine Seitengasse, die zu einer Kirche führte. Ein Dutzend Soldaten saßen dort in den Tarnuniformen der Fallschirmjäger auf dem Boden, während zwei Offiziere eine Karte studierten. Niemand nahm von mir Notiz, als ich mich zu ihnen gesellte. Ein Mann, von dem die langen Antennenstäbe eines tragbaren Funksprechgeräts aufragten, sagte: »Wir können jetzt losmarschieren«, und alle erhoben sich.

In meinem gebrochenen Französisch fragte ich sie, ob ich sie begleiten dürfe. Dieser Krieg hatte den Vorteil, daß ein europäisches Gesicht an sich schon ein Passierschein für das Kampfgebiet war: Ein Europäer konnte nicht in Verdacht kommen, ein feindlicher Agent zu sein. »Wer sind Sie?« fragte der Leutnant.

»Ich berichte über den Krieg«, sagte ich.

»Amerikaner?«

»Nein, Engländer.«

Er sagte: »Es ist ein sehr kleines Unternehmen, aber wenn Sie mitkommen wollen ...« Er begann, seinen Stahlhelm abzunehmen. »Nein, nein«, sagte ich, »der ist für die Kämpfenden.«

»Wie Sie wünschen.«

In Schützenreihe gingen wir hinter der Kirche hinaus, der Leutnant an der Spitze. Am Ufer eines Kanals machte er für einen Augenblick halt, damit der Funker mit den Patrouillen an unseren beiden Flanken Verbindung aufnehmen konnte. Die Geschosse der Granatwerfer brausten über uns hinweg und schlugen außer Sichtweite ein. Hinter der Kirche hatten sich uns weitere Soldaten angeschlossen, so daß wir jetzt etwa dreißig Mann stark waren. Mit leiser Stimme erklärte mir der Leutnant, während er immer wieder mit dem Finger auf die Karte losstach: »Dreihundert sind aus diesem Dorf hier gemeldet worden. Sie massieren sich vielleicht zu einem Angriff heute nacht. Wir wissen es nicht. Niemand hat sie bis jetzt entdeckt.«

»Wie weit ist das?«

»Etwa dreihundert Meter.«

Über Funk kam ein Befehl, und wir brachen schweigend auf. Rechts von uns verlief ein schnurgerader Kanal, links lagen niedriges Buschwerk, Felder und wiederum Buschwerk. »Die Luft ist rein«, flüsterte der Leutnant und winkte uns beruhigend zu, als wir uns in Bewegung setzten. Vierzig Meter weiter verlief ein zweiter Kanal mit den Resten einer Brücke, einer einzigen Planke ohne Geländer, quer zu unserer Marschrichtung. Durch ein Zeichen forderte uns der Leutnant auf, Schützenkette zu bilden. Dann kauerten wir uns auf dem Boden hin, den Blick auf das unbekannte Gelände gerichtet, das jenseits der Planke nur zwölf Meter vor uns lag. Die Männer schauten ins Wasser und wandten sich wie auf ein Kommandowort alle zugleich wieder ab. Zunächst sah ich nicht, was sie gesehen hatten, doch als ich es sah, kehrten meine Gedanken, ich weiß nicht, weshalb, zum »Chalet«, zu den Frauenimitatoren und zu den jungen pfeifenden Offizieren zurück, und zu Pyles Worten: »Das ist doch ganz und gar unpassend.«

Der Kanal war voll von Leichen: Heute fällt mir dazu ein Irish-Stew ein, das zuviel Fleisch enthält. Die Toten lagen übereinander: ein Kopf, grau wie ein Seehund und so namenlos wie ein Sträfling mit kahlgeschorenem Schädel, ragte gleich einer Boje aus dem Wasser heraus. Blut war nicht zu sehen: das war wohl längst davongeflossen. Ich habe keine Ahnung, wie viele es waren: sie mußten bei dem Versuch, sich über den Kanal zurückzuziehen, ins Kreuzfeuer geraten sein, und ich glaube, jedermann an unserem Ufer dachte in diesem Augenblick: Was sie können, können wir auch. Ich wandte ebenfalls den Blick ab; wir wollten nicht daran erinnert werden, wie wenig wir zählten, wie rasch, wie einfach und wie namenlos der Tod kam. Obschon mein Geist den Zustand des Todes herbeisehnte, fürchtete ich mich wie eine Jungfrau vor dem Geschlechtsakt. Ich hätte es vorgezogen, wenn der Tod nach gehöriger Warnung gekommen wäre, damit ich mich hätte vorbereiten können. Doch worauf? Ich wußte es nicht, auch nicht wie, es sei denn, indem ich um mich blickte auf das wenige, das ich verlassen würde.

Der Leutnant hockte neben dem Mann mit dem Funkgerät und starrte auf den Fleck Boden zwischen seinen Füßen. Das Instrument begann Befehle zu schnarren, und er erhob sich mit einem Seufzer, als sei er eben aus dem Schlaf gerüttelt worden. Allen Bewegungen dieser Truppe war eine seltsame Kameradschaftlichkeit eigen, wie wenn sie alle ranggleich gewesen wären und nun einen Auftrag ausführten, den sie schon unzählige Male miteinander erledigt hatten. Keiner wartete auf einen Befehl. Zwei Mann traten an die Planke heran und versuchten darüberzugehen, doch ihre schweren Waffen brachten sie aus dem Gleichgewicht; sie mußten sich rittlings auf das Brett setzen und sich Zoll um Zoll hinüberarbeiten. Ein anderer Soldat hatte ein flaches Boot entdeckt, das weiter unten am Kanal unter Büschen versteckt gelegen war, und brachte es zu der Stelle, wo der Leutnant stand. Zu sechst stiegen wir ein, und der Soldat begann das Boot mit einer langen Stange zum anderen Ufer hinüberzustoßen, aber wir liefen auf eine Untiefe, die von Menschenleibern gebildet wurde, und blieben stecken. Der Mann stieß mit seiner Bootsstange zu, trieb sie in diesen Menschenbrei hinein, und eine Leiche löste sich, tauchte auf und schwamm, wie ein Badender, der sich an der Wasseroberfläche sonnt, in voller Länge neben dem Boot dahin. Dann kamen wir wieder los, und als wir endlich das jenseitige Ufer erreichten, kletterten wir heraus, ohne rückwärts zu schauen. Nicht ein einziger Schuß war gefallen: Wir lebten noch; der Tod hatte sich zurückgezogen, bis zum nächsten Kanal vielleicht. Ich hörte, wie gleich hinter mir jemand in feierlichem Ernst auf deutsch sagte »Gott sei Dank«. Abgesehen vom Leutnant bestand fast die ganze Gruppe aus Deutschen.

Vor uns lagen die Gebäude eines Bauernhofs. Der Leutnant betrat, eng an die Hauswand gepreßt, als erster das Gehöft, und wir folgten ihm im Gänsemarsch und jeweils in Abständen von etwa zwei Metern. Wieder ohne einen Befehl verteilten sich die Männer über den ganzen Hof. Das Leben war daraus geflohen — nicht eine einzige Henne hatte man zurückgelassen; nur zwei abscheuliche Öldrucke hingen an den Wänden der einstigen Wohnstube, von denen der eine das Heiligste Herz Jesu darstellte, der andere die Heilige Maria mit dem Christuskind, was dem ganzen baufälligen Anwesen etwas Europäisches gab. Man wußte, woran diese Leute glaubten, selbst wenn man ihren Glauben nicht teilte: Sie waren menschliche Wesen, nicht bloß graue, ausgeschwemmte Kadaver.

Der Krieg besteht so oft aus Herumsitzen und Nichtstun, daraus, auf andere zu warten. Wenn man keinerlei Sicherheit hat, wieviel Zeit einem noch bleibt, erscheint es nicht der Mühe wert, auch nur mit einer Gedankenkette zu beginnen. Die Wachtposten taten, was sie vorher schon so viele Male getan hatten, und gingen hinaus vor den Bauernhof. Was immer sich nun vor unserer Front regte, galt als Feind. Der Leutnant machte eine Eintragung in seine Karte und meldete unsere Stellung durch das Funkgerät. Fast mittägliche Stille senkte sich herab: Sogar die Granatwerfer waren verstummt, und kein Flugzeug zeigte sich am Himmel. Ein Soldat kritzelte mit einem Zweig sinnlose Figuren in den Schmutz des Hofes. Nach einer Weile war es, als ob uns der Krieg vergessen hätte. Ich hoffte, daß Phuong meine Anzüge in die Putzerei geschickt hatte. Ein kalter Windstoß wirbelte das Stroh im Hof umher. Einer der Soldaten verschwand diskret hinter einer Scheune, um sich zu erleichtern. Ich versuchte mich zu erinnern, ob ich vor meiner Abreise dem britischen Konsul in Hanoi eine Flasche Whisky bezahlt hatte, die mir von ihm überlassen worden war.

Zwei Schüsse fielen vor uns, und ich dachte: Das ist es! Jetzt kommt es! Eine deutlichere Warnung brauchte ich nicht. In freudiger Erregung erwartete ich die Unendlichkeit.

Aber nichts geschah. Wieder einmal hatte ich das Ereignis »übervorbereitet«. Erst nach endlos scheinenden Minuten kam einer der Posten herein und erstattete dem Leutnant eine Meldung, aus der ich die Worte *»Deux civils«* heraushörte.

»Gehen wir nachsehen«, sagte der Leutnant zu mir. Wir folgten dem Soldaten und bahnten uns auf einem schmutzigen, von Unkraut überwucherten Pfad, der zwischen zwei Feldern verlief, einen Weg. Etwa zwanzig Meter hinter dem Gehöft stießen wir in einem schmalen Graben auf das, was wir suchten: eine Frau und einen kleinen Jungen. Beide waren ohne Zweifel tot. Auf der Stirn der Frau war ein winziges, klar umgrenztes Fleckchen geronnenen Bluts, und das Kind sah aus, als schliefe es. Es mochte etwa sechs Jahre alt gewesen sein, und es lag da, die knochigen Knie hoch hinaufgezogen, wie ein Embryo im Mutterleib. *»Malchance«*, sagte der Leutnant. Er beugte sich hinab und drehte das Kind um. Es trug um den Hals ein Heiligenmedaillon, und ich sagte mir: »Das Amulett wirkt nicht.« Ein angenagtes Stück Brot lag unter seiner Leiche. Ich hasse den Krieg, dachte ich.

»Na, haben Sie genug?« sagte der Leutnant. Er sprach in grimmigem Ton, fast so, als sei ich für diese Toten verantwortlich zu machen. Vielleicht ist für den Soldaten der Zivilist jene Person, die ihn zum Töten anstellt, die die Mordschuld in den Sold mit einschließt und auf solche Weise sich selbst der Verantwortung entzieht. Wir gingen schweigend zu dem Bauernhof zurück und setzten uns auf das Stroh, geschützt vor dem Wind, der gleich einem Tier zu ahnen schien, daß die Dunkelheit nahte. Der Mann, der vorhin im Staub gekritzelt hatte, verrichtete jetzt seine Notdurft, und der andere, der sich zuvor erleichtert hatte, kritzelte nun wirr im Staub. Ich dachte darüber nach, wie Mutter und Kind in jenen Augenblicken völliger Stille, nachdem die Posten aufgestellt worden waren, geglaubt haben mußten, daß es nun sicher genug war, den Graben zu verlassen. Ich fragte mich, ob sie dort schon lange gelegen hatten — das Brot war sehr trocken gewesen. Vermutlich waren sie auf diesem Bauernhof zu Hause.

Das Funkgerät war wieder in Betrieb. Der Leutnant sagte müde: »Man wird das Dorf bombardieren. Die Patrouillen werden für die Nacht eingezogen.« Wir standen auf und machten uns auf den Rückmarsch, fuhren mit dem Boot wieder um den Leichenberg herum, zogen in Schützenreihe an der Kirche vorüber. Wir hatten uns nicht sehr weit entfernt gehabt und doch schien mir der Weg ziemlich lang dafür, daß die Ermordung jener beiden das einzige Ergebnis war. Die Flugzeuge waren aufgestiegen, und hinter uns begannen die Bomben zu fallen.

Es war bereits stockdunkel, als ich das Offiziersquartier erreichte, wo ich die Nacht verbringen wollte. Die Temperatur war nur ein Grad über Null, und die einzige Wärme weit und breit gab es am immer noch brennenden Marktplatz. Die eine Wand des Offiziershauses war durch die Granaten eines Panzergewehrs zerstört worden, die Türen hatten sich geworfen, und die Vorhänge aus Segelleinen, die man überall angebracht hatte, vermochten die Zugluft nicht abzuhalten. Der Dynamo funktionierte nicht, und wir mußten Barrikaden aus Schachteln und Büchern errichten, damit die Kerzen überhaupt brannten. Ich spielte mit einem gewissen Hauptmann Sorel um kommunistisches Geld Quatre Cent Vingt-et-un; um Drinks konnte ich nicht spielen, weil ich Gast der Offiziersmesse war. Langweilig schwankte das Glück hin und her. Ich öffnete meine Flasche Whisky, um uns ein wenig zu erwärmen, worauf sich die anderen Offiziere um uns sammelten. Der Oberst sagte: »Das ist das erste Glas Whisky seit meiner Abreise von Paris.«

Ein Leutnant, der die Posten inspiziert hatte, kam von seiner Runde zurück. »Vielleicht werden wir eine ruhige Nacht haben«, sagte er.

»Vor vier werden sie nicht angreifen«, meinte der Oberst. »Haben Sie einen Revolver?« fragte er mich.

»Nein.«

»Ich werde Ihnen einen beschaffen. Lassen Sie ihn schön auf dem Kopfkissen liegen.« Und höflich fügte er hinzu: »Ich fürchte, Sie werden Ihre Matratze ziemlich hart finden. Und um drei Uhr dreißig setzt unser Granatwerferfeuer ein. Wir suchen jede Truppenansammlung zu zersprengen.«

»Wie lange, glauben Sie, wird das so weitergehen?« fragte ich.

»Wer weiß? Wir können keine Truppen mehr von Nam Dinh abziehen. Dies hier ist nur ein Ablenkungsmanöver. Wenn wir mit den Verstärkungen, die wir vorgestern bekamen, durchhalten können, ohne noch weitere anfordern zu müssen, dann kann man das schon als Sieg bezeichnen.«

Von neuem hatte sich der Wind erhoben; er strich ums Haus und suchte Einlaß. Der Segeltuchvorhang bauschte sich (unwillkürlich dachte ich daran, wie im »Hamlet« Polonius hinter dem Wandteppich erstochen wird), und das Kerzenlicht flackerte unruhig. Die Schatten wirkten theatralisch. Wir hätten eine Wanderbühne beim Spiel in einer Scheune sein können.

»Haben Ihre Vorposten standgehalten?«

»Soweit uns bekannt ist, ja.« Der Oberst bot ein Bild tiefer Erschöpfung, als er fortfuhr: »Verstehen Sie mich recht: Das hier ist nichts, ist eine völlig belanglose Angelegenheit — verglichen mit dem, was sich hundert Kilometer von uns entfernt in Hoa Binh abspielt. Dort tobt wirklich eine Schlacht.«

»Noch ein Glas, Herr Oberst?«

»Danke, nein. Er ist wunderbar, Ihr englischer Whisky, aber Sie sollten sich lieber etwas davon für die Nacht aufbewahren, falls Sie es brauchen. Wenn Sie mich jetzt entschuldigen wollen, ich möchte noch ein wenig schlafen. Sobald die Granatwerfer einsetzen, ist es ja unmöglich. Hauptmann Sorel, Sie sorgen dafür, daß Monsieur Fowlair alles hat, was er benötigt: eine Kerze, Streichhölzer, einen Revolver.« Er ging auf sein Zimmer.

Für uns alle war es das Zeichen zum Aufbruch. In einem kleinen Lagerraum hatte man für mich eine Matratze auf den Boden gelegt, und ich war rings von Kisten umgeben. Ich lag nur sehr kurze Zeit noch wach – selbst die Härte des Fußbodens versprach Ruhe. Ich überlegte, doch sonderbarerweise ohne eine Spur von Eifersucht, ob Phuong in der Wohnung war. Der Besitz eines Körpers schien mir in dieser Nacht höchst belanglos – vielleicht hatte ich an jenem Tag zu viele Körper gesehen, die niemand gehörten, nicht einmal sich selbst. Wir waren alle entbehrlich. Als ich einschlief, träumte ich von Pyle. Er tanzte ganz allein auf einer Bühne, mit steifen Bewegungen, die Arme nach einer unsichtbaren Partnerin ausgestreckt, und ich beobachtete ihn von einem Sitz aus, der einem Klavierstuhl glich; in der Hand hielt ich eine Pistole, für den Fall, daß irgend jemand ihn in seinem Tanz zu stören versuchte. Eine Programmtafel, die wie in einem englischen Varieté neben der Bühne aufgestellt war, verkündete: »Der Liebestanz. Jugendverbot!« Im Hintergrund des Zuschauerraums regte sich etwas, ich umklammerte den Griff meiner Waffe fester. Dann erwachte ich.

Meine rechte Hand lag auf dem Revolver, den man mir geliehen hatte, und in der Tür stand ein Mann, in der Hand eine Kerze. Er trug einen Stahlhelm, dessen Rand seine Augen überschattete. Erst als er zu sprechen begann, erkannte ich ihn: Es war Pyle. Verlegen sagte er: »Tut mir furchtbar leid, daß ich Sie aufgeweckt habe. Man sagte mir, ich könnte hier schlafen.«

Ich war noch nicht völlig wach. »Woher haben Sie diesen Stahlhelm?« fragte ich.

»Ach, den hat mir jemand geliehen«, gab er vage zur Antwort. Hinter sich schleppte er jetzt einen Tornister herein und begann daraus einen wollgefütterten Schlafsack hervorzuziehen.

»Sie sind glänzend ausgerüstet«, stellte ich fest, während ich mir klarzuwerden versuchte, warum jeder von uns eigentlich hier war.

»Das ist die normale Reiseausrüstung unserer Sanitätsmannschaften. In Hanoi lieh man mir eine.« Er holte eine Thermosflasche und einen kleinen Spirituskocher aus dem Tornister hervor, dann eine Haarbürste, Rasierzeug und eine Dose mit einer Verpflegungsration. Ich blickte auf die Uhr. Es war kurz vor drei.

2

Pyle fuhr fort, auszupacken. Er schichtete die Kisten so, daß sie einen schmalen Sims bildeten, auf den er den Rasierspiegel und die übrigen Toilettengegenstände stellte. »Ich zweifle, ob Sie hier Wasser kriegen werden«, sagte ich.

»Oh«, meinte er, »ich habe genug in der Thermosflasche für morgen früh.« Er setzte sich auf seinen Schlafsack und begann, die Stiefel auszuziehen.

»Wie in aller Welt sind Sie hierhergekommen?« fragte ich.

»Man ließ mich bis Nam Dinh durch, damit ich unsere Trachom-Bekämpfungsabteilung besuchen könnte, und dort mietete ich mir ein Boot.«

»Ein Boot?«

»Ach, es war so ein flacher Kahn — keine Ahnung, wie man die Dinger nennt. Das heißt, eigentlich mußte ich ihn kaufen. Kostete gar nicht viel.«

»Und sie fuhren damit ganz allein den Fluß herunter?«

»Das war nicht so schwierig. Ich ließ mich von der Strömung treiben.«

»Sie sind ja verrückt!«

»Durchaus nicht. Die einzig wirkliche Gefahr bestand darin, irgendwo auf Grund zu laufen.«

»Oder daß eine Marinepatrouille Sie zusammenschießt, oder ein französischer Flieger. Oder daß Ihnen die Vietminh die Kehle durchschneiden.«

Er lachte schüchtern. »Na, jedenfalls bin ich da.«

»Und wozu?«

»Nun, dafür gibt es zwei Gründe. Aber ich will Sie nicht so lange wach halten.«

»Ich bin nicht müde. Die Geschütze werden bald das Feuer eröffnen.«

»Haben Sie etwas dagegen, wenn ich die Kerze woanders hinstelle? Hier ist sie mir ein bißchen zu hell.« Er schien nervös zu sein.

»Also, was ist Ihr erster Grund?«

»Nun, kürzlich brachten Sie mich auf den Gedanken, daß diese Gegend sehr interessant sein könnte. Sie erinnern sich, als wir mit Granger beisammen waren . . . und mit Phuong.«

»Ja, und?«

»Da kam mir die Idee, ich könnte mir die Geschichte mal ansehen. Um es ganz ehrlich zu sagen, ich schämte mich ein wenig für Granger.«

»Aha. Alles ganz einfach.«

»Na, es gab doch keine wirkliche Schwierigkeit, nicht wahr?« Er begann mit den Schnürbändern seiner Stiefel zu spielen, und es trat eine lange Stille ein. »Ich war vorhin nicht ganz aufrichtig«, sagte er endlich.

»Nicht?«

»Nein, denn eigentlich bin ich gekommen, um mit Ihnen zu sprechen.«

»Sie sind hierhergekommen, um mit mir zu sprechen?«

»Ja.«

»Weshalb?«

Er sah in qualvoller Verlegenheit von den Schuhbändern auf. »Ich mußte es Ihnen gestehen — ich habe mich in Phuong verliebt.«

Ich lachte. Ich konnte einfach nicht anders. Er sagte so überraschende Dinge und blieb dabei so todernst. »Hätte das nicht warten können, bis ich zurückkam?« fragte ich. »Nächste Woche bin ich wieder in Saigon.«

»Sie hätten ums Leben kommen können«, sagte er. »Dann wäre es unehrenhaft gewesen. Und außerdem weiß ich nicht, ob ich es fertiggebracht hätte, Phuong die ganze Zeit fernzubleiben.«

»Wollen Sie damit sagen, Sie *haben* sich von ihr ferngehalten?«

»Selbstverständlich. Sie werden doch nicht etwa annehmen, daß ich es *ihr* sagen würde — ohne Ihr Wissen.«

»So etwas kommt vor«, meinte ich. »Wann ist es denn passiert?«

»Ich glaube, es war an dem Abend, als wir im ›Chalet‹ waren und ich mit ihr tanzte.«

»Und ich dachte, Sie wären gar nicht nahe genug an sie herangekommen.«

Er sah mich verdutzt an. Wenn mir sein Verhalten verrückt erschien, so war das meine für ihn offensichtlich völlig unbegreiflich. »Wissen Sie, es lag wohl daran, daß ich in jenem Haus die vielen Mädchen gesehen hatte. Sie waren so hübsch. Ja, Phuong hätte eine von ihnen sein können, und da wollte ich sie beschützen.«

»Ich denke, sie braucht keinen Schutz. Hat vielleicht Miss Hei Sie eingeladen?«

»Ja, aber ich bin nicht hingegangen. Ich habe mich ferngehalten.« Düster sagte er: »Es war schrecklich. Ich komme mir so gemein vor. Aber Sie glauben mir doch, nicht wahr, wenn Sie verheiratet wären — nun, daß ich mich niemals zwischen einen Mann und seine Frau drängen würde.«

»Sie scheinen ja sehr sicher zu sein, daß Sie sich dazwischendrängen *können*.« Zum erstenmal hatte er mich gereizt.

»Fowler«, sagte er. »Ich weiß Ihren Vornamen nicht ...«

»Thomas. Warum?«

»Ich darf Sie doch Tom nennen, nicht? Irgendwie habe ich das Gefühl, daß uns diese Sache zusammengebracht hat. Die Liebe zu derselben Frau, meine ich.«

»Und was ist jetzt Ihr nächster Schachzug?«

Voll Begeisterung setzte er sich auf, hinter sich die Kisten. »Jetzt, wo Sie es wissen, sieht auf einmal alles ganz anders aus«, sagte er. »Ich werde Phuong bitten, mich zu heiraten, Tom.«

»Es ist mir lieber, wenn Sie mich Thomas nennen.«

»Sie wird einfach zwischen uns beiden wählen müssen, Thomas. Das ist doch ganz fair.« War es wirklich fair? Ich spürte zum erstenmal den eisigen Hauch künftiger Einsamkeit. Das Ganze war phantastisch, und doch ... Pyle war vielleicht ein armseliger Liebhaber, aber ich war ein armseliger Mensch. Er hielt in seiner Hand den unermeßlichen Reichtum der Respektabilität.

Er begann sich zu entkleiden, und ich dachte: Jung ist er auch! — Wie traurig war es doch, Pyle beneiden zu müssen.

»Ich kann sie nicht heiraten. Ich habe daheim eine Frau«, sagte ich. »Sie würde sich nie von mir scheiden lassen. Sie gehört der Hochkirche an — falls Sie wissen, was das bedeutet.«

»Das bedaure ich sehr, Thomas. Übrigens, mein Vorname ist Alden, wenn Sie mich so nennen wollen ...«

»Ich bleibe lieber bei Pyle«, sagte ich. »Die Vorstellung von Ihnen verbinde ich immer mit dem Namen Pyle.«

Er schlüpfte in den Schlafsack und griff nach der Kerze. »Huh! Bin ich froh, daß das vorüber ist, Thomas. Ich hatte ein furchtbar schlechtes Gewissen.« Es war ihm nur zu deutlich anzusehen, daß er es jetzt nicht mehr hatte.

Nachdem er die Kerze ausgelöscht hatte, konnte ich im Schein der Flammen vor dem Fenster eben noch die Umrisse seines militärischen Bürstenhaarschnitts ausnehmen. »Gute Nacht, Thomas. Schlafen Sie gut.« Und als hätte er mit diesem Wunsch in einer schlechten Komödie ein Stichwort gegeben, eröffneten im selben Augenblick die Granatwerfer ihr Feuer, jeder Schuß ein Schwirren, ein Aufheulen, ein dumpfes Krachen.

»Grundgütiger, ist das ein Angriff?« sagte Pyle.

»Sie versuchen, einen Angriff aufzuhalten.«

»Na, dann gibt's für uns wohl keinen Schlaf mehr?«

»Nein.«

»Thomas, ich möchte Ihnen gern sagen, was ich von der Art denke, wie Sie alles hingenommen haben — Sie sind hochnobel gewesen, wirklich hochnobel — es gibt kein anderes Wort dafür.«

»Vielen Dank.«

»Sie haben so viel mehr von der Welt gesehen als ich. Wissen Sie, in mancher Hinsicht ist Boston ein bißchen — beengend. Selbst wenn man nicht ein Lowell oder ein Cabot ist. Könnten Sie mich nicht beraten, Thomas?«

»Worin denn?«

»Phuong.«

»An Ihrer Stelle würde ich nicht meinen Ratschlägen vertrauen. Ich bin nämlich voreingenommen, ich möchte sie behalten.«

»Aber ich weiß doch, daß Sie es ehrlich meinen, absolut ehrlich. Uns beiden liegt doch nur Phuongs Vorteil am Herzen.«

Plötzlich konnte ich seine Knabenhaftigkeit nicht länger ertragen. Ich sagte: »Phuongs Vorteil ist mir schnuppe. Sie können ihren Vorteil haben, ich möchte nur ihren Körper. Ich möchte sie bei mir im Bett haben. Eher möchte ich sie ruinieren und mit ihr schlafen als — als ... mich um ihren verdammten Vorteil kümmern.«

»Oh«, brachte er mit schwacher Stimme im Dunkel hervor.

Ich fuhr fort: »Wenn es Ihnen nur um ihren Vorteil geht, dann lassen Sie Phuong um Gottes willen in Ruhe. Wie jede andere Frau hätte auch sie lieber einen guten ...« Das Krachen einer Granate rettete die vornehmen Bostoner Ohren vor dem angelsächsischen Wort.

Doch in Pyle steckte unerbittliche Zähigkeit. Er hatte entschieden, daß ich mich einwandfrei benahm, und so mußte ich mich auch einwandfrei benehmen. »Ich weiß, was Sie leiden, Thomas«, sagte er.

»Ich leide gar nicht.«

»O ja, Sie leiden. Ich weiß, was ich leiden würde, wenn ich Phuong aufgeben müßte.«

»Aber ich habe sie nicht aufgegeben.«

»Thomas, auch ich bin recht sinnlich, aber ich würde jede Hoffnung auf solche Dinge aufgeben, wenn ich nur Phuong glücklich sehen könnte.«

»Sie ist ja glücklich.«

»Sie kann es nicht sein — nicht in ihrer jetzigen Lage. Sie braucht Kinder.«

»Glauben Sie wirklich den ganzen Blödsinn, den ihre Schwester ...?«

»Eine Schwester weiß manchmal besser, was ...«

»Sie hat nur versucht, Ihnen diesen Gedanken einzureden, weil sie glaubt, Sie haben mehr Geld. Und, bei Gott, das ist ihr gelungen.«

»Ich habe nur mein Gehalt.«

»Na, jedenfalls können Sie das zu einem günstigen Kurs umwechseln.«

»Seien Sie nicht so bitter, Thomas. Solche Dinge passieren nun einmal. Ich wollte, es wäre einem anderen passiert, und nicht gerade Ihnen. Sind das unsere Granatwerfer?«

»Ja, das sind ›unsere‹ Granatwerfer. Pyle, Sie reden gerade so, als ob Phuong mich verlassen würde.«

»Natürlich wäre es möglich, daß sie sich entschließt, bei Ihnen zu bleiben«, sagte er ohne innere Überzeugung.

»Und was würden Sie in diesem Fall tun?«

»Ich würde um Versetzung ansuchen.«

»Warum gehen Sie nicht einfach fort, Pyle, ohne Unfrieden zu stiften?«

»Das wäre ihr gegenüber nicht fair, Thomas«, sagte er ganz ernst. Ich habe nie einen Menschen gekannt, der bessere Beweggründe für all das Unheil gehabt hätte, das er anrichtete. »Ich glaube, Sie verstehen Phuong nicht ganz«, schloß er.

Und als ich etliche Monate später an jenem Morgen erwachte und Phuong an meiner Seite lag, dachte ich: Und hast du sie etwa verstanden? Hättest du diese Situation vorhersehen können? Phuong so glücklich schlafend neben mir und du tot? — Die Zeit nimmt ihre Rache, aber die Rache schmeckt oft bitter. Wäre es nicht besser, wir versuchten gar nicht erst, einander zu verstehen, und fänden uns mit der Tatsache ab, daß kein Mensch jemals einen anderen versteht, nicht die Gattin den Gatten, nicht der Liebhaber die Geliebte, nicht die Eltern das Kind? Vielleicht ist das der Grund, weshalb die Menschen Gott erfunden haben — ein Wesen, das fähig ist zu verstehen. Vielleicht könnte ich mir sogar, wenn ich andere verstehen oder von ihnen verstanden werden wollte, den Glauben an Gott einreden. Doch ich bin ein Reporter; Gott existiert bloß für die Verfasser der Leitartikel.

»Sind Sie auch sicher, daß es bei ihr viel zu verstehen gibt?« fragte ich ihn. »Trinken wir um Gottes willen einen Whisky! Es ist zu laut für eine Debatte.«

»Es ist ein bißchen früh«, sagte Pyle.

»Es ist verdammt spät.«

Ich goß zwei Gläser voll. Pyle nahm das seine in die Hand und starrte durch den Whisky hindurch in die Kerzenflamme. Seine Hand zitterte jedesmal, wenn eine Granate explodierte, und doch hatte er diese sinnlose Reise aus Nam Dinh unternommen.

Er sagte: »Merkwürdig, daß keiner von uns ein Prosit über die Lippen bringt.« So tranken wir also und sagten nichts.

Fünftes Kapitel

1

Ich hatte angenommen, ich würde nur eine Woche von Saigon fort sein, aber es vergingen fast drei, ehe ich dorthin zurückkehrte. Vor allem erwies es sich als schwieriger, aus dem Gebiet von Phat Diem herauszukommen, als dort hineinzugelangen. Die Straße zwischen Nam Dinh und Hanoi war unterbrochen, und einen Platz in einem Flugzeug konnte man für einen Reporter, der ohnehin nicht hätte dort sein dürfen, nicht erübrigen. Als ich Hanoi erreichte, waren die Zeitungskorrespondenten zur Unterweisung über den jüngst errungenen Sieg eben heraufgeflogen worden, und in der Maschine, die sie zurückbrachte, war für mich kein Platz frei. Pyle hatte noch am Morgen nach seiner Ankunft Phat Diem verlassen; er hatte seine Mission — mit mir über Phuong zu sprechen — erfüllt; es gab also nichts, was ihn noch festgehalten hätte. Ich hatte ihn schlafend zurückgelassen, als um fünf Uhr dreißig das Granatwerferfeuer eingestellt worden war; und als ich von einer Tasse Kaffee und einigen Keks in der Offiziersmesse zurückkehrte, war er bereits verschwunden. Ich nahm an, daß er einen kleinen Spaziergang unternommen habe — nach der Bootsfahrt von Nam Dinh herunter würden ihn ein paar Heckenschützen kaum gestört haben; er war ebenso unfähig, sich den Schmerz oder die Gefahr vorzustellen, die ihm selbst drohten, wie er unfähig war, den Schmerz zu empfinden, den er anderen bereiten mochte. Bei einem Anlaß — doch das war Monate später — verlor ich die Selbstbeherrschung und stieß seinen Fuß geradezu hinein, in den Schmerz, meine ich, und ich entsinne mich heute noch, wie er sich abwandte, perplex seinen beschmutzten Schuh betrachtete und erklärte: »Ich muß sie mir putzen lassen, bevor ich den Gesandten aufsuche.« Da wußte ich, daß er seine Phrasen bereits in dem Stil formte, den er von York Harding gelernt hatte. Und doch meinte er es auf seine Art ehrlich: Es war reiner Zufall, daß die Opfer jeweils von anderen gebracht werden mußten — bis zu jener letzten Nacht unter der Brücke von Dakow.

Erst bei meiner Rückkehr nach Saigon sollte ich erfahren, daß Pyle, während ich meinen Kaffee trank, einen jungen Marineoffizier überredet hatte, ihn in einem Landungsboot mitzunehmen, das ihn nach der üblichen Patrouillenfahrt heimlich in Nam Dinh an Land setzte. Er hatte Glück und gelangte, vierundzwanzig Stunden bevor die Straße amtlich als unterbrochen gemeldet wurde, mit seinem Trupp zur Trachom-Bekämpfung nach Hanoi zurück. Als ich dorthin kam, war er bereits nach Süden weitergereist, hatte aber beim Barmann des Presselagers einen Brief für mich hinterlassen.

»Lieber Thomas«, schrieb er, »ich kann Ihnen gar nicht

sagen, wie nobel Sie neulich waren. Das Herz fiel mir in die Hosen, das kann ich Ihnen sagen, als ich in das Zimmer kam, wo ich Sie finden sollte.« (Wo war es denn auf der langen Bootsfahrt den Fluß herunter gewesen?) »Es gibt nicht viele Männer, die die ganze Sache so gelassen aufgenommen hätten. Sie waren großartig, und nun, da ich Ihnen alles gestanden habe, komme ich mir lange nicht mehr so gemein vor wie vorher.« (War er denn der einzige, der zählte? fragte ich mich wütend, und doch wußte ich, daß er es nicht so meinte. Für ihn nahm die ganze Angelegenheit in dem Augenblick eine glückliche Wendung, in dem er sich nicht mehr gemein vorkam — ich würde glücklicher sein, Phuong würde glücklicher sein, die ganze Welt würde glücklicher sein, sogar der Handelsattaché und der Gesandte. Der Frühling hatte in Indochina Einzug gehalten, nun, da Pyle sich nicht mehr gemein vorkam.) »Ich habe hier vierundzwanzig Stunden auf Sie gewartet; aber wenn ich nicht heute abreise, werde ich erst in einer Woche nach Saigon gelangen, und mein Arbeitsfeld liegt im Süden. Den Jungs, die die Trachom-Bekämpfungstrupps anführen, habe ich gesagt, sie sollen sich mit Ihnen in Verbindung setzen — sie werden Ihnen gefallen. Es sind Prachtkerle und leisten ganze Männerarbeit. Machen Sie sich keine Sorgen, weil ich vor Ihnen nach Saigon zurückfahre. Ich verspreche Ihnen, Phuong bis zu Ihrer Rückkehr nicht zu besuchen. Ich möchte nicht, daß Sie später einmal das Gefühl haben, ich sei Ihnen gegenüber in irgendeiner Weise unfair gewesen. Mit herzlichsten Grüßen, Ihr Alden.«

Schon wieder diese sichere Annahme, daß »später einmal« ich es sein sollte, der Phuong verlieren würde. Stützt sich denn Selbstvertrauen auf den Wechselkurs? Wir Engländer pflegten einst gewisse Charaktereigenschaften mit unserem soliden Pfund Sterling zu vergleichen. Sind wir jetzt gezwungen, von einer Dollarliebe zu reden? Eine Dollarliebe würde Heirat, einen Stammhalter und den Muttertag einschließen, obwohl später auch Reno und die Jungferninseln dazukommen mochten, oder wohin die Amerikaner sonst heutzutage gehen, wenn sie sich scheiden lassen wollen. Eine Dollarliebe hatte gute Vorsätze, ein reines Gewissen und scherte sich den Teufel um alle anderen. Meine Liebe hingegen hatte keine Vorsätze: Sie kannte die Zukunft. Man konnte nicht mehr tun, als zu versuchen, der Zukunft ihre Härte zu nehmen, sie, wenn sie kam, anderen schonend beizubringen, und da hatte sogar das Opium seine Qualitäten. Doch niemals hätte ich geahnt, daß die erste Zukunft, die ich Phuong schonend beibringen mußte, Pyles Tod sein sollte.

Da ich nichts Besseres zu tun wußte, begab ich mich zur Pressekonferenz. Granger war natürlich dort. Den Vorsitz führte ein junger und viel zu hübscher französischer Oberst. Er sprach französisch, und ein untergeordneter Offizier übersetzte. Die französischen Korrespondenten saßen beisammen wie eine gegnerische Fußballmannschaft. Es fiel mir schwer, mich auf die Ausführungen des Obersten zu konzentrieren; immer wieder wanderten meine Gedanken zu Phuong und der einen bangen Frage zurück: Angenommen, Pyle hat recht und ich verliere sie — wohin kann man von hier aus noch gehen?

Der Dolmetscher erklärte: »Der Oberst gibt Ihnen bekannt, daß der Feind eine empfindliche Niederlage und schwere Verluste erlitten hat — etwa in Stärke eines Bataillons. Seine Nachhut zieht sich derzeit auf improvisierten Flößen über den Roten Fluß zurück. Sie wird von unserer Luftwaffe ununterbrochen bombardiert.« Der Oberst fuhr sich mit der Hand durch das elegant gekämmte strohblonde Haar und tänzelte, den Zeigestab schwenkend, an der langen Reihe von Wandkarten entlang. Ein amerikanischer Korrespondent stellte die Frage: »Wie hoch sind die französischen Verluste?«

Der Oberst kannte die Bedeutung dieser Frage nur zu genau — meist wurde sie in dieser Phase der Pressekonferenz aufgeworfen —, aber er wartete, mit dem gütigen Lächeln eines beliebten Lehrers den Zeigestab erhoben, bis die Frage übersetzt war. Dann gab er mit geduldiger Miene eine zweideutige Antwort.

»Der Oberst sagt, daß unsere Verluste nicht schwer waren. Die genauen Ziffern sind allerdings noch nicht bekannt.«

Das war stets das Zeichen zum Aufruhr. Man sollte meinen, der Oberst hätte früher oder später eine Methode gefunden, um mit seiner Klasse von widerspenstigen Schülern fertig zu werden, oder der Schulleiter hätte ein anderes Mitglied seines Lehrkörpers, das besser Disziplin halten konnte, mit dieser Aufgabe betraut.

»Will uns der Oberst allen Ernstes glauben machen«, ließ sich Granger vernehmen, »daß er wohl Zeit gehabt hat, die Toten des Feindes zu zählen, nicht aber seine eigenen?«

Mit Langmut wob der Oberst sein Gespinst von Ausflüchten weiter, von dem er genau wissen mußte, daß schon die nächste Frage es zerstören würde. Die französischen Berichterstatter saßen in düsterem Schweigen da. Sollten ihre amerikanischen Kollegen den Oberst zu einem Eingeständnis reizen, dann würden sie sich gierig darauf stürzen, aber an einem Kesseltreiben gegen ihren Landsmann würden sie sich nicht beteiligen.

»Der Oberst sagt, daß die feindlichen Streitkräfte überrannt werden. Es ist zwar möglich, die Gefallenen hinter der Kampflinie zu zählen, aber während die Schlacht noch im Gang ist, können Sie von den vorrückenden französischen Einheiten keine Zahlenangaben erwarten.«

»Es dreht sich nicht darum, was *wir* erwarten«, entgegnete Granger, »sondern was der *Etat-Major* weiß oder nicht weiß. Wollen Sie uns im Ernst einreden, daß die einzelnen Züge ihre Verluste nicht laufend mittels Funkgerät melden?«

Die Gelassenheit des Obersten war im Schwinden. Hätte er uns doch nur, so dachte ich, gleich zu Beginn den Wind aus den Segeln genommen und mit aller Entschiedenheit erklärt, daß er die Verlustziffern wohl kenne, sie aber nicht bekanntzugeben gedenke. Schließlich war das der Krieg der Franzosen, nicht der unsere. Wir hatten keinen gottgegebenen Anspruch auf Informationen. Wir mußten nicht zwischen dem Roten und dem Schwarzen Fluß gegen die Truppen Ho Chi Minhs und zugleich in Paris gegen die Abgeordneten der Linken kämpfen. Wir starben nicht.

Bissig stieß plötzlich der Oberst die Mitteilung hervor, daß die französischen Verluste zu denen des Feindes im Verhältnis von eins zu drei gestanden hätten. Dann kehrte er uns den Rücken und starrte wütend auf seine Landkarten. Diese Männer, die nun tot waren, waren seine Kameraden gewesen, hatten demselben Jahrgang von St. Cyr angehört — für ihn waren sie keine Ziffern wie für Granger. »Na, jetzt kommen wir endlich vom Fleck«, sagte Granger und sah sich mit einem Blick einfältigen Triumphs in der Runde seiner Kollegen um; gesenkten Hauptes machten die Franzosen ihre düsteren Notizen.

»Das ist mehr, als man über Korea sagen kann«, bemerkte ich, indem ich seine Worte mit Absicht mißverstand. Doch damit wies ich Granger nur eine neue Angriffsrichtung.

»Fragen Sie den Herrn Oberst«, sagte er, »was das französische Kommando als nächstes unternehmen wird. Er sagt, der Feind sei auf der Flucht über den Schwarzen Fluß...«

»Roten Fluß«, verbesserte ihn der Übersetzer.

»Ist mir gleichgültig, welche Farbe der Fluß hat. Was wir gerne hören möchten, ist, was die Franzosen jetzt zu tun gedenken.«

»Der Feind ist auf der Flucht.«

»Und was geschieht, wenn er auf das andere Ufer kommt? Was werden Sie dann tun? Werden Sie auf Ihrem Ufer sitzenbleiben und sagen: ›Das wäre erledigt‹?« Die französischen Offiziere lauschten der tyrannischen Stimme in finsterer Geduld. Heutzutage verlangt man sogar Demut von einem Soldaten. »Werden Sie ihnen Weihnachtskarten abwerfen?«

Der Hauptmann übersetzte mit Sorgfalt, selbst bis hin zu dem Ausdruck *»cartes de Noël«*. Der Oberst schenkte uns ein frostiges Lächeln. »Weihnachtskarten nicht«, sagte er.

Ich glaube, daß die Jugend und die Schönheit des Obersten auf Granger besonders aufreizend wirkten. Der Oberst war — zumindest nach Grangers Auffassung — nicht der

Männertyp, der sich in Männergesellschaft wohlfühlte. Granger sagte: »Sonst werfen Sie ja nicht viel ab.«

Plötzlich sprach der Oberst Englisch, gutes Englisch. Er erklärte: »Wenn das von den Amerikanern versprochene Kriegsmaterial eingetroffen wäre, könnten wir mehr abwerfen.« Trotz seiner Eleganz war er ein schlichter Mann. Er glaubte, daß einem Zeitungskorrespondenten die Ehre seines Vaterlands mehr bedeutete als eine interessante Nachricht. Scharf fragte Granger (er war tüchtig: er merkte sich Daten sehr gut): »Sie wollen also sagen, daß von dem für Anfang September in Aussicht gestellten Material noch nichts angekommen ist?«

»Nein, nichts ist angekommen.«

Jetzt hatte Granger seine Neuigkeit: Er begann zu schreiben.

»Entschuldigen Sie«, sagte der Oberst, »aber diese Äußerung ist nicht zur Veröffentlichung bestimmt, sondern bloß Hintergrundinformation.«

»Aber, Herr Oberst«, protestierte Granger. »Das ist doch etwas Neues. Da können wir Ihnen helfen.«

»Nein, das ist Sache der Diplomaten.«

»Was kann es schon schaden?«

Die französischen Berichterstatter waren in Verlegenheit: Sie sprachen sehr wenig Englisch. Der Oberst hatte die Regeln übertreten. Unter erregtem Gemurmel steckten sie die Köpfe zusammen.

»Das kann ich nicht beurteilen«, sagte der Oberst. »Vielleicht würden die amerikanischen Zeitungen sagen: ›Diese Franzosen beklagen sich in einem fort und betteln ständig.‹ Und in Paris würden die Kommunisten den Vorwurf erheben, daß die Franzosen ihr Blut für Amerika vergießen, und Amerika schickt ihnen nicht einmal einen gebrauchten Hubschrauber. Damit ist nichts getan. Am Ende würden wir noch immer keine Hubschrauber haben, und der Feind wäre noch immer da, fünfzig Meilen vor Hanoi.«

»Aber das eine kann ich wenigstens abdrucken — nicht wahr? —, daß Sie dringend Hubschrauber benötigen?«

»Sie können schreiben, daß wir vor sechs Monaten noch drei Hubschrauber hatten und jetzt einen«, sagte der Oberst. »Einen«, wiederholte er in einer Art staunender Verbitterung. »Sie können schreiben, daß ein Soldat, der in diesen Kämpfen verwundet wird, nicht schwer verwundet, sondern bloß verwundet, weiß, daß er wahrscheinlich ein toter Mann ist. Zwölf Stunden, vielleicht vierundzwanzig Stunden auf der Tragbahre bis zum Sanitätswagen, dann elende Karrenwege, eine Panne, möglicherweise ein Hinterhalt, Gangrän. Da ist es besser, man ist sofort tot.« Die französischen Berichterstatter beugten sich vor und versuchten, zu verstehen. »Das können Sie schreiben«, schloß der Oberst und sah dabei gerade wegen seiner körperlichen Schönheit nur noch bösartiger aus. *»Interprétez«*, befahl er, stapfte aus dem Zimmer und überließ dem Hauptmann die ungewohnte Aufgabe, aus dem Englischen ins Französische zu übersetzen.

»Den habe ich an seinem wunden Punkt getroffen«, sagte Granger voll Genugtuung und zog sich in einen Winkel an der Bar zurück, um dort sein Telegramm abzufassen. Das meine war bald geschrieben: Nichts, was ich von Phat Diem aus hätte melden können, wäre von der Zensur durchgelassen worden. Wäre die Story gut genug gewesen, hätte ich nach Hongkong fliegen und sie von dort absenden können. Doch war irgendeine Nachricht gut genug, um ihretwegen die Ausweisung zu riskieren? Ich bezweifelte es. Die Ausweisung hätte das Ende eines ganzen Lebens, hätte den Sieg Pyles bedeutet. Und da: als ich in mein Hotel zurückkehrte, erwartete mich in meinem Brieffach tatsächlich sein Sieg, das Ende der Affäre — ein Glückwunschtelegramm zur Beförderung. Diese Marter hatte Dante für seine verdammten Liebenden nie ersonnen. Paolo avancierte nie zum Purgatorio.

Ich ging hinauf in mein nüchternes Zimmer, wo der Kaltwasserhahn tropfte (in ganz Hanoi gab es kein heißes Wasser), und setzte mich auf den Rand des Bettes; über mir hing gleich einer mächtigen Wolke der Bausch des Moskitonetzes. Ich sollte die Stelle des Auslandsredakteurs übernehmen, sollte jeden Nachmittag um halb vier in dem finsteren viktorianischen Gebäude in der Nähe des Bahnhofs Blackfriars erscheinen, wo sich neben der Fahrstuhltür eine Gedenktafel für Lord Salisbury befindet. Man hatte mir diese Freudenbotschaft aus Saigon nachgesandt, und ich fragte mich, ob sie bereits Phuong zu Ohren gekommen war. Ich sollte nicht mehr Berichterstatter sein: Ich sollte Ansichten haben, und als Gegenleistung für dieses wertlose Privileg nahm man mir meine letzte Chance im Zweikampf mit Pyle. Seiner Unschuld konnte ich meine Erfahrung entgegenstellen, das Alter war im Spiel um die Liebe eine ebenso gute Karte wie die Jugend. Doch jetzt hatte ich nicht einmal mehr die begrenzte Zukunft von zwölf Monaten zu bieten, und eine Zukunft war Trumpf. Ich beneidete den ärmsten, von Heimweh gequälten Offizier, der dazu verurteilt war, hier sein Leben aufs Spiel zu setzen. Ich hätte gern geweint, aber meine Tränendrüsen waren so ausgetrocknet wie die Heißwasserleitung. Oh, ich verzichtete auf die Heimat — ich wollte nur mein Zimmer in der Rue Catinat.

Es war kalt in Hanoi nach Einbruch der Dunkelheit, und die Lichter waren gedämpfter als jene in Saigon; sie paßten besser zur dunkleren Kleidung der Frauen und zum Krieg. Ich ging durch die Rue Gambetta zur »Pax Bar« — ich wollte nicht im »Metropole« mit den höheren französischen Offizieren, ihren Gattinnen und ihren Freundinnen trinken. Und als ich bei der Bar anlangte, vernahm ich fernen Geschützdonner aus der Richtung von Hoa Binh. Bei Tag wurde er vom Lärm des Straßenverkehrs übertönt, aber jetzt war alles still bis auf das Geklingel der Fahrradglocken, mit dem die Rikschafahrer um ihre Kunden warben. Pietri saß an seinem gewohnten Platz. Er hatte einen merkwürdig langgezogenen Schädel, der ihm auf den Schultern saß wie eine Birne auf einer Schüssel; er war Beamter der *Sureté* und war mit einer hübschen Tonkinesin verheiratet, der die »Pax Bar« gehörte. Auch er hatte kein besonderes Verlangen heimzukehren. Er stammte aus Korsika, zog aber Marseille vor, und Marseille gegenüber zog er jederzeit seinen Platz auf dem Gehsteig der Rue Gambetta vor. Ich fragte mich, ob er den Inhalt meines Telegramms bereits kannte.

»*Quatre Cent Vingt-et-un?*« fragte er.

»Warum nicht?«

Wir begannen zu würfeln, und es schien mir unmöglich, daß es für mich je wieder ein Leben geben könnte fern der Rue Gambetta und der Rue Catinat, ohne den schalen Geschmack von Vermouth-Cassis, das anheimelnde Klappern der Würfel und ohne den Kanonendonner, der gleich einem Uhrzeiger rings um den Horizont wanderte.

Ich sagte: »Ich fahre zurück.«

»Nach Hause?« fragte Pietri, während er vier-zwei-eins warf.

»Nein. Nach England.«

Zweiter Teil

Erstes Kapitel

Pyle hatte sich selbst zu einem Drink eingeladen, wie er es nannte; ich wußte aber sehr wohl, daß er eigentlich nicht trank. Jetzt, nach Ablauf mehrerer Wochen, schien jenes phantastische Zusammentreffen in Phat Diem kaum glaublich: Sogar die Einzelheiten unserer damaligen Gespräche hatte ich nur noch undeutlich in Erinnerung. Sie ähnelten den fehlenden Buchstaben auf einem römischen Grabstein, und ich einem Archäologen, der die Lücken der Inschrift entsprechend seiner wissenschaftlichen Ausrichtung ausfüllt. Ich kam sogar auf den Gedanken, daß Pyle mich zum besten gehalten hatte und daß unsere Unterhaltung eine sorgsam ausgeklügelte und humorvolle Tarnung seiner wahren Absichten gewesen war. Denn in Saigon klatschte man bereits darüber, daß er sich in einem jener Dienste betätigte, die unbegreiflicherweise als geheim bezeichnet wurden. Vielleicht bereitete er amerikanische Waffenlieferungen für eine »Dritte Kraft« vor — für die Blaskapelle des Bischofs, den letzten Rest seines jugendlichen, verängstigten und unbesoldeten Aufgebots. Das Telegramm, das mich in Hanoi erwartet hatte, behielt ich in der Tasche. Es hatte keinen Sinn, Phuong davon zu erzählen, denn dies hätte nur die wenigen Monate, die wir noch vor uns hatten, mit Tränen und Streitereien vergiftet. Selbst meine Ausreiseerlaubnis wollte ich mir erst im letzten Augenblick besorgen, für den Fall, daß sie bei der Einwanderungsbehörde einen Verwandten hatte.

»Pyle kommt um sechs«, sagte ich zu ihr.

»Dann werde ich zu meiner Schwester gehen«, erwiderte sie.

»Nein, bleib hier, ich glaube, er möchte dich gerne sehen.«

»Er mag weder mich noch meine Familie. Während du fort warst, besuchte er meine Schwester nicht ein einziges Mal, obwohl sie ihn eingeladen hatte. Sie war sehr gekränkt.«

»Du brauchst wirklich nicht wegzugehen.«

»Wenn er mich hätte sehen wollen, hätte er uns beide ins ›Majestic‹ eingeladen. Er will mit dir allein sprechen — über das Geschäft.«

»Was für ein Geschäft hat er?«

»Es heißt, er importiert eine ganze Menge Dinge.«

»Was für Dinge?«

»Drogen, Medikamente ...«

»Die sind für die Trachom-Bekämpfung im Norden bestimmt.«

»Möglich. Die Zollbeamten dürfen die Sendungen nicht öffnen. Sie sind Diplomatengepäck. Aber einmal kam ein Irrtum vor — der Mann wurde entlassen. Der Erste Sekretär der Gesandtschaft drohte, alle Einfuhren zu stoppen.«

»Was war in der Kiste?«

»Kunststoff.«

»Du meinst nicht etwa Bomben?«

»Nein. Nur Kunststoff.«

Als Phuong gegangen war, schrieb ich einen Brief nach Hause. Ein Mann von Reuter reiste in wenigen Tagen nach Hongkong und konnte den Brief dort aufgeben. Ich wußte, daß mein Appell aussichtslos war, aber ich wollte mir nicht später den Vorwurf machen, daß ich nicht alles unternommen hatte, was in meiner Macht stand. Ich schrieb dem Chefredakteur, daß dies ein ungünstiger Augenblick zur Ablösung des Korrespondenten sei. General de Lattre liege in Paris im Sterben; die Franzosen dächten daran, sich ganz aus Hoa Binh zurückzuziehen; nie sei der Norden in größerer Gefahr gewesen als gerade jetzt. Ich eignete mich nicht zum Auslandsredakteur, schrieb ich ihm — ich war Berichterstatter, ich hatte über nichts eine wirkliche Meinung. Auf der letzten Seite meines Briefes führte ich sogar persönliche Gründe ins Treffen, obwohl es unwahrscheinlich war, daß sich unter den grellen Lampen, inmitten der grünen Augenschirme und der stereotypen Phrasen — »das Interesse des Blattes«, »Die Situation fordert ...« — irgendein menschliches Mitgefühl halten konnte.

Ich schrieb: »Aus rein privaten Gründen bin ich sehr unglücklich darüber, daß ich von Vietnam wegversetzt werde. Ich glaube nicht, daß ich in England, wo ich nicht nur finanzielle, sondern auch familiäre Schwierigkeiten haben würde, mein Bestes für unsere Zeitung zu geben imstande wäre. Wenn ich es mir leisten könnte, würde ich sogar lieber auf meinen Posten verzichten als nach Großbritannien zurückkehren. Dies erwähne ich nur, um zu zeigen, wie stark meine Einwände sind. Ich glaube sagen zu dürfen, daß Sie mit meiner Arbeit als Korrespondent nicht unzufrieden gewesen sind; und dies ist die erste Gefälligkeit, um die ich Sie bitte.« Dann sah ich meinen Artikel über die Schlacht von Phat Diem durch, damit ich ihn mit dem Brief und aus Hongkong datiert an die Zeitung absenden konnte. Die Franzosen würden jetzt keinen ernsthaften Einspruch erheben — die Belagerung war aufgehoben worden: Eine Niederlage konnte als Sieg ausposaunt werden. Dann zerriß ich die letzte Seite meines Briefs an den Chefredakteur. Es war zwecklos — die »privaten Gründe« würden nur zu schlüpfrigen Witzen Anlaß geben. Jeder Korrespondent besaß, so wurde angenommen, an Ort und Stelle eine Freundin. Der Chefredakteur würde mit dem Nachtredakteur witzeln, und dieser wiederum würde den Gedanken voll Neid in seine Vorstadtvilla heimtragen und damit zu seiner treuen Gattin ins Bett steigen, die noch aus seiner Jahre zurückliegenden Glasgower Zeit stammte. Ich konnte mir das Haus, das kein Mitleid kennt, so gut vorstellen: In der Diele stand ein beschädigtes Dreirad, und irgend jemand hatte seine Lieblingspfeife zerbrochen; im Wohnzimmer wartete ein Kinderhemd auf einen fehlenden Knopf. »Private Gründe«: wenn ich im Presseklub trank, wollte ich nicht durch Witze an Phuong erinnert werden.

Es klopfte. Ich öffnete Pyle die Tür, und noch vor ihm kam

sein schwarzer Hund herein. Pyle blickte über meine Schulter ins Zimmer und fand es leer. »Ich bin allein«, sagte ich. »Phuong ist bei ihrer Schwester.« Er errötete. Ich bemerkte, daß er ein Hawaii-Hemd trug, wenngleich dieses in Farbe und Muster verhältnismäßig zurückhaltend war. Das überraschte mich: Hatte man ihm etwa unamerikanisches Verhalten vorgeworfen? Pyle sagte: »Ich hoffe, ich störe nicht ...«

»Aber keineswegs! Einen Drink?«

»Ja, bitte. Könnte ich Bier haben?«

»Leider. Wir haben keinen Kühlschrank — wir lassen uns das Eis immer holen. Wir wär's mit einem Whisky?«

»Nur einen ganz kleinen, wenn ich bitten darf. Ich habe nicht viel übrig für harte Getränke.«

»Eiswürfel?«

»Bitte, und reichlich Soda — wenn Sie genug davon haben.«

Ich sagte: »Wir haben uns seit Phat Diem nicht mehr gesehen.«

»Haben Sie meinen Brief bekommen, Thomas?«

Als er mich jetzt mit dem Vornamen anredete, war es gewissermaßen wie eine Erklärung, daß er nicht im Scherz gesprochen, daß er nicht eine andere Tätigkeit getarnt hatte, daß er vielmehr hier war, um Phuong zu bekommen. Ich bemerkte, daß sein Bürstenschnitt frisch gestutzt war; erfüllte vielleicht auch das Hawaii-Hemd die Aufgabe eines männlichen Prachtgefieders?

»Ich habe Ihren Brief bekommen«, antwortete ich, »ich nehme an, ich sollte Sie niederschlagen.«

»Natürlich, Thomas«, sagte er. »Sie haben jedes Recht dazu. Aber ich war Boxer im College — und ich bin um vieles jünger als Sie.«

»Nein, ich würde unklug handeln, nicht wahr?«

»Wissen Sie, Thomas, es gefällt mir nicht, daß wir hinter Phuongs Rücken über sie reden, und ich bin sicher, Sie denken ebenso. Ich dachte, sie würde hier sein.«

»Nun, worüber sollen wir sprechen — über Kunststoff?« Ich hatte nicht die Absicht gehabt, ihn so zu überrumpeln.

Er sagte: »Sie wissen davon?«

»Phuong hat es mir erzählt.«

»Wie konnte sie nur ...«

»Sie können versichert sein, daß es Stadtgespräch ist. Was ist denn so wichtig daran? Verlegen Sie sich etwa auf das Spielwarengeschäft?«

»Wir haben es nicht gern, wenn die Einzelheiten unseres Hilfsprogramms die Runde machen. Sie wissen ja, wie der Kongreß ist – und dann kommen diese Senatoren zu Besuch angereist. Wegen unserer Trachom-Teams hatten wir schon eine Unmenge Scherereien, weil sie statt eines bestimmten Medikaments ein anderes verwendeten.«

»Aber die Sache mit dem Kunststoff begreife ich noch immer nicht.«

Sein schwarzer Hund saß auf dem Boden, hechelnd, und nahm viel zuviel Platz ein; seine Zunge sah wie ein verbrannter Pfannkuchen aus. Pyle sagte vage: »Ach, wissen Sie, wir wollen einigen einheimischen Industrien auf die Beine helfen, und wir müssen uns dabei vor den Franzosen in acht nehmen. Die wollen, daß alles in Frankreich gekauft wird.«

»Daraus mache ich ihnen keinen Vorwurf. Zum Kriegführen braucht man Geld.«

»Haben Sie Hunde gern?«

»Nein.«

»Ich dachte, die Briten seien große Hundeliebhaber.«

»Und wir glauben, die Amerikaner lieben Dollars, aber es muß wohl Ausnahmen geben.«

»Ich weiß nicht, was ich ohne Herzog täte. Wissen Sie, manchmal fühle ich mich so verdammt einsam ...«

»Sie haben doch eine Menge Kameraden in Ihrer Abteilung.«

»Der erste Hund, den ich hatte, hieß Prinz. Ich nannte ihn so nach dem Schwarzen Prinzen. Sie kennen ihn ja, den Mann, der ...«

»Sämtliche Frauen und Kinder in Limoges niedermetzeln ließ.«

»Das ist mir nicht bekannt.«

»Ja, die Geschichtsbücher gehen diskret darüber hinweg.«

Noch oft sollte ich diesen Ausdruck von Schmerz und Enttäuschung in seinen Augen und um seinen Mund sehen, wenn die Wirklichkeit seinen romantischen Vorstellungen widersprach, oder wenn ein Mensch, den er liebte oder bewunderte, unter das unerreichbar hohe Niveau herabsank, das er festgesetzt hatte. Ich entsinne mich, daß ich bei York Harding einmal einen groben sachlichen Fehler entdeckte, und ich mußte Pyle trösten: »Irren ist schließlich nur menschlich.« Er hatte nervös gelacht und gesagt: »Sie halten mich wahrscheinlich für einen Narren, aber — nun, ich hielt ihn eigentlich für unfehlbar.« Er fügte hinzu: »Mein Vater traf ihn ein einziges Mal; da war er sehr von ihm eingenommen, und mein Vater ist verflixt schwer zufriedenzustellen.«

Der große schwarze Hund namens Herzog, der schon lange genug gehechelt hatte, um eine Art Rechtsanspruch auf die Luft hier zu erwerben, begann jetzt im Zimmer umherzuschnüffeln. »Könnten Sie Ihrem Hund befehlen, still zu sein?« sagte ich.

»Ach, entschuldigen Sie. Herzog. Herzog. Setz dich, Herzog.« Herzog setzte sich und begann sich geräuschvoll die Geschlechtsteile zu lecken. Ich füllte unsere Gläser, wobei es mir im Vorübergehen gelang, Herzog in seiner Toilette zu stören. Die Ruhe währte nicht lange. Bald begann er sich zu kratzen.

»Herzog ist furchtbar intelligent«, sagte Pyle.

»Was geschah eigentlich mit Prinz?«

»Wir waren auf der Farm in Connecticut, und dort wurde er überfahren.«

»Ging es Ihnen nahe?«

»Freilich war ich sehr traurig. Er hat mir eine Menge bedeutet, aber schließlich muß man vernünftig sein. Nichts hätte ihn mir wiedergeben können.«

»Und wenn Sie Phuong verlieren, werden Sie dann auch vernünftig sein?«

»O ja, ich hoffe es. Und Sie?«

»Ich möchte es bezweifeln. Ich könnte sogar zum Amokläufer werden. Haben Sie darüber schon einmal nachgedacht, Pyle?«

»Nennen Sie mich doch Alden, Thomas.«

»Lieber nicht. Der Name Pyle hat für mich — gewisse Assoziationen. Also, haben Sie darüber schon einmal nachgedacht?«

»Natürlich nicht. Sie sind der anständigste Kerl, der mir je begegnet ist. Wenn ich mich daran erinnere, wie Sie sich verhielten, als ich plötzlich hereinplatzte ...«

»Ich erinnere mich, daß ich knapp vor dem Einschlafen daran dachte, wie vorteilhaft es wäre, wenn jetzt ein Angriff erfolgte und Sie dabei umkämen. Heldentod. Für die Demokratie.«

»Machen Sie sich nicht über mich lustig, Thomas.« Er rückte unruhig mit seinen langen Beinen. »Ich muß Ihnen wohl ein bißchen doof vorkommen, aber ich merke es, wenn Sie Scherze machen.«

»Ich mache keine Scherze.«

»Ich weiß, daß Sie nur Phuongs Bestes wollen, wenn Sie es ehrlich eingestehen.«

In diesem Augenblick vernahm ich Phuongs Schritte auf der Treppe. Ich hatte gegen alle Wahrscheinlichkeit gehofft, daß Pyle bereits fort sein würde, wenn sie zurückkam. Auch er hörte ihre Schritte und erkannte sie. »Da ist sie ja!« sagte er, obwohl er nur einen einzigen Abend gehabt hatte, um sich ihren Gang einzuprägen. Sogar der Hund erhob sich und stellte sich zur Tür, die ich zur Kühlung offengelassen hatte, fast, als hätte er sie als Mitglied von Pyles Familie anerkannt. Ich war der Eindringling.

»Meine Schwester war nicht daheim«, sagte Phuong und blickte vorsichtig zu Pyle hinüber.

Ich fragte mich, ob sie die Wahrheit sprach, oder ob ihr die Schwester befohlen hatte, schleunigst wieder zurückzukommen.

»Du erinnerst dich an Monsieur Pyle?« sagte ich.

»*Enchantée.*« Sie war die Höflichkeit selbst.

»Ich bin so froh, Sie wiederzusehen«, sagte er errötend.

»*Comment?*«

»Ihr Englisch ist nicht sehr gut«, sagte ich.

»Und mein Französisch ist verheerend. Ich nehme aber jetzt Unterricht und kann schon verstehen – wenn Phuong nur langsam spricht.«

»Ich werde den Dolmetscher spielen«, sagte ich. »An den hiesigen Akzent muß man sich erst gewöhnen. Also, was wollen Sie sagen? Setz dich, Phuong. Monsieur Pyle ist eigens deinetwegen hergekommen. Sind Sie auch ganz sicher«, wandte ich mich an Pyle, »daß es Ihnen nicht lieber wäre, ich ließe Sie mit ihr allein?«

»Nein, ich möchte, daß Sie alles hören, was ich zu sagen habe. Sonst wäre es nicht fair.«

»Nun, dann schießen Sie los!«

Feierlich, als ob er diesen Teil seiner Ansprache auswendig gelernt hätte, erklärte er, daß er für Phuong große Liebe und Achtung empfinde. Er habe dies seit jenem Abend gefühlt, als er mit ihr getanzt hatte. Er erinnerte mich ein wenig an einen Butler, der eine Gesellschaft von Touristen durch ein großes Schloß führt. In Pyles Fall war das Schloß sein Herz, und in die Privatgemächer, wo die Familie wohnte, durften wir nur einen kurzen und verstohlenen Blick werfen. Ich übersetzte alles mit peinlicher Genauigkeit – so klang es noch übler; und Phuong saß still daneben, die Hände im Schoß gefaltet, als sitze sie im Kino.

»Hat sie das verstanden?« fragte Pyle.

»Soweit ich es beurteilen kann, ja. Sie wünschen nicht, daß ich in Ihre Worte ein bißchen Feuer hineinlege?«

»O nein«, antwortete er. »Übersetzen Sie bloß. Ich möchte sie nicht durch Gefühle beeinflussen.«

»Ich verstehe.«

»Sagen Sie ihr, daß ich sie heiraten möchte.«

Ich sagte es ihr.

»Was hat sie geantwortet?«

»Sie hat mich gefragt, ob Sie im Ernst sprechen. Darauf sagte ich ihr, daß Sie von der ernsten Sorte wären.«

»Es ist schon eine verrückte Situation – daß ich Sie bitte, für mich zu übersetzen«, sagte er.

»Ziemlich verrückt.«

»Und doch erscheint es mir natürlich. Schließlich sind Sie mein bester Freund.«

»Nett, daß Sie das sagen.«

»Es gibt niemanden, an den ich mich in der Not lieber wenden würde als an Sie«, sagte er.

»Und ich vermute, Ihre Liebe zu meiner Freundin ist eine Art Notlage.«

»Natürlich. Ich wollte, es wäre jemand anders als Sie, Thomas.«

»Nun, was soll ich ihr als nächstes sagen? Daß Sie ohne sie nicht leben können?«

»Nein, das wäre zu emotional. Und es entspricht auch nicht ganz der Wahrheit. Ich müßte natürlich von hier fortgehen. Aber man kommt schließlich über alles hinweg.«

»Während Sie also nachdenken, was Sie sagen wollen, dürfte ich für mich selbst ein Wort einlegen?«

»Aber selbstverständlich. Das ist nur recht und billig.«

»Nun, Phuong«, sagte ich, »willst du mich verlassen und zu ihm gehen? Er wird dich heiraten. Ich kann es nicht. Du weißt, warum.«

»Gehst du denn fort?« fragte sie, und ich mußte an den Brief des Chefredakteurs in meiner Tasche denken.

»Nein.«

»Niemals?«

»Wie kann man das versprechen? Auch Pyle kann es nicht. Ehen gehen auseinander. Sie zerbrechen oft schneller als eine Affäre wie die unsere.«

»Ich mag nicht gehen«, erwiderte sie, doch der Satz klang nicht tröstlich; er enthielt ein unausgesprochenes Aber.

Pyle sagte: »Ich glaube, ich sollte alle meine Karten auf den Tisch legen. Ich bin nicht reich. Aber wenn mein Vater stirbt, dann habe ich ungefähr fünfzigtausend Dollar. Ich bin gesund — darüber besitze ich ein ärztliches Attest, das erst zwei Monate alt ist, und ich kann sie über meine Blutgruppe informieren.«

»Ich weiß nicht, wie ich das übersetzen soll. Wozu dient es denn?«

»Nun, damit wir die Gewißheit haben, daß wir miteinander Kinder haben können.«

»Ist das die Art, wie man in Amerika eine Liebeserklärung macht — Bezifferung des Einkommens und der Blutgruppe?«

»Das weiß ich nicht, ich habe das noch nie gemacht. Daheim würde vielleicht meine Mutter mit ihrer Mutter sprechen.«

»Über Ihre Blutgruppe?«

»Spotten Sie nicht, Thomas. Ich bin wahrscheinlich altmodisch. Wissen Sie, ich fühle mich ein wenig hilflos in dieser Situation.«

»Ich auch. Meinen Sie nicht, daß wir das Ganze abblasen und um sie würfeln sollten?«

»Jetzt spielen Sie den Herzlosen, Thomas. Ich weiß doch, daß Sie sie auf Ihre Art genau so sehr lieben wie ich.«

»Also, dann reden Sie weiter, Pyle.«

»Sagen Sie ihr, ich erwarte nicht, daß sie mich gleich liebt. Das kommt schon mit der Zeit. Aber sagen Sie ihr, was ich ihr anbiete, ist Sicherheit und Respekt. Das klingt nicht sehr aufregend, aber vielleicht ist es besser als Leidenschaft.«

»Leidenschaft kann sie sich jederzeit beschaffen«, sagte ich, »mit Ihrem Chauffeur, während Sie im Büro sind.«

Pyle wurde puterrot. Unbeholfen erhob er sich und rief: »Das ist ein dreckiger Witz! Ich lasse sie nicht beleidigen. Sie haben kein Recht ...«

»Sie ist noch nicht Ihre Frau.«

»Was können Sie ihr bieten?« fragte er mich wütend. »Ein paar hundert Dollar, wenn Sie nach England abfahren. Oder werden Sie sie mit der Wohnungseinrichtung weitergeben?«

»Die Wohnungseinrichtung gehört nicht mir.«

»Das Mädchen auch nicht. Phuong, willst du mich heiraten?«

»Was ist mit der Blutgruppe?« sagte ich. »Und mit dem Gesundheitszeugnis? Sie werden sicherlich eines von ihr brauchen. Vielleicht sollten Sie meines auch haben. Und ihr Horoskop — aber nein, das ist ein indischer Brauch.«

»Willst du mich heiraten?«

»Sagen Sie es auf französisch«, sagte ich. »Der Teufel soll mich holen, wenn ich noch irgendwas für Sie übersetze.«

Ich stand auf, und der Hund knurrte. Es machte mich wütend. »Sagen Sie Ihrem verdammten Herzog, er soll still sein. Das ist meine Wohnung, nicht seine.«

»Willst du mich heiraten?« wiederholte Pyle. Ich machte einen Schritt auf Phuong zu, und der Hund knurrte wieder.

Ich sagte zu Phuong: »Sag ihm, er soll verschwinden und seinen Köter mitnehmen.«

»Geh mit mir fort«, sagte Pyle. *»Avec moi.«*

»No«, sagte Phuong, »no.« Plötzlich wich der Zorn von uns beiden; so einfach war das ganze Problem — durch ein Wort von zwei Buchstaben zu lösen. Ich empfand ein Gefühl ungeheurer Erleichterung. Pyle stand mit halboffenem Mund und einem Ausdruck vollkommener Ratlosigkeit im Gesicht vor uns. Er sagte: »Sie hat gesagt ›no‹.«

»Soviel Englisch kann sie.« Plötzlich war mir zum Lachen zumute: Was für einen Narren hatte doch jeder von uns aus dem anderen gemacht. »Setzen Sie sich, Pyle, und trinken Sie noch einen Whisky.«

»Ich glaube, ich sollte jetzt gehen.«

»Nur einen — für den Heimweg.«

»Ich darf doch nicht Ihren ganzen Whisky austrinken«, murmelte er.

»Ich bekomme soviel ich will von der Gesandtschaft.« Ich bewegte mich zum Tisch, und der Hund fletschte die Zähne.

Pyle fuhr ihn wütend an: »Leg dich, Herzog! Und benimm dich!« Er wischte sich den Schweiß von der Stirn. »Es tut mir schrecklich leid, Thomas, wenn ich irgend etwas

Ungehöriges gesagt habe. Ich weiß nicht, was über mich gekommen ist.« Er nahm sein Glas und sagte wehmütig: »Der Bessere gewinnt. Ich bitte Sie nur um das eine, Thomas: Verlassen Sie sie nicht.«

»Selbstverständlich werde ich sie nicht verlassen«, sagte ich.

»Will er vielleicht eine Pfeife rauchen?« fragte mich Phuong.

»Wollen Sie eine Pfeife rauchen?«

»Nein, danke, Opium rühre ich nicht an; außerdem haben wir im diplomatischen Dienst sehr strenge Vorschriften. Ich trinke nur das hier aus, und dann gehe ich. Es tut mir leid wegen Herzog. Gewöhnlich ist er sehr ruhig.«

»Bleiben Sie doch zum Abendessen.«

»Falls es Ihnen nichts ausmacht, möchte ich jetzt lieber allein sein, glaube ich.« Er grinste verlegen. »Außenstehende würden wahrscheinlich sagen, daß wir beide uns recht sonderbar benommen haben. Ich wollte, Sie könnten sie heiraten, Thomas.«

»Wollen Sie das tatsächlich?«

»Ja. Seit ich damals dieses Haus sah — Sie wissen, das Haus unmittelbar neben dem ›Chalet‹, habe ich solche Angst.«

Ohne Phuong anzusehen, stürzte er schnell den ungewohnten Whisky hinunter, und als er sich verabschiedete, berührte er ihre Hand nicht, sondern machte nur eine linkische, eckige kleine Verbeugung. Ich beobachtete, wie Phuongs Blick ihn bis zur Tür verfolgte. Als ich am Spiegel vorbeikam, sah ich mich selbst: den obersten Knopf meiner Hose offen, den Anfang eines Bauchs. Draußen sagte er: »Ich verspreche Ihnen, daß ich sie nicht besuchen werde, Thomas. Das hier soll uns nicht in die Quere kommen, nicht wahr? Ich werde um Versetzung ansuchen, sowie meine Dienstzeit hier beendet werden kann.«

»Wann wird das sein?«

»In ungefähr zwei Jahren.«

Ich ging ins Zimmer zurück und dachte: Was für einen

Zweck hat das Ganze? Ich hätte den beiden ebensogut sagen können, daß ich fortgehe. – Pyle brauchte dann sein blutendes Herz nur ein paar Wochen lang als Dekoration herumzutragen ... Meine Lüge würde sogar sein Gewissen erleichtern.

»Soll ich dir eine Pfeife richten?« fragte Phuong.

»Ja, in einem Augenblick. Ich möchte nur noch einen Brief schreiben.«

Es war der zweite Brief, den ich an diesem Tag schrieb, aber jetzt zerriß ich kein Blatt davon, obwohl ich genau so wenig Hoffnung auf eine günstige Antwort hatte. Ich schrieb: »Liebe Helen! Im April werde ich nach England zurückkehren, um den Posten des Auslandsredakteurs zu übernehmen. Du kannst Dir vorstellen, daß ich darüber nicht sehr glücklich bin. England ist für mich der Schauplatz meiner Niederlage. Ich hatte den festen Vorsatz gehabt, unserer Ehe Bestand zu geben, genauso, wie wenn ich Deinen christlichen Glauben geteilt hätte. Bis zum heutigen Tag bin ich mir nicht klar geworden, was eigentlich schiefging (ich weiß, daß wir beide uns bemüht haben), ich glaube, es lag an meinem Temperament. Mir ist wohl bewußt, wie grausam und böse ich sein kann. Jetzt ist es ein bißchen besser – das verdanke ich dem Osten. Ich bin nicht sanfter geworden, aber ruhiger. Vielleicht liegt es auch einfach daran, daß ich fünf Jahre älter geworden bin – in jenem Lebensalter, wo fünf Jahre einen beträchtlichen Anteil jener Zeit ausmachen, die einem noch verbleibt. Du bist stets sehr großmütig gewesen und hast mir seit unserer Trennung niemals Vorwürfe gemacht. Könntest Du noch ein wenig großmütiger sein? Ich weiß sehr wohl, daß Du mich vor unserer Heirat gewarnt hast, es könne nie eine Scheidung geben. Damals nahm ich dieses Risiko auf mich und kann mich deshalb heute nicht beklagen. Dennoch bitte ich Dich jetzt, in eine Scheidung einzuwilligen.«

Phuong rief vom Bett, daß sie das Tablett mit der Pfeife bereit habe.

»Einen Augenblick!« sagte ich.

»Ich könnte diese Bitte irgendwie einkleiden«, schrieb ich weiter, »und sie ehrenhafter und würdiger erscheinen lassen, indem ich vorgebe, daß ich sie im Interesse eines anderen Menschen vorbringe. Doch dies ist nicht der Fall, und wir beide haben einander stets die Wahrheit gesagt. Es geschieht für mich, und nur für mich allein. Ich liebe eine andere Frau sehr. Seit über zwei Jahren leben wir zusammen. Sie ist mir treu ergeben gewesen; aber ich weiß, daß ich für sie nicht unentbehrlich bin. Wenn ich sie verlasse, dann wird sie eine Weile ein bißchen unglücklich sein, nehme ich an, aber es wird keine Tragödie geben. Sie wird einen anderen Mann heiraten und Kinder haben. Es ist dumm von mir, Dir das alles zu sagen, weil ich Dir damit die Antwort geradezu in den Mund lege. Doch weil ich bisher streng bei der Wahrheit geblieben bin, wirst Du mir vielleicht glauben, wenn ich Dir sage, daß der Verlust dieser Frau für mich den Anfang des Todes bedeuten würde. Ich bitte Dich nicht, ›vernünftig‹ zu sein — die Vernunft steht ganz auf Deiner Seite —, oder barmherzig. ›Barmherzigkeit‹ ist für meine Lage ein viel zu großes Wort, und gerade ich verdiene sie wohl auch nicht. Worum ich Dich vermutlich wirklich bitte, ist, daß Du Dich plötzlich vernunftwidrig, in Widerspruch zu Deinem Charakter verhältst. Ich möchte, daß Du« (ich zögerte vor dem Wort und traf dann doch nicht das Richtige) »Zuneigung empfindest und handelst, ehe Du Zeit zum Nachdenken hast. Ich weiß, das wäre am Telefon leichter als über eine Entfernung von achttausend Seemeilen. Wenn Du mir doch nur das eine Wort ›Einverstanden‹ kabeln wolltest!«

Als ich fertig war, hatte ich ein Gefühl, als wäre ich eine weite Strecke gelaufen und hätte dabei ungeübte Muskeln beansprucht. Ich legte mich aufs Bett, während Phuong meine Pfeife fertig machte. »Er ist jung«, sagte ich.

»Wer?«

»Pyle.«

»Das ist nicht so wichtig.«

»Ich würde dich heiraten, Phuong, wenn ich könnte.«

»Das meine ich auch, aber meine Schwester glaubt es nicht.«

»Ich habe gerade an meine Frau geschrieben und sie gebeten, sich von mir scheiden zu lassen. Das habe ich bisher noch nie versucht. Es besteht also immerhin eine Chance.«

»Eine große Chance?«

»Nein, aber eine kleine doch.«

»Mach dir jetzt keine Sorgen. Rauche.«

Ich sog den Rauch ein, während sie meine zweite Pfeife vorzubereiten begann. »Phuong, war deine Schwester wirklich nicht zu Hause?« fragte ich sie.

»Ich sagte es dir bereits – sie war ausgegangen.« Es war töricht, sie dieser zügellosen Wahrheitssucht auszusetzen, einer Sucht des Westens wie die Sucht nach Alkohol. Durch den Whisky, den ich mit Pyle getrunken hatte, wurde die Wirkung des Opiums abgeschwächt. Ich sagte: »Ich log dich vorhin an, Phuong. Ich bin nach England beordert worden.«

Sie legte die Pfeife hin. »Aber du wirst nicht hingehen?«

»Wovon werden wir leben, wenn ich mich weigere?«

»Ich könnte mit dir fahren. Ich möchte gern London sehen.«

»Es wäre für dich dort sehr ungemütlich, wenn wir nicht verheiratet wären.«

»Aber vielleicht wird sich deine Frau scheiden lassen.«

»Vielleicht.«

»Ich fahre auf jeden Fall mit dir«, sagte sie. Sie meinte es ernst, doch ich sah am Ausdruck ihrer Augen, wie dahinter eine lange Kette von Gedanken begann, während sie die Pfeife wieder zur Hand nahm und sich anschickte, das Opiumkügelchen zu erhitzen. Sie sagte: »Gibt es in London Wolkenkratzer?«, und ich liebte sie ob der Unschuld ihrer Frage. Sie mochte aus Höflichkeit lügen, aus Angst, selbst aus Gewinnsucht, doch nie hätte sie die Schläue besessen, ihre Lügen zu verbergen.

»Nein, um die zu sehen, mußt du schon nach Amerika fahren.«

Über die Nadel hinweg warf sie mir einen schnellen Blick zu und erkannte ihren Fehler. Während sie das Opium knetete, begann sie dann aufs Geratewohl über die Kleider zu plaudern, die sie in London tragen würde, wo wir wohnen sollten, schwatzte von der Untergrundbahn, von der sie in einem Roman gelesen hatte, und von den zweistöckigen Autobussen. Würden wir hinfliegen oder mit dem Schiff reisen? »Und die Freiheitsstatue …«, sagte sie.

»Nein, Phuong, die ist auch amerikanisch.«

Zweites Kapitel

1

Mindestens einmal im Jahr feiern die Anhänger Caodais beim Heiligen Stuhl in Tanyin, achtzig Kilometer nordwestlich von Saigon, ein Fest zum soundsovielten Jahr der Befreiung oder der Eroberung oder sogar, um einen buddhistischen, konfuzianischen oder christlichen Festtag zu begehen. Die Religion Caodais war stets das Lieblingskapitel in meinen Kurzeinführungen für auswärtige Besucher gewesen: Der Caodaismus, die Erfindung eines Staatsbeamten aus Cochin, war eine Synthese der drei Religionen. Der Heilige Stuhl befand sich in Tanyin. Es gab einen Papst und weibliche Kardinäle. Weissagungen erfolgten mittels Schreibtäfelchen. Es gab einen heiligen Victor Hugo. Christus und Buddha blickten vom Deckengewölbe der Kathedrale herab auf ein Phantasiebild des Ostens im Stil Walt Disneys, auf Drachen und Schlangen in Technicolor. Neuankömmlinge waren von dieser Beschreibung stets entzückt. Wie hätte man ihnen die öde Leere der ganzen Sache erklären können? Die private Armee von fünfundzwanzigtausend Mann, bewaffnet mit Mörsern, die aus den Auspufftöpfen alter Kraftwagen hergestellt worden waren, Alliierte der Franzosen, die sich im Augenblick der Gefahr neutral erklärten? Zu diesen Feierlichkeiten, die dazu beitrugen, die Bauern ruhig zu halten, lud der Papst Mitglieder der Regierung ein (die auch erschienen, wenn die Caodaisten gerade an der Macht waren), das diplomatische Korps (das ein paar Zweite Legationssekretäre mit ihren Frauen oder Freundinnen entsandte) und den französischen Oberbefehlshaber, der einen Generalmajor von irgendeiner Schreibtätigkeit abkommandierte und mit seiner Vertretung betraute.

Entlang der Route nach Tanyin ergoß sich ein rasanter Strom von Stabswagen und Autos mit dem Kennzeichen C. D., und an den exponierten Punkten der Straße hatten zu ihrem Schutz Fremdenlegionäre in den Reisfeldern Stellung bezogen. Dieser Tag bereitete dem französischen Oberkommando jedesmal einige Sorgen und den Caodaisten gab er eine gewisse Hoffnung, denn was hätte schmerzloser ihre eigene Loyalität unterstreichen können, als wenn ein paar prominente Gäste außerhalb ihres Territoriums erschossen wurden?

Nach jedem Kilometer ragte gleich einem Rufzeichen ein kleiner, aus Lehm erbauter Wachtturm aus den ebenen Feldern empor, und alle zehn Kilometer gab es ein größeres Fort, das von einem Zug Legionäre, Marokkaner oder Senegal-Schützen besetzt war. Wie auf den Einfallstraßen nach New York hielten alle Autos dieselbe Geschwindigkeit ein — und wie auf der Einfahrt nach New York hatte man auch hier das Gefühl einer mühsam beherrschten Ungeduld, während man den Wagen vor sich und im Rückspiegel das Auto hinter dem eigenen beobachtete. Jeder wollte Tanyin erreichen, sich das Schauspiel ansehen und so rasch wie möglich wieder nach Saigon zurückkehren: Um sieben Uhr abends war Ausgangssperre.

Aus den Reisfeldern des französischen Machtbereichs kam man in die Reisfelder der Hoa Haos und von dort in die Reisfelder der Caodaisten, die gewöhnlich mit den Hoa Haos Krieg führten: Nur die Flaggen auf den Wachttürmen wechselten. Kleine nackte Jungen saßen auf den Büffeln, die bis zum Bauch in den bewässerten Feldern wateten; wo die goldene Ernte reif war, siebten die Bauern in ihren flachen, muschelförmigen Hüten den Reis gegen kleine, gekrümmte Schutzdächer aus geflochtenem Bambusrohr. Die Autos fuhren rasch an ihnen vorüber, sie gehörten einer anderen Welt an.

Jetzt erregten die Kirchen der Caodaisten in jedem Dorf die Aufmerksamkeit der Fremden: blaßblaue und rosa Stuckarbeit und über dem Tor ein riesiges Auge Gottes. Die Fahnen wurden immer zahlreicher; Scharen von Bauern zogen auf der Straße dahin: Wir näherten uns dem Heiligen Stuhl.

In der Ferne ragte der Heilige Berg wie ein runder grüner Hut über Tanyin auf – das war der Ort, wo General Thé sich verschanzt hatte, der abtrünnige Stabschef, der erst kürzlich seine Absicht bekanntgegeben hatte, sowohl gegen die Franzosen als auch gegen die Vietminh zu kämpfen. Die Caodaisten unternahmen keinen Versuch, seiner habhaft zu werden, obwohl er einen ihrer Kardinäle gewaltsam entführt hatte; allerdings ging das Gerücht, er habe dies mit stillschweigender Duldung des Papstes getan.

In Tanyin schien es immer heißer zu sein als irgendwo sonst im südlichen Delta; vielleicht war es der Wassermangel, vielleicht der Gedanke an die endlosen Zeremonien, der jeden von uns für alle anderen schwitzen ließ, für die Truppen, die strammstehen mußten, während der langen Reden, deren Sprache sie nicht verstanden, für den Papst in seinen schweren Chinoiseriegewändern. Nur die weiblichen Kardinäle in weißen Seidenhosen sahen so aus, als hätten sie es trotz der grellen Sonne kühl, während sie mit Priestern plauderten, die Tropenhelme trugen. Man konnte sich nicht vorstellen, daß es jemals sieben Uhr abends und Cocktailstunde sein würde auf dem Dach des »Majestic«, wo ein frischer Wind vom Saigonfluß heraufwehte.

Nach der Parade interviewte ich den Stellvertreter des Papstes. Ich rechnete nicht damit, irgend etwas aus ihm herauszukriegen, und diese Vermutung erwies sich als richtig: Es war bloße Konvention auf beiden Seiten. Ich fragte ihn über General Thé aus.

»Ein Hitzkopf«, sagte er und ließ das Thema fallen. Er begann seine vorbereitete Rede, wobei er freilich vergaß, daß ich diese bereits vor zwei Jahren gehört hatte — es erinnerte mich an meine eigenen Schallplatten für eben eingetroffene Besucher: Der Caodaismus ist eine religiöse Synthese ... die beste aller Religionen ... Missionäre sind bereits nach Los Angeles ausgesandt worden ... die Geheimnisse der großen Pyramide ...

Er trug eine weiße Soutane, und er war Kettenraucher. Er machte einen verschlagenen und korrupten Eindruck: Das Wort Liebe kam in seiner Rede häufig vor. Nach meiner Überzeugung wußte er, daß wir alle nur dazu anwesend waren, um über seine Bewegung zu lachen, unsere respektvollen Mienen waren genau so korrupt wir seine schwindelhafte Hierarchie, nur waren wir weniger schlau. Unsere Heuchelei brachte uns nichts ein — nicht einmal einen zuverlässigen Verbündeten, während jene der Caodaisten ihnen Waffen und Nachschubgüter, ja sogar bares Geld eingetragen hatte.

»Vielen Dank, Eminenz!« Ich erhob mich, um zu gehen. Er begleitete mich zur Tür, wobei er Zigarettenasche verstreute.

»Gott segne Ihre Arbeit«, sagte er salbungsvoll. »Vergessen Sie nicht, daß Gott die Wahrheit liebt.«

»Welche Wahrheit?« fragte ich.

»Im Glauben Caodais sind alle Wahrheiten miteinander ausgesöhnt, und Wahrheit ist Liebe.«

Er trug einen riesigen Ring an einem Finger, und als er mir die Hand hinstreckte, gewann ich den Eindruck, als erwarte er tatsächlich von mir, daß ich den Ring küsse; doch ich bin kein Diplomat.

Im harten Licht der senkrecht niederbrennenden Sonne erblickte ich Pyle; er versuchte vergebens, seinen Buick zu starten. Irgendwie war ich in den letzten beiden Wochen ständig auf Pyle gestoßen, in der Bar des »Continental«, in der einzigen guten Buchhandlung in der Rue Catinat. Die Freundschaft, die er mir von allem Anfang an förmlich aufgedrängt hatte, betonte er jetzt mehr denn je. Seine traurigen Augen fragten immer wieder voll Inbrunst nach Phuong, während seine Lippen sogar mit noch mehr Inbrunst die Stärke seiner Zuneigung zu mir und — entschuldigen Sie den Ausdruck! — seiner Bewunderung für mich verkündeten.

Neben dem Buick stand ein Kommandant der caodaistischen Armee, der eifrig auf Pyle einredete. Er verstummte, als ich mich näherte. Ich erkannte ihn — er war einer von Thés Mitarbeitern gewesen, bevor der General sich ins Bergland zurückzog.

»Guten Tag, Herr Kommandant«, begrüßte ich ihn. »Wie geht's dem General?«

»Welchem General?« fragte er mit einem scheuen Grinsen.

»Nach dem Glauben Caodais sind doch sicherlich alle Generale miteinander ausgesöhnt«, erwiderte ich.

»Ich kann den Wagen nicht in Gang bringen, Thomas«, sagte Pyle.

»Ich hole einen Mechaniker«, sagte der Kommandant und verließ uns.

»Ich habe Sie eben unterbrochen.«

»Oh, das spielt keine Rolle«, sagte Pyle. »Er wollte wissen, wieviel ein Buick kostet. Diese Leute sind so freundlich, wenn man sie richtig behandelt. Die Franzosen scheinen nicht zu wissen, wie man mit Ihnen umgehen soll.«

»Die Franzosen trauen ihnen nicht.«

Pyle sagte feierlich: »Ein Mensch wird vertrauenswürdig, sobald man ihm Vertrauen schenkt.« Das klang wie ein Glaubensgrundsatz Caodais, und ich kam allmählich zur Überzeugung, daß die Luft von Tanyin für mich zu moralisch war, um sie einzuatmen.

»Kommen Sie, trinken wir was«, sagte Pyle.

»Es gibt nichts, was ich lieber täte.«

»Ich habe eine Thermosflasche mit Limonensaft mitgebracht.« Er beugte sich über seinen Wagen und machte sich an einem Korb im Fond zu schaffen.

»Gibt's auch Gin?«

»Nein, tut mir schrecklich leid. Wissen Sie«, sagte er ermutigend, »Limonensaft ist in diesem Klima sehr gesund. Er enthält — nun, ich bin nicht ganz sicher, welche Vitamine er enthält.« Er reichte mir einen Becher, und ich trank.

»Na, wenigstens ist er naß«, sagte ich.

»Möchten Sie ein Sandwich? Sie sind wirklich ausgezeichnet. Ich habe da einen neuen Brotaufstrich. Er heißt ›Vitasan‹. Meine Mutter sandte ihn mir aus den Staaten.«

»Nein, vielen Dank, ich habe keinen Hunger.«

»Er schmeckt eigentlich fast wir russischer Salat — nur irgendwie trockener.«

»Nein, danke, wirklich nicht.«

»Aber es stört Sie nicht, wenn ich esse?«

»Nein, nein, durchaus nicht!«

Er biß ein großes Stück ab, und es knirschte und bröselte zwischen seinen Zähnen. In der Ferne ritt Buddha, gemeißelt aus weißem und rosarotem Stein, aus der Heimat seiner Ahnen fort, und sein Diener — eine zweite Statue — rannte zu Fuß hinter ihm her. Die weiblichen Kardinäle schlenderten zu ihrem Haus zurück, und von der Höhe über dem Portal des Doms spähte das Auge Gottes auf uns herab.

»Sie wissen ja, daß man uns hier Lunch serviert?« sagte ich.

»Ich dachte mir, ich riskiere es lieber nicht. Das Fleisch — in dieser Hitze muß man sich in acht nehmen.«

»Davor sind Sie ziemlich sicher. Die Leute hier sind Vegetarier.«

»Wahrscheinlich sind die Speisen schon in Ordnung, aber ich möchte doch lieber wissen, was ich esse.« Wiederum biß er mampfend von seinem Vitasanbrot ab. »Glauben Sie, daß es hier einigermaßen verläßliche Mechaniker gibt?«

»Sie verstehen genug davon, um Ihr kaputtes Auspuffrohr in einen Granatwerfer zu verwandeln. Ich glaube, Buicks liefern die besten Granatwerfer.«

Der Kommandant kam zurück, salutierte stramm und sagte, er habe in die Kaserne nach einem Mechaniker geschickt. Pyle bot ihm ein Vitasan-Sandwich an, das er höflich ablehnte. Mit der Miene eines Weltmanns sagte er: »Wir haben so viele Vorschriften über das Essen.« (Er sprach vorzüglich englisch.) »So albern. Aber Sie wissen ja, was es heißt, in der Hauptstadt einer Religion zu leben. Ich nehme an, in Rom ist es genau dasselbe — oder in Canterbury«, fügte er mit einer netten, eleganten kleinen Verbeugung zu mir herüber hinzu. Dann schwieg er. Beide schwiegen sie. Ich gewann ganz deutlich den Eindruck, daß meine Gesellschaft unerwünscht war. Doch ich konnte der Versuchung, Pyle zu hänseln, nicht widerstehen — das ist nun einmal die Waffe der Schwäche, und ich war schwach. Ich besaß weder Jugend noch Ernst noch Unbescholtenheit, und keine Zukunft. So sagte ich: »Vielleicht nehme ich doch ein Sandwich.«

»Oh, selbstverständlich«, sagte Pyle, »selbstverständlich.« Er hielt inne, ehe er sich zum Korb in seinem Wagen beugte.

»Nein, nein«, sagte ich. »Das war nur ein Scherz. Ihr beide wollt ja allein sein.«

»Keineswegs«, meinte Pyle. Er war einer der schlechtesten Lügner, die mir je begegnet waren — das war eine Kunst, die er offenbar nie geübt hatte. Er erklärte dem Kommandanten: »Thomas ist der beste Freund, den ich habe.«

»Ich kenne Mr. Fowler«, sagte der Offizier.

»Ich sehe Sie ja noch, bevor ich wegfahre, Pyle«, und ich entfernte mich in Richtung der Kathedrale. Dort konnte ich etwas Kühlung finden.

Der heilige Victor Hugo in der Uniform der Französischen Akademie, mit einem Heiligenschein um seinen Dreispitz, wies auf einen edlen Sinnspruch, den Sun Yat Sen gerade auf eine Tafel schrieb, und dann befand ich mich im Mittelschiff des Doms. Es gab nirgends einen Sitzplatz außer dem päpstlichen Thron, um den sich eine Kobra aus Gips schlang; der Marmorboden schimmerte wie eine Wasserfläche und in den Fenstern war kein Glas. Wir machen einen Käfig für die Luft, mit Löchern darin, ging es mir durch den Sinn, und in ganz ähnlicher Weise macht der Mensch einen Käfig für seine Religion — der Zweifel bleibt offen und dem Wetter preisgegeben, und die Glaubenssätze sind einer Unzahl von Auslegungen zugänglich. Meine Frau hatte ihren Käfig mit Löchern gefunden; mitunter beneidete ich sie darum. Zwischen Sonne und Luft gibt es einen Widerstreit: Ich lebte zuviel in der Sonne.

Ich schritt durch das lange, öde Kirchenschiff – das war nicht das Indochina, das ich liebte. Drachen mit Löwenköpfen erklommen die Kanzel: An der Decke entblößte Christus sein blutendes Herz. Buddha saß da, wie Buddha immer dasitzt: mit leerem Schoß. Der Bart Konfuzius' fiel schütter herab wie ein Wasserfall in der trockenen Jahreszeit. Das war Theater: Der riesige Globus über dem Altar war Ehrgeiz; der Korb mit dem beweglichen Deckel, worin der Papst seine Prophezeiungen vollzog, war Betrug. Wenn diese Kathedrale fünf Jahrhunderte bestanden hätte anstatt nur zwei Jahrzehnte, hätte sie dann mit den Schleifspuren unzähliger Füße und der Verwitterung ihres Gesteins eine gewisse Überzeugungskraft gewonnen? Würde jemand, der so wie meine Frau überzeugbar war, hier den Glauben finden, den sie in menschlichen Wesen nicht finden konnte? Und wenn ich mich wirklich nach einem Glauben gesehnt hätte, hätte ich ihn in ihrem normannischen Gotteshaus gefunden? Aber ich habe mich nie nach einem Glauben gesehnt. Die Aufgabe eines Reporters ist es, die Dinge aufzudecken und zu verzeichnen. Niemals hatte ich in meiner Laufbahn das Unerklärliche entdeckt. Der Papst machte seine Weissagungen mit Hilfe eines Bleistifts in einem beweglichen Korbdeckel, und die Leute glaubten sie. In jeder Vision kann man irgendwo das Schreibtäfelchen des Spiritisten finden. Ich hatte keine Visionen oder Wunder im Repertoire meines Gedächtnisses.

Ich blätterte aufs Geratewohl in meinen Erinnerungen wie in einem Bilderalbum: Da war ein Fuchs, den ich in der Nähe von Orpington im Schein einer feindlichen Leuchtrakete gesehen hatte; er war aus seinem Bau im rostbraunen Dickicht des Ödlandes herausgekommen und hatte sich an einen Hühnerstall angeschlichen. Dann sah ich den Leichnam eines Malaien, von Bajonettstichen durchbohrt, den eine Patrouille von Gurkhas auf einem Lastwagen in ein Bergarbeiterlager in Pahang zurückbrachte, während die chinesischen Kulis nervös kichernd danebenstanden und ein anderer Malaie ein Kissen unter den Kopf des Toten schob. Es gab die Figur einer Taube, eben zum Flug ansetzend, auf dem Kaminsims in einem Hotelzimmer; das Gesicht meiner Frau am Fenster, als ich heimkam, um ihr zum letztenmal Lebewohl zu sagen. Meine Gedanken begannen und endeten bei ihr. Sie mußte meinen Brief vor mehr als einer Woche erhalten haben, und das Telegramm, das ich nicht erwartete, war nicht eingetroffen. Aber die Leute sagen, wenn sich die Geschworenen lange genug zurückziehen, besteht Hoffnung für den Angeklagten. Falls nach einer weiteren Woche kein Brief kam, durfte ich dann zu hoffen beginnen? Rings um mich konnte ich hören, wie die Autos der Offiziere und Diplomaten auf Touren gebracht wurden — das Fest war vorbei, bis zum nächsten Jahr. Nun setzte die Massenflucht ein, zurück nach Saigon, die allabendliche Ausgehsperre rief. Ich trat hinaus, um Pyle zu suchen.

Er stand mit dem Kommandanten an einer schattigen Stelle, und kein Mensch tat irgend etwas an seinem Wagen. Die Unterhaltung, worum immer sie sich gedreht haben mochte, schien beendet zu sein, und sie standen schweigend beisammen, gehemmt durch gegenseitige Höflichkeit. Ich trat zu ihnen.

»Nun«, sagte ich zu Pyle, »ich denke, ich werde mich auch auf den Weg machen. Sie sollten auch fahren, wenn Sie daheim sein wollen, bevor die Straße gesperrt wird.«

»Der Mechaniker ist nicht gekommen.«

»Er wird bald da sein«, sagte der Kommandant. »Er nahm an der Parade teil.«

»Sie könnten ja über Nacht bleiben«, meinte ich. »Es gibt hier eine besondere Messe. Sie werden sehen, die ist ein Erlebnis. Sie dauert volle drei Stunden.«

»Ich sollte aber zurückfahren.«

»Wenn Sie nicht gleich losfahren, werden Sie nicht zurückkommen.« Widerstrebend fügte ich hinzu: »Wenn Sie wollen, nehme ich Sie mit, und der Herr Kommandant kann Ihren Wagen morgen nach Saigon bringen lassen.«

»Auf caodaistischem Gebiet brauchen Sie sich um die Sperrstunde nicht zu kümmern«, erklärte der Kommandant selbstgefällig. »Aber außerhalb ... Selbstverständlich werde ich Ihnen den Wagen morgen hineinschicken.«

»Mit unbeschädigtem Auspuff«, fügte ich hinzu, und er lächelte strahlend, stramm und tüchtig, die militärische Abkürzung eines Lächelns.

2

Die Prozession der Wagen war schon weit voraus, als wir endlich losfuhren. Ich steigerte die Geschwindigkeit, um sie einzuholen, aber wir hatten die Zone der Caodaisten bereits hinter uns gelassen und waren in das Gebiet der Hoa Haos gelangt, ohne auch nur eine Staubwolke vor uns zu erblicken. Flach und leer war das Land im Abendlicht.

Es war nicht eben die Art Gelände, die man mit einem Hinterhalt verbindet, dennoch konnten sich nur wenige Meter vom Straßenrand entfernt Menschen nackentief in den überschwemmten Reisfeldern versteckt halten.

Pyle räusperte sich, und dies war das Signal, daß eine vertrauliche Äußerung kam. »Ich hoffe, Phuong geht es gut«, sagte er.

»Meines Wissens ist sie noch nie krank gewesen.« Ein Wachtturm versank hinter uns, der nächste tauchte vor uns auf — wie die Gewichte an einer Waage.

»Gestern sah ich ihre Schwester beim Einkaufen.«

»Und ich vermute, daß sie Sie zu sich eingeladen hat«, sagte ich.

»Tatsächlich, das hat sie getan.«

»Sie gibt eben die Hoffnung nicht so schnell auf.«

»Was für eine Hoffnung?«

»Die Hoffnung, Sie mit Phuong zu verheiraten.«

»Sie erzählte mir, daß Sie von hier weggehen werden.«

»Solche Gerüchte tauchen nun mal auf.«

Pyle sagte: »Sie treiben doch wohl ein ehrliches Spiel mit mir, Thomas, nicht wahr?«

»Ehrliches Spiel?«

»Ja, ich habe um Versetzung angesucht«, sagte er, »und ich möchte nicht, daß wir beide sie verlassen.«

»Ich dachte, Sie wollten Ihre Zeit hier abdienen.«

»Das könnte ich nicht aushalten«, sagte er ohne Selbstmitleid.

»Und wann gehen Sie fort?«

»Das weiß ich noch nicht. Es heißt, daß in sechs Monaten eine Versetzung durchgeführt werden könnte.«

»Und sechs Monate lang können Sie es aushalten?«

»Ich muß wohl.«

»Was für einen Grund haben Sie angegeben?«

»Ich sagte dem Handelsattaché — Joe, Sie kennen ihn ja — mehr oder minder die Wahrheit.«

»Ich nehme an, daß er mich für einen Schweinehund hält, weil ich Ihnen nicht erlaube, mit meiner Freundin auf und davon zu gehen.«

»O nein, er ergriff eher für Sie Partei.«

Der Motor meines Wagens stotterte und stockte dann — er hatte schon eine Minute lang gestottert, glaube ich, ehe ich es bemerkte, denn ich hatte über Pyles unschuldige Frage nachgedacht, ob ich wohl ein ehrliches Spiel triebe. Sie gehörte einer psychologischen Sphäre von großer Schlichtheit an, einer Welt, wo man von Demokratie und Ehre sprach — jener Ehre, die im englischen einst *Honor* hieß und genauso auf alten Grabsteinen geschrieben steht — und mit diesen Worten dasselbe meinte wie schon die Väter. »Aus!« sagte ich.

»Was ist aus? Das Benzin?«

»Ja. Es war genug da. Knapp vor der Abreise füllte ich den Tank in Saigon bis oben voll. Diese Schufte in Tanyin müssen es abgezapft haben. Ich hätte es bemerken müssen. Sieht ihnen ähnlich, uns gerade noch soviel drinnen zu lassen, daß wir aus ihrer Zone herauskommen.«

»Was sollen wir jetzt tun?«

»Wir können gerade noch den nächsten Wachtturm erreichen. Hoffen wir, daß sie dort etwas Benzin haben.«

Aber wir hatten Pech. Dreißig Meter vor dem Wachtturm blieb der Wagen stecken. Wir marschierten zum Turm, wo ich von unten auf französisch zur Wache hinaufrief, daß wir Freunde seien und hinaufkämen. Ich hatte nicht die Absicht, mich von einem vietnamesischen Posten erschießen zu lassen. Es kam keine Antwort; niemand schaute oben heraus. »Haben Sie eine Pistole bei sich?« fragte ich Pyle.

»Nein, ich trage nie eine.«

»Ich auch nicht.«

Die letzten Farben des Sonnenuntergangs, grün und golden wie der Reis, tropften über den Rand dieser flachen Welt: Vom neutralen Grau des Himmels hob sich der Wachtturm schwarz wie Druckschrift ab. Die Zeit des nächtlichen Ausgehverbots mußte schon sehr nahe sein. Ich rief wieder, ohne Antwort zu erhalten.

»Wissen Sie zufällig, wie viele Türme wir seit dem letzten Fort passiert haben?«

»Ich habe nicht darauf geachtet.«

»Ich auch nicht.« Bis zum nächsten Fort waren es vermutlich gute sechs Kilometer — ein Marsch von einer Stunde. Ich rief zum drittenmal, und das Schweigen wiederholte sich gleich einer Antwort.

»Scheint unbesetzt zu sein«, sagte ich. »Ich werde hinaufsteigen und nachsehen.« Die gelbe Fahne mit den roten Streifen, die zu Orange verblaßt waren, zeigte an, daß wir das Gebiet der Hoa Haos bereits hinter uns gelassen hatten und uns im Bereich der vietnamesischen Armee befanden.

»Meinen Sie nicht, daß es besser ist, hier zu warten, ob vielleicht noch ein Wagen vorüberkommt?« sagte Pyle.

»Vielleicht, aber *sie* könnten noch früher kommen.«

»Soll ich zurückgehen und die Scheinwerfer einschalten? Als Signal?«

»Um Gottes willen, nein! Lassen Sie das sein!« Es war

jetzt so dunkel, daß ich stolperte, als ich nach der Leiter suchte. Unter meinem Fuß knackte etwas; ich malte mir deutlich aus, wie sich der Ton über die Reisfelder hin fortpflanzte — und von wem aufgefangen wurde? Pyles Gestalt hatte nur noch verschwommene Umrisse und war ein dunkler Schatten am Straßenrand. Die Dunkelheit, sobald sie einmal kam, fiel herab wie ein Stein. »Bleiben Sie dort, bis ich Sie rufe«, sagte ich und überlegte, ob der Posten etwa die Leiter hochgezogen hatte; doch da stand sie — obwohl auch für den Feind benützbar, bildete sie den einzigen Fluchtweg der Besatzung. Ich begann hinaufzuklettern.

So oft habe ich gelesen, woran die Leute im Augenblick der Furcht denken: an Gott, an ihre Familie, an eine Frau. Ich bewundere ihre Selbstbeherrschung. Ich dachte an gar nichts, nicht einmal an die Falltür über mir. Für die nächsten Sekunden hörte ich zu existieren auf: Ich war nichts als pure Angst. Am oberen Ende der Leiter stieß ich mit dem Kopf an, weil die Angst keine Leitersprossen zählen noch hören oder sehen kann. Dann hob ich den Kopf über den Lehmboden, niemand schoß auf mich, und die Angst wich von mir.

3

Auf dem Boden brannte ein winziges Öllämpchen. An der Wand kauerten zwei Männer und beobachteten mich. Der eine hatte eine Maschinenpistole, der andere ein Gewehr; aber beide waren genauso erschrocken, wie ich es gewesen war. Sie sahen wie Schuljungen aus; doch bei den Vietnamesen bricht das Alter so plötzlich herein wie der Sonnenuntergang — heute sind sie Knaben und morgen Greise. Ich war froh, daß meine Hautfarbe und der Schnitt meiner Augen als Passierschein galten — jetzt würden sie nicht einmal aus Angst schießen.

Ich erhob mich aus der Öffnung im Boden, während ich beruhigend auf sie einredete, ihnen erzählte, daß mein Auto draußen stand und mir das Benzin ausgegangen war. Vielleicht hatten sie irgendwo im Turm ein paar Liter aufbewahrt, die ich ihnen abkaufen konnte. Es kam mir eher unwahrscheinlich vor, als ich mich umsah. In dem kleinen runden Raum gab es nichts außer einer Kiste Munition für die Maschinenpistole, einem kleinen hölzernen Bettgestell und zwei Tornistern, die an einem Nagel in der Wand hingen. Näpfe mit Resten von Reis und ein paar hölzerne Eßstäbchen bewiesen, daß die beiden ohne viel Appetit gegessen hatten.

»Gerade soviel, um das nächste Fort zu erreichen?« fragte ich.

Die Männer kauerten an der Wand, und der eine – der mit dem Gewehr – schüttelte den Kopf.

»Wenn Sie uns nichts geben können, dann müssen wir die Nacht hier verbringen.«

»C'est défendu.«

»Von wem?«

»Sie sind Zivilist.«

»Kein Mensch wird mich zwingen, unten auf der Straße sitzenzubleiben und mir die Kehle durchschneiden zu lassen.«

»Sind Sie Franzose?«

Nur einer der Männer hatte gesprochen. Der andere saß da, den Kopf zur Seite gewandt, und beobachtete die Schießscharte in der Wand. Er konnte unmöglich mehr sehen als ein Stück Himmel in der Größe einer Postkarte: Er schien zu horchen, und so begann auch ich zu horchen. Die Stille füllte sich mit Geräuschen: Laute, denen man schwerlich einen Namen hätte geben können – ein Knacken, ein Knistern, ein Rascheln, etwas, das wie ein Hüsteln klang, und ein Flüstern. Dann hörte ich Pyle: Er war offenbar zum unteren Ende der Leiter gekommen. »Alles in Ordnung, Thomas?«

»Kommen Sie herauf!« rief ich zurück. Er begann die Leiter zu erklimmen, und der stumme Soldat fuhr mit seiner Maschinenpistole herum – ich glaube nicht, daß er ein einziges Wort gehört hatte: Es war eine ungeschickte, nervöse Reflexbewegung. Mir wurde klar, daß er vor Angst gelähmt war. Ich schnauzte ihn an wie ein Feldwebel: »Leg die Knarre hin!«, und ich verwendete einen unflätigen französischen Ausdruck, von dem ich annahm, daß er ihm geläufig war. Der Mann gehorchte automatisch. Inzwischen war Pyle heraufgekommen. Ich sagte: »Sie bieten uns den sicheren Aufenthalt im Turm bis zum Morgen an.«

»Fein«, sagte Pyle. Etwas schien ihm Kopfzerbrechen zu bereiten. Er sagte: »Sollte eigentlich nicht einer von diesen zwei Schafsköpfen Wache schieben?«

»Sie ziehen es vor, nicht angeschossen zu werden. Ich wünschte, Sie hätten etwas Stärkeres zum Trinken mitgebracht als Limonensaft!«

»Nächstes Mal werde ich das wohl tun«, sagte Pyle.

»Wir haben eine lange Nacht vor uns!« Nun, da Pyle bei mir war, vernahm ich die Geräusche nicht mehr. Selbst die beiden Soldaten schienen weniger verkrampft zu sein.

»Was geschieht, wenn die Vietminh sie angreifen?« fragte Pyle.

»Sie werden einen Schuß abgeben und davonrennen. Jeden Morgen können Sie es im *Extrême-Orient* lesen: ›In der vergangenen Nacht geriet südwestlich von Saigon eine Vorpostenstellung vorübergehend in die Hände der Vietminh.‹«

»Eine unerfreuliche Aussicht.«

»Zwischen uns und Saigon stehen vierzig solcher Türme. Wir haben also die Chance, daß es einen anderen erwischt.«

»Jetzt könnten wir diese belegten Brote brauchen«, sagte Pyle. »Ich meine doch, daß einer von den Burschen Ausschau halten sollte.«

»Er fürchtet sich, daß eine Kugel hereinschauen könnte.« Mittlerweile hatten wir uns auf dem Boden ausgestreckt, worauf die Spannung der beiden Vietnamesen ein wenig nachließ. Ich empfand Mitleid mit ihnen: Für zwei schlecht ausgebildete Soldaten war es keine leichte Aufgabe, Nacht für Nacht hier oben zu sitzen und nie zu wissen, wann sich die Vietminh durch die Reisfelder an die Straße heranmachen würden. Ich sagte zu Pyle: »Glauben Sie, wissen die zwei, daß sie für die Demokratie kämpfen? Wir sollten Ihren York Harding da haben, um es ihnen zu erklären.«

»Immer machen Sie sich über Harding lustig«, sagte Pyle.

»Ich mache mich über jeden lustig, der so viel Zeit damit vergeudet, über etwas zu schreiben, was gar nicht existiert — über geistige Konzeptionen.«

»Für ihn existieren sie. Haben Sie denn keine geistigen Konzeptionen? Zum Beispiel Gott?«

»Ich habe keine Veranlassung, an einen Gott zu glauben. Haben Sie eine?«

»Ja. Ich bin Unitarier.«

»An wie viele Millionen Arten von Gott glauben die Menschen? Ja, sogar ein Katholik glaubt jeweils an einen ganz anderen Gott, wenn er erschrocken oder glücklich oder hungrig ist.«

»Wenn es einen Gott gibt, dann ist er vielleicht so unermeßlich groß, daß er jedem Menschen anders erscheint.«

»Wie der riesige Buddha in Bangkok«, sagte ich. »Man kann ihn nicht mit einem Blick in seiner ganzen Größe überschauen. Doch *der* hält wenigstens still.«

»Ich meine, Sie versuchen bloß, den Abgebrühten zu spielen«, sagte Pyle. »An irgend etwas müssen Sie doch glauben. Niemand kann ganz ohne Glauben weiterleben.«

»Oh, ich bin kein Anhänger von Bischof Berkeley. Ich glaube daran, daß mein Rücken an dieser Wand lehnt. Ich glaube daran, daß dort drüben eine Maschinenpistole ist.«

»Das habe ich nicht gemeint.«

»Ich glaube sogar, was ich berichte, und das ist mehr, als die meisten Ihrer Zeitungskorrespondenten tun.«

»Zigarette?«

»Danke, ich rauche nicht — außer Opium. Aber geben Sie den Wachtposten eine. Es ist besser, wir erhalten uns ihre Freundschaft.« Pyle stand auf, bot den Soldaten Zigaretten an, gab ihnen Feuer und kam dann zurück. »Ich wollte, Zigaretten hätten eine symbolische Bedeutung ähnlich wie Salz«, sagte ich.

»Trauen Sie ihnen denn nicht?«

»Kein französischer Offizier würde gern mit zwei verängstigten Vietnamesen die Nacht in einem solchen Turm zubringen. Ja, es ist bekannt, daß sogar schon ein ganzer Zug Soldaten seine Offiziere ausgeliefert hat. Bisweilen haben die Vietminh mit einem Megaphon mehr Erfolg als mit einem Panzergewehr. Ich kreide ihnen das nicht übel an. Sie glauben auch an nichts. Sie, Pyle, und Ihre Gesinnungsgenossen versuchen einen Krieg zu führen mit Hilfe von Menschen, die daran einfach nicht interessiert sind.«

»Sie wollen keinen Kommunismus.«

»Sie wollen genug Reis«, sagte ich. »Sie wollen nicht erschossen werden. Sie wollen, daß ein Tag ungefähr dem anderen gleicht. Sie wollen nicht, daß wir Weißen hier sind und ihnen sagen, was sie wollen.«

»Wenn Indochina geht ...«

»Diese Walze kenne ich zur Genüge. Dann geht auch Siam, geht Malaia, geht Indonesien. Was heißt ›geht‹? Wenn ich an Ihren Gott glaubte und an ein Leben im Jenseits, würde ich meine künftige Harfe gegen Ihre goldenen Krone wetten, daß es in fünfhundert Jahren kein New York und kein London geben mag, doch auf diesen Feldern werden die Bauern noch immer ihren Reis pflanzen, sie werden ihre Erzeugnisse an langen Stangen zum Markt bringen und dabei ihre spitzen Hüte tragen. Und die kleinen Jungen werden auf den Büffeln reiten. Ich mag die Büffel; sie können unseren Geruch, den Geruch von Europäern, nicht ausstehen. Und vergessen Sie nicht: In den Augen eines Büffels sind Sie auch ein Europäer.«

»Die Leute werden gezwungen werden, das zu glauben, was man ihnen vorredet; sie werden nicht selbständig denken dürfen.«

»Denken ist Luxus. Glauben Sie, der Bauer sitzt da und denkt an Gott und an die Demokratie, wenn er abends in seine Lehmhütte zurückgekehrt ist?«

»Sie reden, als ob es im ganzen Land nur Bauern gäbe. Was ist mit den Gebildeten? Werden die glücklich sein?«

»O nein«, sagte ich, »wir haben sie nach *unseren* Ideen erzogen. Wir haben sie gefährliche Spiele gelehrt, und deshalb sitzen wir jetzt hier und hoffen, daß man uns nicht die Gurgel durchschneidet. Wir verdienen es, daß man sie uns durchschneidet. Ich wünschte nur, Ihr Freund Harding säße auch hier. Ich möchte wissen, wieviel er dafür übrig hätte.«

»York Harding ist ein sehr mutiger Mensch. Also in Korea ...«

»Er war nicht im Militärdienst, oder? Er hatte eine Rückfahrkarte in der Tasche. Wenn man eine Rückfahrkarte hat, dann wird der Mut zu einer geistigen Übung, ähnlich der Selbstgeißelung eines Mönchs. Wieviel kann ich aushalten? Diese armen Teufel hier können nicht ins Flugzeug steigen und heimfahren. He!« rief ich zu ihnen hinüber. »Wie heißt ihr?« Ich dachte, die Kenntnis ihrer Namen würde sie irgendwie in den Kreis unserer Unterhaltung einbeziehen. Sie gaben keine Antwort: Sie sahen nur finster hinter ihren Zigarettenstummeln zu uns herüber. »Sie halten uns für Franzosen«, sagte ich.

»Das ist es ja gerade«, meinte Pyle. »Sie sollten nicht gegen Harding sein, Sie sollten gegen die Franzosen und ihren Kolonialismus sein.«

»Ismen und Kratien! Geben Sie mir Tatsachen. Ein Gummiplantagenbesitzer verprügelt einen Arbeiter – gut, ich bin gegen ihn. Er hat vom Kolonialminister nicht die Weisung erhalten, das zu tun. In Frankreich würde er wahrscheinlich seine Frau verprügeln. Ich habe einen Priester gesehen, so arm, daß er nur eine einzige Hose besaß; er arbeitete während einer Choleraepidemie fünfzehn Stunden am Tag, ging von Hütte zu Hütte, aß nichts als Reis und Salzfische und las mit einem alten Becher und einem Holzteller die Messe. Ich glaube nicht an Gott, und doch bin ich für diesen Priester. Weshalb sprechen Sie hier nicht von Kolonialismus?«

»Es *ist* Kolonialismus. Harding sagt, daß es oft gerade die guten Verwaltungsbeamten sind, die es schwer machen, ein an sich schlechtes System zu ändern.«

»Jedenfalls sterben tagtäglich die Franzosen — das ist kein geistiges Konzept. Die Franzosen verführen diese Leute nicht mit halben Lügen, wie eure Politiker das tun — und die unsrigen auch. Ich bin in Indien gewesen, Pyle, und ich weiß, welchen Schaden die Liberalen anrichten. Wir haben keine liberale Partei mehr — der Liberalismus hat alle anderen Parteien infiziert. Wir sind alle entweder liberale Konservative oder liberale Sozialisten: Wir alle haben ein reines Gewissen. Ich bin lieber ein Ausbeuter, der für das kämpft, was er ausbeutet, und mit ihm fällt. Sehen Sie sich doch die Geschichte Burmas an. Wir gehen hin und dringen in das Land ein. Die einheimischen Stämme unterstützen uns. Wir siegen. Aber genau so wie ihr Amerikaner waren wir damals keine Verfechter des Kolonialsystems. O nein: wir schlossen mit dem König Frieden, gaben ihm seine Provinzen zurück und ließen es geschehen, daß unsere Verbündeten ans Kreuz geschlagen und in Stücke gesägt wurden. Sie waren unschuldig. Sie hatten geglaubt, wir würden bleiben. Aber wir waren ja liberal, wir wollten ein reines Gewissen haben.«

»Das war vor langer Zeit.«

»Hier werden wir es genauso machen. Erst ermutigen wir sie und dann lassen wir sie im Stich — mit unzulänglicher Ausrüstung und einer Spielzeugindustrie.«

»Spielzeugindustrie?«

»Ja, Ihr Kunststoff.«

»Ach ja, ich verstehe.«

»Ich weiß nicht, wozu ich jetzt über Politik rede. Sie interessiert mich gar nicht, ich bin bloß Reporter. Ich bin nicht *engagé*.«

»Wirklich nicht?« sagte Pyle.

»Nur um ein Diskussionsthema zu haben — bloß damit uns diese verdammte Nacht schneller vergeht. Ich ergreife nicht Partei. Wer immer hier gewinnt, ich werde darüber berichten.«

»Wenn die anderen gewinnen, dann werden Sie Lügen berichten.«

»Gewöhnlich kann man das schon irgendwie umgehen, und ich habe in unseren Zeitungen auch nicht viel Achtung vor der Wahrheit bemerken können.«

Ich glaube, die Tatsache, daß wir dort saßen und uns unterhielten, machte den beiden Soldaten Mut: Vielleicht meinten sie, der Klang unserer weißen Stimmen – denn auch Stimmen haben eine Farbe, gelbe Stimmen singen, schwarze Stimmen gurgeln, während die unseren bloß reden – werde eine größere Zahl von Anwesenden vortäuschen und so die Vietminh vom Turm fernhalten. Sie griffen nach ihren Schüsseln und begannen wieder zu essen, und während sie mit den Eßstäbchen scharrten, beobachteten sie uns über den Rand der Näpfe hinweg.

»Sie meinen also, wir haben bereits verloren?«

»Das ist nicht der springende Punkt«, sagte ich. »Ich lege keinen besonderen Wert darauf, daß Sie gewinnen. Ich möchte, daß die beiden armen Tröpfe hier glücklich sind – weiter nichts. Ich wollte, sie müßten nicht erschrocken in finsterer Nacht hier kauern.«

»Für die Freiheit muß man kämpfen.«

»Ich habe in dieser Gegend noch keinen Amerikaner kämpfen sehen. Und was die Freiheit anlangt, so weiß ich nicht, was sie bedeutet. Fragen Sie die beiden doch.« Ich rief auf französisch zu den Männern hinüber: *»La liberté – qu'est-ce que c'est la liberté?«* Sie schluckten ihren Reis, starrten zu uns herüber und sagten kein Wort.

»Wollen Sie denn, daß alle Menschen über den gleichen Leisten geschlagen werden? Sie debattieren nur um des Debattierens willen. Sie sind ein Intellektueller. Sie treten genauso für die Bedeutung des Individuums ein wie ich – oder Harding«, sagte Pyle.

»Warum haben wir sie erst jetzt entdeckt?« fragte ich. »Vor vierzig Jahren redete kein Mensch davon.«

»Damals war sie auch noch nicht bedroht.«

»Die unsere war nicht bedroht, o nein, aber wer kümmerte sich um die Individualität eines einzelnen Mannes im Reisfeld? Und wer kümmert sich heute darum? Der einzige, der ihn als Mensch behandelt, ist der politische Kommissar. Der sitzt bei ihm in seiner Hütte, erkundigt sich nach seinem Namen und hört sich seine Beschwerden an; er opfert vielleicht eine Stunde am Tag, um ihn zu lehren — was, ist Nebensache, er wird wie ein Mensch behandelt, wie jemand, der wertvoll ist. Hören Sie auf, im Osten gedankenlos das Schlagwort von der Bedrohung der Seele des Individuums nachzuplappern. Hier würden Sie sich damit auf der falschen Seite befinden — es sind die anderen, die für die Rechte des Individuums eintreten, wir treten nur für den gemeinen Soldaten Nummer 23 987 ein, die kleinste Einheit in der globalen Strategie.«

»Die Hälfte von dem, was Sie da sagen, meinen Sie gar nicht so«, sagte Pyle unbehaglich.

»Wahrscheinlich drei Viertel. Ich bin schon lange in diesem Land. Wissen Sie, es ist gut, daß ich nicht *engagé* bin. Sonst könnte ich in Versuchung geraten, gewisse Dinge zu tun — denn hier im Osten — nun, ich mag Ihren Ike nicht. Ich mag — die beiden Kerle hier. Dies ist ihr Land. Wie spät ist es? Meine Uhr ist stehengeblieben.«

»Halb neun vorbei.«

»Noch zehn Stunden, dann können wir aufbrechen.«

»Es wird ziemlich kalt werden«, meinte Pyle; er zitterte.

»Das hätte ich nie erwartet.«

»Rings um uns ist Wasser. Ich habe eine Decke im Wagen. Die wird genügen.«

»Ist es nicht gefährlich?«

»Es ist noch zu früh für die Vietminh.«

»Lassen Sie mich gehen.«

»Nein, ich bin an die Dunkelheit besser gewöhnt.«

Als ich aufstand, hörten die Soldaten zu essen auf. *»Je reviens, tout de suite«*, sagte ich zu ihnen. Ich ließ die Beine in die Öffnung der Falltür baumeln, tastete nach der Leiter und stieg hinunter. Es ist merkwürdig, wie ein Gespräch beruhigt, besonders eines über abstrakte Dinge: Es scheint die seltsamste Umgebung zu normalisieren. Ich hatte keine Angst mehr: Es war, als hätte ich ein Zimmer verlassen, in das ich zurückkehren würde, um die Unterhaltung fortzusetzen — der Wachtturm war die Rue Catinat, die Bar des »Majestic« oder gar ein Zimmer in der Nähe des Gordon Square.

Ich stand eine Minute lang unter dem Turm, damit sich meine Augen an die Dunkelheit gewöhnten. Es gab Sternenlicht, aber keinen Mondschein. Mondschein erinnert mich immer an eine Leichenhalle, an den kalten Widerschein einer ungeschützten Glühbirne auf einer Marmorplatte; das Sternenlicht hingegen ist voll Leben, ist niemals still; fast scheint es, als ob jemand aus jenen unermeßlichen Räumen uns eine Botschaft des guten Willens zukommen lassen wollte, denn schon die Namen der Sterne klingen freundlich. Venus ist jede Frau, die wir lieben; die beiden Bären sind die Bären aus der Kindheit, und vermutlich ist das Kreuz des Südens für jene, die gleich meiner Frau gläubig sind, eine Lieblingshymne oder ein Gebet beim Schlafengehen. Einmal zitterte ich so, wie es Pyle zuvor getan hatte. Aber die Nacht war heiß genug, nur die seichten Wasserflächen beiderseits der Straße gaben ihrer Schwüle gleichsam einen frostigen Überzug. Ich wollte zum Wagen gehen, und während ich so auf der Straße stand, glaubte ich einen Augenblick, er sei nicht mehr da. Das erschütterte mein Selbstvertrauen, selbst noch, als mir einfiel, daß er ja dreißig Meter vor dem Turm ausgerollt war. Unwillkürlich duckte ich mich beim Gehen: Ich hatte das Gefühl, auf diese Weise weniger leicht aufzufallen.

Ich mußte den Kofferraum aufschließen, um an die Decke zu gelangen, und das Klicken und Quietschen in der nächtlichen Stille ließ mich zusammenfahren. Es behagte mir gar nicht, als einziger ein Geräusch zu machen in dieser nächtlichen Dunkelheit, die voll von Menschen sein mußte. Die Decke über die Schulter geworfen, ließ ich den Deckel des Kofferraums jetzt viel behutsamer herab, als ich ihn vorhin gehoben hatte; und dann, gerade als der Verschluß einschnappte, flammte der Himmel in Richtung Saigon hell auf, und über der Straße kam der Donner einer gewaltigen Explosion herangerollt. Ein Maschinengewehr ratterte einmal und noch einmal ganz kurz und verstummte wieder, ehe der Donner verhallt war. Ich dachte: Jemanden hat es jetzt erwischt! Und aus weiter Ferne vernahm ich Stimmen, die vor Schmerz, aus Angst oder vielleicht sogar im Triumph aufschrien. Ich weiß nicht, weshalb, aber irgendwie hatte ich die ganze Zeit mit einem Angriff von jenem Stück der Straße her gerechnet, das wir bereits passiert hatten. Einen Moment lang fand ich es unfair, daß die Vietminh dort vorne sein sollten, zwischen uns und Saigon. Es war, als wären wir unbewußt der Gefahr entgegengefahren, statt von ihr weg, genauso, wie ich jetzt auf meinem Weg zum Turm aufs neue ihr entgegenging. Ich ging, weil es weniger Lärm verursachte, als wenn ich gelaufen wäre, aber mein Körper drängte mich zu rennen.

Am Fuß der Leiter angekommen, rief ich zu Pyle hinauf: »Ich bin es — Fowler!« (Nicht einmal jetzt konnte ich es über mich bringen, ihm gegenüber meinen Vornamen zu gebrauchen.) Oben im Turm hatte sich die Szene verändert. Die Reisnäpfe standen wieder auf dem Fußboden; der eine Soldat hatte sein Gewehr an der Hüfte, er saß mit dem Rücken zur Wand und starrte Pyle an; und Pyle kniete in einiger Entfernung von der gegenüberliegenden Wand, den Blick auf die Maschinenpistole geheftet, die zwischen ihm und dem zweiten Soldaten auf dem Fußboden lag. Es sah so aus, als habe er begonnen, zu der Waffe hinzukriechen, sei aber unterwegs aufgehalten worden. Der Arm des zweiten Wachtpostens war nach der Maschinenpistole ausgestreckt: Keiner von den dreien hatte gekämpft oder auch nur mit Gewalt gedroht. Das Ganze ähnelte sehr jenem Kinderspiel, bei dem man ein Ziel erreichen soll, aber nicht in Bewegung gesehen werden darf, weil man sonst zum Ausgangspunkt zurückgeschickt wird.

»Was geht hier vor?« sagte ich.

Die beiden Wächter blickten auf mich, und Pyle sprang vor und zog die Maschinenpistole an sich.

»Ist das ein Spiel?« fragte ich.

»Ich traue ihm nicht, wenn er die Waffe hat«, sagte Pyle, »und es kommen plötzlich die Vietminh.«

»Jemals mit einer Maschinenpistole geschossen?«
»Nein.«
»Das ist schön. Ich auch nicht. Ich bin froh, daß sie geladen ist — wir wüßten gar nicht, wie man sie nachlädt.«
Die beiden Wachen hatten den Verlust ihrer Waffe mit Fassung hingenommen. Der eine senkte sein Gewehr und legte es quer über seine Schenkel; der andere sank an der Wand in sich zusammen und schloß die Augen wie ein Kind, das sich für unsichtbar hält, wenn es selbst nichts sieht. Vielleicht war er froh, die Verantwortung los zu sein. Irgendwo in weiter Ferne begann von neuem das Maschinengewehr zu stottern — drei kurze Feuerstöße und dann Stille. Der zweite Wachtposten preßte die Augenlider noch fester zusammen.
»Sie wissen nicht, daß wir sie nicht bedienen können«, sagte Pyle.
»Angeblich stehen die beiden auf unserer Seite.«
»So. Und ich meinte, für Sie gebe es keine Seite.«
»Touché!« sagte ich. »Wenn das nur die Vietminh wüßten.«
»Was spielt sich dort draußen ab?«
Wiederum zitierte ich die morgige Ausgabe der Zeitung ›Extrême-Orient‹: »In der vergangenen Nacht wurde fünfzig Kilometer von Saigon ein Vorposten angegriffen und vorübergehend von Freischärlern der Vietminh besetzt.«
»Glauben Sie, daß wir in den Feldern sicherer wären?«
»Es wäre vor allem schrecklich naß.«
»Sie scheinen sich gar keine Sorgen zu machen«, sagte Pyle.
»Ich habe eine Heidenangst — aber die Dinge stehen besser, als sie sein könnten. In der Regel greifen sie in einer Nacht nicht mehr als drei Wachtposten an. Unsere Chancen haben sich also wesentlich gebessert.«
»Was ist das?«
Es war das Dröhnen eines schweren Kraftfahrzeugs, das unten auf der Straße in Richtung Saigon fuhr. Ich trat an die Schießscharte und blickte hinab; in diesem Augenblick fuhr unten ein Panzer vorbei.

»Die Patrouille«, sagte ich. Das Geschütz im Turm des Tanks schwenkte erst nach der einen, dann nach der anderen Seite. Ich wollte hinunterrufen, doch welchen Zweck hätte das gehabt? Sie hatten keinen Platz für zwei nutzlose Zivilisten. Der Lehmboden zitterte, als der Tank vorüberrumpelte, und dann war er verschwunden. Ich schaute auf die Uhr — acht Uhr einundfünfzig — und wartete; ich wollte die Zeit feststellen, die bis zum Aufflammen des Mündungsfeuers verstreichen würde. Es war wie die Berechnung der Distanz eines Blitzes mit Hilfe des Zeitabstands, in dem der Donnerschlag folgte. Beinahe vier Minuten vergingen, ehe das Geschütz das Feuer eröffnete. Einmal meinte ich, daß es durch eine Panzerabwehrwaffe erwidert werde, dann aber war alles still.

»Sowie sie zurückkommen, könnten wir ihnen ein Signal geben, damit sie uns bis zum Lager mitnehmen«, sagte Pyle.

Eine Explosion erschütterte den Turm. »Falls sie zurückkommen«, sagte ich, »das klang nämlich wie eine Mine.« Als ich wieder auf die Uhr sah, war es neun Uhr fünfzehn, und der Panzer war nicht zurückgekehrt. Es war auch nicht mehr geschossen worden.

Ich setzte mich neben Pyle und streckte die Beine aus. »Wir sollten lieber versuchen, ein wenig zu schlafen. Etwas anderes können wir nicht tun.«

»Die Posten machen mich nicht glücklich«, sagte Pyle.

»Die sind in Ordnung, solange die Vietminh nicht auftauchen. Klemmen Sie die Maschinenpistole zur Sicherheit unter Ihre Beine.« Ich schloß meine Augen und suchte mir einzubilden, ich sei ganz woanders — säße aufrecht in einem jener Abteile vierter Klasse, die es vor Hitlers Machtergreifung auf den deutschen Eisenbahnen gab, in jenen Zeiten, als man jung war und die ganze Nacht aufrecht sitzen konnte, ohne melancholisch zu werden, damals als Wachträume noch voll Hoffnung und nicht voll Angst waren. Dies war die Stunde, da Phuong immer meine Opiumpfeifen vorzubereiten begann. Ich fragte mich, ob mich ein Brief erwartete, und hoffte auf das Gegenteil, weil ich wußte, was ein solcher Brief enthalten würde; und solange keiner kam, konnte ich wachend vom Unmöglichen träumen.

»Schlafen Sie?« fragte mich Pyle.

»Nein.«

»Glauben Sie nicht, daß wir die Leiter einziehen sollten?«

»Ich beginne langsam zu begreifen, warum die beiden es nicht tun. Sie ist der einzige Fluchtweg.«

»Ich wollte, der Panzer käme zurück.«

»Jetzt kommt er nicht mehr.«

Ich bemühte mich, nur in größeren Abständen auf die Uhr zu sehen, doch diese Abstände waren nie so lange, wie sie mir erschienen: neun Uhr vierzig, zehn Uhr fünf, zehn Uhr zwölf, zehn Uhr zweiunddreißig, zehn Uhr einundvierzig.

»Sind Sie wach?« fragte ich Pyle.

»Ja.«

»Woran denken Sie?«

Er zögerte. »An Phuong«, sagte er.

»Ja?«

»Ich überlegte gerade, was sie jetzt wohl tut.«

»Das kann ich Ihnen sagen. Sie wird mittlerweile zu dem Schluß gekommen sein, daß ich die Nacht in Tanyin verbringe — es wäre nicht das erste Mal. Sie wird auf dem Bett liegen, neben sich ein brennendes Räucherstäbchen, um die Moskitos fernzuhalten, und wird sich die Bilder in einer alten Nummer von *Paris-Match* ansehen. Wie die Franzosen hat sie ein leidenschaftliches Interesse für die englische Königsfamilie.«

Voll Sehnsucht sagte er: »Es muß wunderbar sein, es so genau zu wissen«, und ich konnte mir in der Dunkelheit seine sanften Hundeaugen vorstellen. Seine Eltern hätten ihn Fido nennen sollen, nicht Alden.

»So genau weiß ich es natürlich nicht — aber vermutlich stimmt es. Es hat keinen Sinn, eifersüchtig zu sein, wenn man die Dinge nicht ändern kann. ›Keine Barrikade für einen Bauch‹.«

»Manchmal verabscheue ich Ihre Ausdrucksweise, Thomas. Wissen Sie, wie mir Phuong erscheint? Taufrisch — wie eine Blume.«

»Arme Blume!« meinte ich. »Rund um sie wächst eine Menge Unkraut.«

»Wo haben Sie sie kennengelernt?«

»Sie war Eintänzerin im ›Grand Monde‹.«

»Eintänzerin!« rief er aus, als ob dieser Gedanke für ihn geradezu schmerzlich sei.

»Keine Sorge. Das ist ein durchaus achtbarer Beruf«, sagte ich.

»Sie haben so schrecklich viel Erfahrung, Thomas.«

»Ich habe schrecklich viele Jahre auf dem Buckel. Wenn Sie mein Alter erreichen ...«

»Ich war noch nie mit einer Frau zusammen«, sagte er, »nicht richtig. Nicht, was man ein wirkliches Erlebnis nennen würde.«

»Bei Ihnen in Amerika scheint man sehr viel Energie damit zu verschwenden, daß man den Frauen nachpfeift.«

»Ich habe das noch niemandem erzählt.«

»Sie sind noch jung. Sie brauchen sich deshalb nicht zu schämen.«

»Haben Sie eine Menge Frauen gehabt, Fowler?«

»Ich weiß nicht, was Sie sich unter einer Menge vorstellen. Nicht mehr als vier Frauen sind in meinem Leben für mich von irgendwelcher Bedeutung gewesen — oder ich für sie. Bei den etlichen vierzig anderen fragt man sich hinterher, warum man es tat. Weil man glaubt, man sei es seiner Gesundheit schuldig, oder aus dem Gefühl einer gesellschaftlichen Verpflichtung. Beide Annahmen sind irrig.«

»Sie glauben also, daß sie irrig sind?«

»Ich wollte, ich könnte jene Nächte wiederhaben. Ich bin noch immer verliebt, Pyle, und habe den Höhepunkt meines Lebens doch schon hinter mir. Oh, natürlich spielte auch der Stolz eine Rolle. Es dauert lange, bis man den Stolz aufgibt, den man daraus bezieht, daß man begehrt wird. Gott allein weiß, warum wir diesen Stolz haben, wenn wir uns umblicken und sehen, wer alles begehrt wird.«

»Sie glauben nicht, daß mit mir etwas nicht in Ordnung ist, nicht wahr, Thomas?«

»Nein, Pyle.«

»Das heißt nicht, daß ich es nicht *brauche*, Thomas, wie jeder andere auch. Ich bin nicht — abwegig.«

»Keiner von uns braucht es so, wie wir behaupten. Es spielt da ein gutes Stück Selbsthypnose mit. Heute weiß ich, daß ich niemanden brauche — außer Phuong. Doch das lernt man erst mit der Zeit. Wenn Phuong nicht da wäre, könnte ich ein ganzes Jahr lang ohne eine ruhelose Nacht leben.«

»Sie *ist* aber da«, erwiderte er mit einer Stimme, die ich kaum vernehmen konnte.

»Am Anfang ist man völlig wahllos und am Ende gleicht man dem eigenen Großvater, treu ergeben einer einzigen Frau.«

»Da wirkt es wohl ziemlich naiv, wenn man so anfängt ...«

»Durchaus nicht.«

»Das steht aber nicht im Kinsey-Report.«

»Gerade deshalb ist es nicht naiv.«

»Wissen Sie, Thomas, daß es mir guttut, hier zu sitzen und mit Ihnen zu plaudern. Irgendwie kommt es mir jetzt gar nicht mehr gefährlich vor.«

»Dasselbe Gefühl hatten wir in London während der deutschen Luftangriffe, wenn eine plötzliche Kampfpause eintrat. Aber sie kamen immer wieder.«

»Wenn jemand Sie fragte, was Ihr stärkstes sexuelles Erlebnis war, was würden Sie sagen?«

Die Antwort darauf wußte ich sofort. »Als ich eines frühen Morgens im Bett lag und einer Frau in einem roten Morgenmantel zusah, wie sie sich das Haar bürstete.«

»Joe meint, sein stärkstes Erlebnis war, mit einer Chinesin und mit einer Negerin zugleich im Bett zu sein.«

»Mit zwanzig Jahren hätte ich mir auch so etwas ausgedacht.«

»Joe ist fünfzig.«

»Ich frage mich, in welche geistige Altersstufe man ihn beim Militär eingereiht hat.«

»War Phuong die Frau im roten Morgenmantel?«

Ich wünschte, er hätte diese Frage nicht gestellt.

»Nein«, sagte ich, »die Frau kam vorher. Damals, als ich meine Frau verließ.«

»Und was geschah dann?«

»Ich verließ auch diese Frau.«

»Warum?«

Ja, warum? »Wir sind Narren«, sagte ich, »wenn wir lieben. Ich hatte panische Angst, sie zu verlieren. Ich meinte zu sehen, daß sie sich allmählich veränderte – ob es tatsächlich der Fall war, weiß ich nicht; aber ich konnte die Ungewißheit schließlich nicht mehr ertragen. So stürmte ich vorwärts, dem Ende entgegen – wie ein Feigling auf den Feind zurennt und eine Auszeichnung erringt. Ich wollte den Tod hinter mir haben.«

»Den Tod?«

»In gewissem Sinn war es ein Tod. Dann kam ich in den Osten.«

»Und fanden Phuong?«

»Ja.«

»Und haben Sie bei Phuong nicht dasselbe Gefühl?«

»Nein, nicht dasselbe. Sehen Sie, jene andere liebte mich. Ich fürchtete, die Liebe zu verlieren. Jetzt fürchte ich nur, Phuong zu verlieren.« Warum habe ich das gesagt, fragte ich mich. Er bedurfte wahrhaftig keiner Ermutigung von meiner Seite.

»Aber sie liebt Sie doch, nicht wahr?«

»Nicht auf dieselbe Weise. Das liegt nicht im Wesen dieser Frauen. Das werden Sie noch entdecken. Es ist eine abgedroschene Phrase, sie als Kinder zu bezeichnen – jedoch sie haben eine Eigenschaft, die durchaus kindlich ist: Sie lieben einen als Gegenleistung für Güte, für Sicherheit, für die Geschenke, die man ihnen gibt, und sie hassen einen für einen Schlag oder für eine Ungerechtigkeit. Sie alle wissen nicht, wie das ist – ein Zimmer zu betreten und plötzlich in einen wildfremden Menschen verliebt zu sein. Für einen alternden Mann, Pyle, bedeutet das große Sicherheit — eine Frau wie Phuong wird nicht aus ihrem Heim davonlaufen, solange dieses Heim glücklich ist.«

Ich hatte nicht die Absicht gehabt, ihn zu verletzen. Daß ich es getan hatte, wurde mir erst klar, als er mit unterdrücktem Zorn erwiderte: »Sie könnte aber größere Sicherheit und größere Güte vorziehen.«

»Mag sein.«

»Und davor fürchten Sie sich nicht?«

»Nicht so sehr wie bei der anderen.«

»Lieben Sie sie überhaupt?«

»O ja, Pyle, o ja. Aber auf die andere Art habe ich nur ein einziges Mal geliebt.«

»Trotz der über vierzig Frauen«, fuhr er mich an.

»Ich bin überzeugt, daß diese Zahl unter dem Durchschnitt von Dr. Kinsey liegt. Wissen Sie, Pyle, die Frauen wollen keine Männer ohne sexuelle Erfahrung, und ich bin gar nicht so sicher, ob wir Männer Jungfrauen haben wollen, außer wenn wir pathologisch veranlagt sind.«

»Ich wollte nicht sagen, daß ich keine Erfahrung habe«, erwiderte er. Alle meine Gespräche mit Pyle schienen eine geradezu groteske Entwicklung zu nehmen. Lag es etwa an seiner Aufrichtigkeit, daß sie stets die üblichen Bahnen verließen, gewissermaßen entgleisten? Unsere Unterhaltung schien nie um die Kurven zu kommen.

»Sie können hundert Frauen haben und dennoch unerfahren bleiben, Pyle. Die meisten Ihrer G.I.s, die im Krieg wegen Vergewaltigung gehenkt wurden, waren völlig unerfahren. In Europa haben wir nicht so viele von dieser Sorte. Ich bin froh darüber, denn sie richten viel Unheil an.«

»Ich verstehe Sie einfach nicht, Thomas.«

»Es lohnt sich nicht, das zu erklären. Außerdem ödet mich das Thema an. Ich habe die Jahre erreicht, wo das Sexualleben weit weniger das Problem ist als das Alter und der Tod. Wenn ich morgens aufwache, beschäftigen diese Dinge meine Gedanken, und nicht der Körper einer Frau. In den letzten zehn Jahren meines Lebens möchte ich einfach nicht allein sein, das ist alles. Ich wüßte nicht, woran ich den ganzen Tag denken sollte. Da möchte ich schon lieber eine Frau bei mir im Zimmer wissen — selbst eine, die ich nicht liebe. Wenn aber Phuong mich verließe, würde ich die Kraft haben, mir noch einmal eine andere zu finden . . .?«

»Wenn sie Ihnen nicht mehr bedeutet . . .«

»Nicht mehr? Pyle, warten Sie erst mal, bis Sie sich davor fürchten, zehn Jahre allein, ohne eine Gefährtin zu verbringen und am Ende ein Altersheim vor sich zu haben. Dann werden Sie anfangen, in jede Richtung zu rennen, selbst fort von der Frau in dem roten Morgenmantel, nur um jemanden zu finden, irgend jemanden, der bleibt, bis alles vorüber ist.«

»Weshalb gehen Sie dann nicht zu Ihrer Frau zurück?«

»Es ist nicht leicht, mit einem Menschen zusammenzuleben, dem man Leid zugefügt hat.«

Wir vernahmen einen langen Feuerstoß aus einer Maschinenpistole — sie konnte nicht mehr als eine Meile entfernt sein. Vielleicht schoß ein aufgeregter Posten auf Schatten: Vielleicht hatte ein neuer Angriff begonnen. Ich hoffte, es war ein Angriff — damit stiegen unsere Chancen.

»Haben Sie Angst, Thomas?«

»Natürlich, rein instinktiv. Aber meine Vernunft sagt mir, daß es besser ist, auf diese Art zu sterben. Deshalb kam ich in den Fernen Osten. Hier bleibt einem der Tod nahe.« Ich blickte auf die Uhr. Es war elf vorbei. Noch acht Stunden, und dann konnten wir uns entspannen. Ich sagte: »Es scheint mir, daß wir so ziemlich über alles gesprochen haben außer über Gott. Ich glaube, ihn sollten wir für die frühen Morgenstunden aufsparen.«

»Sie glauben nicht an Gott, nicht wahr?«

»Nein.«

»Ohne ihn würde für mich das Ganze keinen Sinn ergeben.«

»Für mich ergibt es mit ihm keinen Sinn.«

»Ich las einmal ein Buch . . .«

Ich habe nie erfahren, welches Buch er gelesen hatte. (Vermutlich war es weder von York Harding, noch von Shakespeare, noch die Anthologie zeitgenössischer Lyrik oder die »Physiologie der Ehe« — vielleicht war es »Der Triumph des Lebens«.) Eine Stimme drang zu uns direkt in den Turm herein, sie schien aus dem Schatten in der Nähe der Falltür zu kommen — eine hohl dröhnende Stimme aus einem Megaphon, die etwas in vietnamesischer Sprache verkündete. »Jetzt haben wir den Salat«, sagte ich. Die beiden Wachen lauschten mit offenem Mund, den Blick zur Schießscharte gewandt.

»Was ist das?« fragte Pyle.

Die wenigen Schritte zur Öffnung in der Wand waren wie ein Gang mitten durch die Stimme hindurch. Ich blickte rasch hinaus: Nichts war zu sehen — ich konnte nicht einmal die Straße erkennen. Und als ich in den Raum zurückblickte, war das Gewehr im Anschlag; ich war nicht sicher, ob es auf mich gerichtet war oder auf die Schießscharte. Doch als ich mich an der Wand entlang weiterschob, schwankte der Gewehrlauf, zögerte, nahm mich aufs Korn: Die Stimme dröhnte weiter und wiederholte immer wieder dasselbe. Ich setzte mich hin und der Gewehrlauf senkte sich.

»Was sagt er denn?« fragte Pyle.

»Ich weiß es nicht. Vermutlich haben sie den Wagen entdeckt und fordern jetzt die Burschen auf, sie sollen uns herausgeben. Nehmen Sie lieber diese Maschinenpistole, bevor die beiden zu einem Entschluß gekommen sind.«

»Er wird schießen.«

»Er ist sich noch nicht sicher. Sobald er es ist, schießt er ohnehin.«

Pyle schob ein Bein zur Seite und holte darunter die Maschinenpistole hervor.

»Ich bewege mich jetzt an der Wand entlang«, sagte ich. »Wenn er Sie einen Moment aus den Augen läßt, legen Sie auf ihn an.«

Gerade als ich mich erhob, verstummte die Stimme: Die Stille ließ mich zusammenfahren. Pyle sagte scharf:

»Schmeiß das Gewehr hin!« Ich hatte gerade noch Zeit, mich zu fragen, ob die Maschinenpistole überhaupt geladen war — ich hatte mir nicht die Mühe genommen, nachzusehen —, als der Soldat sein Gewehr auf den Boden warf.

Ich durchquerte den Raum und hob es auf. Dann begann die Stimme von neuem — ich hatte den Eindruck, daß sich nicht eine Silbe verändert hatte. Vielleicht verwendeten sie eine Schallplatte. Ich überlegte, wann das Ultimatum ablaufen würde.

»Was kommt als nächstes?« fragte Pyle wie ein Schuljunge, der in einem Labor bei einem Experiment zusieht: Er schien persönlich von den Ereignissen gar nicht berührt zu sein.

»Vielleicht eine Bazooke, vielleicht ein Vietminh.«

Prüfend betrachtete Pyle die Maschinenpistole. »Daran scheint nichts Geheimnisvolles zu sein«, meinte er. »Soll ich ein paar Schüsse abgeben?«

»Nein, lassen Sie sie lieber im Ungewissen. Sie zögern noch, weil sie den Posten lieber ohne Schießerei besetzen möchten, und das gibt uns Zeit. Wir sollten so schnell wie möglich verschwinden.«

»Möglicherweise warten sie unten auf uns.«

»Das kann sein.«

Die beiden Männer beobachteten uns — ich sage »Männer«, obwohl ich bezweifeln möchte, daß sie es zusammen auf vierzig Jahre brachten. »Und die beiden da?« fragte Pyle. Und er setzte mit erschreckender Direktheit hinzu: »Soll ich sie niederknallen?« Vielleicht wollte er seine Maschinenpistole ausprobieren.

»Sie haben uns nichts getan.«

»Aushändigen wollten sie uns.«

»Warum auch nicht?« sagte ich. »Wir haben hier nichts zu suchen. Es ist ihr Land.«

Ich entlud das Gewehr und legte es auf den Boden. Pyle sagte: »Sie werden es doch nicht dalassen?«

»Ich bin zu alt, mit einem Gewehr zu rennen. Und es ist nicht mein Krieg. Kommen Sie.«

Es war nicht mein Krieg, aber es wäre mir lieb gewesen, wenn die anderen draußen in der Dunkelheit es ebenfalls gewußt hätten. Ich blies die Öllampe aus, setzte mich in die Falltür und ließ die Beine in der Öffnung baumeln, bis ich die Leiter fand. Ich konnte hören, wie die beiden Wachen miteinander wisperten, in ihrer Sprache klang es wie ein sentimentales Lied. »Laufen Sie schnurstracks auf das Reisfeld zu!« befahl ich Pyle.

»Vergessen Sie nicht: Es steht unter Wasser — ich weiß nicht, wie tief es ist. Fertig?«

»Ja.«

»Danke für Ihre Gesellschaft.«

»Stets ein Vergnügen«, sagte er.

Ich hörte die Wachen sich hinter uns rühren, und ich fragte mich, ob sie Messer hatten. Die Megaphonstimme sprach jetzt in gebieterischem Ton, als gäbe sie eine letzte Chance. Etwas regte sich leise in der Dunkelheit unter uns, doch es mochte nur eine Ratte sein. Ich zögerte. »Mein Gott, jetzt könnte ich einen Drink vertragen«, flüsterte ich.

»Los, gehen wir!«

Etwas kam jetzt die Leiter herauf: Ich hörte nichts, aber die Leiter bebte unter meinen Füßen.

»Warum gehen Sie nicht weiter?« sagte Pyle.

Ich weiß nicht, warum ich jenes lautlos und verstohlen heranschleichende Wesen als ein Etwas bezeichnete. Nur ein Mensch kann eine Leiter ersteigen, und doch konnte ich es mir nicht als Menschen vorstellen — es war, als näherte sich ein Untier seiner Beute, geräuschlos, zielsicher und mit der unerbittlichen Grausamkeit eines Geschöpfs aus einer anderen Welt.

Die Leiter zitterte und bebte, und ich bildete mir ein, ich sähe Augen zu uns heraufleuchten. Plötzlich konnte ich es nicht länger ertragen und sprang in die Tiefe. Unten war nichts weiter als schwammiger Boden, der gleich einer Hand meinen linken Knöchel packte und ihn verdrehte. Ich konnte Pyle die Leiter herunterkommen hören; mir wurde klar, daß ich ein verängstigter Narr gewesen war, der sein eigenes Zittern nicht erkannt hatte. Und ich hatte geglaubt, ich sei hartgesotten und phantasielos, kurz, all das, was ein wahrheitsliebender Beobachter und Reporter sein sollte. Ich raffte mich auf und brach vor Schmerz beinahe wieder zusammen. Den einen Fuß nachschleppend, bewegte ich mich auf das Feld zu; hinter mir hörte ich Pyle nachkommen. Dann schlug eine Panzerabwehrgranate im Turm ein, und ich lag wieder da, das Gesicht nach unten.

4

»Sind Sie verletzt?« fragte Pyle.

»Etwas hat mich am Bein erwischt. Nichts Ernstes.«

»Los, gehen wir!« drängte mich Pyle. Ich konnte ihn eben noch ausnehmen, weil er mit einem feinen, weißen Staub bedeckt zu sein schien. Dann verschwand er plötzlich, wie ein Film von der Leinwand, wenn die Lampen des Projektionsgeräts versagen: Nur der Ton lief weiter. Ich stützte mich vorsichtig auf das gesunde Knie und versuchte aufzustehen, ohne den verletzten linken Knöchel zu belasten; dann fiel ich von neuem hin, und der Schmerz benahm mir den Atem. Das war nicht der Knöchel: Etwas war mit meinem linken Bein geschehen. Sorgen konnte ich mir nicht machen — der Schmerz ließ diesen Gedanken gar nicht aufkommen. Ganz still lag ich auf dem Boden und hoffte, es würde aufhören wehzutun. Ich hielt sogar den Atem an, wie man das bei Zahnschmerzen tut. Ich dachte nicht an die Vietminh, die bald die Ruinen des Turms durchsuchen würden: Eine zweite Granate schlug dort ein — offenbar wollten sie ganz sicher sein, ehe sie sich näherten. Wieviel Geld das kostet, dachte ich, während der Schmerz nachließ, ein paar Menschen zu töten — Pferde zu schlachten kommt so viel billiger. Ich war wohl nicht bei klarem Bewußtsein, denn plötzlich bildete ich mir ein, ich wäre in den Hof eines Abdeckers geraten, der in der kleinen Stadt, aus der ich stamme, der Schrecken meiner Kindheit war. Immer meinten wir, das angstvolle Wiehern der Pferde und den Knall des Schußbolzens zu hören.

Schon vor geraumer Weile hatte sich der Schmerz wieder eingestellt, während ich still dalag und den Atem anhielt – beides erschien mir gleich wichtig. Klar und deutlich überlegte ich, ob ich nicht in die Reisfelder kriechen sollte. Die Vietminh hatten vielleicht nicht die Zeit, einen weiten Umkreis abzusuchen, und vermutlich war jetzt bereits eine zweite Patrouille unterwegs, um mit der Besatzung des ersten Panzers Verbindung aufzunehmen. Aber ich fürchtete mich vor dem Schmerz mehr als vor den Partisanen, und ich blieb still liegen. Von Pyle war nichts zu hören: Er mußte die Felder erreicht haben. Dann hörte ich jemanden weinen. Die Laute kamen aus der Richtung des Turms, oder besser gesagt, der Turmruine. Es klang nicht wie das Weinen eines Mannes, sondern wie das eines Kindes, das sich vor der Finsternis fürchtet, aber nicht wagt zu schreien. Vermutlich kam es von einem der beiden Burschen – vielleicht war sein Gefährte getötet worden. Ich hoffte, die Vietminh würden ihm nicht die Kehle durchschneiden. Man sollte nicht mit Kindern Krieg führen, dachte ich, und ein kleiner, zusammengekauerter Leichnam in einem Graben fiel mir wieder ein. Ich schloß die Augen – auch dies half, den Schmerz zu unterdrücken – und wartete. Eine Stimme rief Worte, die ich nicht verstand. Beinahe war es jetzt, als könnte ich in der Dunkelheit und Einsamkeit und Schmerzlosigkeit Schlaf finden.

Dann hörte ich Pyle flüstern. »Thomas. Thomas.« Er hatte das lautlose Anschleichen schnell gelernt; ich hatte ihn nicht zurückkommen hören.

»Gehen Sie weg!« flüsterte ich zurück.

Er fand mich schließlich und legte sich flach neben mich. »Warum sind Sie nicht gekommen? Sind Sie verletzt?«

»Mein Bein – ich glaube, es ist gebrochen.«

»Ein Schuß?«

»Nein, nein. Ein Balken. Stein. Etwas vom Turm. Es blutet nicht.«

»Sie müssen sich zusammenreißen!«

»Gehen Sie weg, Pyle. Ich mag nicht, es tut zu weh.«

»Welches Bein ist es?«

»Das linke.«

Er kroch um mich herum und legte sich meinen Arm über die Schulter. Ich wollte wimmern wie der Bursche im Turm, und dann wurde ich wütend; aber es war schwer, im Flüsterton wütend zu sein. »Hol' Sie der Teufel, Pyle. Lassen Sie mich allein. Ich will hierbleiben.«

»Das können Sie nicht.«

Er zog mich halb auf seine Schulter hinauf, und der Schmerz wurde unerträglich. »Seien Sie doch kein blödsinniger Held! Ich will nicht weg.«

»Sie müssen mithelfen«, sagte er, »sonst werden wir beide erwischt.«

»Sie . . .«

»Ruhig, sonst hört man Sie.« Ich weinte vor hilfloser Wut — man könnte kein stärkeres Wort dafür gebrauchen. Ich stützte mich auf ihn und ließ das linke Bein frei hängen — wir sahen wie unbeholfene Teilnehmer an einem Wettlauf auf drei Beinen aus, und wir wären verloren gewesen, wenn nicht im selben Augenblick, als wir aufbrachen, irgendwo weiter vorn, zwischen uns und dem nächsten Turm, ein Maschinengewehr in kurzen, raschen Stößen zu feuern begonnen hätte. Vielleicht war eine französische Patrouille im Vordringen, oder die Vietminh bemühten sich, ihr Soll von drei zerstörten Türmen pro Nacht zu erfüllen. Jedenfalls deckte der Lärm unsere langsame, schwerfällige Flucht.

Ich weiß nicht, ob ich dauernd bei Bewußtsein war: Ich glaube, die letzten zwanzig Meter muß Pyle mein ganzes Gewicht allein geschleppt haben. »Jetzt Vorsicht!« sagte er. »Wir gehen hinein.« Ringsum raschelten die trockenen Reishalme, der Schlamm gluckste und stieg an. Das Wasser reichte uns bis an die Hüften, als Pyle haltmachte. Er keuchte, und als ihm kurz der Atem stockte, klang es wie das Quaken eines Ochsenfrosches.

»Es tut mir leid«, sagte ich.

»Konnte Sie doch nicht liegenlassen«, erwiderte er.

Zunächst empfand ich Erleichterung: Wasser und Schlamm umschlossen mein Bein mit der zarten Festigkeit eines Verbands. Doch bald klapperten uns vor Kälte die Zähne. Ich fragte mich, ob Mitternacht schon vorbei war. Wenn die Vietminh uns nicht entdeckten, mußten wir sechs Stunden in dieser Lage ausharren.

»Können Sie Ihr Gewicht ein wenig verlagern?« sagte Pyle. »Nur für einen Augenblick.« Und aufs neue befiel mich meine vernunftwidrige Erbitterung — der Schmerz war die einzige Entschuldigung dafür. Ich hatte nicht darum gebeten, gerettet zu werden oder meinen Tod so qualvoll hinauszuzögern. Sehnsüchtig dachte ich an mein Lager auf der festen, trockenen Erde. Ich stand wie ein Kranich auf einem Bein und versuchte, Pyle mein Gewicht abzunehmen, und sooft ich mich rührte, kitzelten und schnitten mich die knackenden Reisstengel.

»Sie haben mir dort draußen das Leben gerettet«, sagte ich, und Pyle räusperte sich, um darauf die konventionelle Antwort zu geben, »nur damit ich hier sterben kann. Der trockene Boden wäre mir dazu lieber.«

»Pst. Nicht sprechen«, sagte er wie zu einem Schwerkranken.

»Wer zum Teufel hat Sie dazu aufgefordert, mir das Leben zu retten? Ich kam in den Osten, um getötet zu werden. Es sieht Ihrer verfluchten Unverschämtheit ähnlich ...« Ich stolperte im Schlamm, und Pyle schlang sich sofort meinen Arm über die Schulter. »Nur immer mit der Ruhe«, sagte er.

»Sie haben wohl Kriegsfilme angesehen. Wir sind doch nicht zwei Marineinfanteristen, und Orden können Sie sich auch keinen verdienen.«

»Pst. Pst.« Schritte waren zu vernehmen, die sich dem Rand des Reisfelds näherten. Das Maschinengewehr stellte das Feuer ein und man hörte nichts außer dem Geräusch der Tritte und dem leisen Rascheln im Reis, das durch unser Atmen entstand. Dann hielten die Schritte an: Sie schienen nur ein paar Meter entfernt zu sein. Ich spürte, wie mich

Pyles Hand an meiner gesunden Seite langsam nach unten drückte. Ganz sachte sanken wir zusammen in den Schlamm, um die Reishalme möglichst wenig in Bewegung zu versetzen. Wenn ich ein Knie auf den Boden stützte und den Kopf weit nach hinten reckte, konnte ich den Mund gerade noch über Wasser halten. Im linken Bein stellten sich die Schmerzen wieder ein, und ich sagte mir: »Wenn ich hier ohnmächtig werde, ertrinke ich.« Ich hatte den Gedanken zu ertrinken immer gehaßt und gefürchtet. Warum kann man sich seinen Tod nicht aussuchen? Es herrschte jetzt lautlose Stille: Keine sechs Meter entfernt, warteten sie auf ein Rascheln, ein Husten, ein Niesen — O Gott, dachte ich, ich muß niesen. — Wenn Pyle mich bloß allein gelassen hätte, dann wäre ich nur für mein eigenes Leben verantwortlich und nicht auch für das seine — und er wollte leben. Ich preßte die Finger meiner freien Hand fest gegen die Oberlippe, wie man das schon als Kind lernt, um sich beim Versteckenspielen nicht zu verraten. Aber der Niesreiz hielt an, drohte, jeden Moment in ein Niesen auszubrechen, und lautlos im Dunkel warteten die anderen auf dieses Niesen. Es kam, kam, war da...

Doch in derselben Sekunde, als ich nieste, feuerten die Vietminh aus ihren Maschinenpistolen und durchkämmten in einer Feuerlinie das Reisfeld. Das harte Hämmern, das wie eine Maschine klang, die in eine Stahlplatte Löcher stanzt, verschluckte mein Niesen. Ich holte tief Atem und tauchte mit dem Kopf unters Wasser — so instinktiv weicht man vor dem Ersehnten zurück, kokettiert man mit dem Tod wie eine Frau, die sich wünscht, von ihrem Geliebten überwältigt zu werden. Über uns wurde der Reis niedergefegt, und dann war der Sturm vorüber. Wir tauchten beide gleichzeitig zum Atemholen auf und hörten, wie sich die Schritte zum Turm hin entfernten.

»Wir haben's geschafft!« sagte Pyle, und selbst in meinem Schmerz fragte ich mich, was wir geschafft hätten: ich für mein Teil das Greisenalter, den Bürostuhl eines Redakteurs, die Einsamkeit; und was ihn anlangt, so weiß ich heute, daß er damals voreilig sprach. Dann richteten wir uns im kalten Wasser darauf ein, zu warten. Auf der Straße nach Tanyin loderte ein Feuer auf: Es brannte heiter wie bei einem Fest.

»Das ist mein Wagen«, sagte ich, und Pyle meinte: »Eine Schande ist es, Thomas. Ich hasse sinnlose Vergeudung.«

»Es muß gerade noch genug Benzin dagewesen sein, um das Feuer zu entfachen. Ist Ihnen auch so kalt wie mir, Pyle?«

»Es könnte mir nicht kälter sein.«

»Wie wär's, wenn wir hinausstiegen und uns flach auf die Straße legten?«

»Geben wir ihnen noch eine halbe Stunde Zeit.«

»Den Großteil meines Gewichts tragen aber Sie!«

»Ich kann es aushalten, ich bin noch jung.« Das war humorvoll gemeint, aber es traf mich eiskalt wie das schlammige Wasser. Ich hatte die Absicht gehabt, mich für die Art zu entschuldigen, in der ich meinem Schmerz Ausdruck gegeben hatte, aber jetzt meldete sich dieser Schmerz von neuem. »Klar, Sie sind jung. Sie können sich's leisten, zu warten, nicht wahr?«

»Ich verstehe Sie nicht, Thomas.«

Mir schien es, als ob wir bereits eine Woche lang die Nächte miteinander verbracht hätten, und doch konnte er mich nicht mehr verstehen, wie er Französisch verstand. »Es wäre für Sie besser gewesen, wenn Sie mich dort liegengelassen hätten.«

»Ich hätte Phuong nicht unter die Augen treten können«, sagte er, und der Name lag da wie das Angebot des Bankhalters beim Glücksspiel. Ich nahm es an.

»Also ihretwegen haben Sie es getan«, sagte ich. Was meine Eifersucht noch unsinniger und demütigender machte, war der Umstand, daß ich ihr im leisesten Flüsterton Ausdruck verleihen mußte — es fehlte ihr an Lautstärke, und die Eifersucht liebt nun mal das Theatralische. »Sie meinen wohl, Sie werden sie bekommen, wenn Sie den Helden spielen. Da irren Sie sich aber gewaltig. Wenn ich tot wäre, dann hätten Sie sie haben können.«

»So habe ich es nicht gemeint«, sagte Pyle. »Wenn man liebt, dann möchte man ein ehrliches Spiel spielen, weiter nichts.«

Das stimmt, dachte ich mir, aber nicht im dem Sinn, wie er es sich in seiner Unschuld vorstellt. Wenn man liebt, dann sieht man sich selbst mit den Augen eines anderen, ist man in ein verfälschtes, veredeltes Abbild seiner selbst verliebt. In der Liebe sind wir eines ehrenhaften Verhaltens nicht fähig — auch die mutige Tat ist nichts anderes als eine Rolle, gespielt für zwei Zuschauer. Ich war vielleicht nicht mehr verliebt, aber ich erinnerte mich sehr wohl daran.

»Im umgekehrten Fall hätte ich Sie im Stich gelassen«, sagte ich.

»O nein, das hätten Sie nicht getan, Thomas.« Mit unausstehlicher Selbstgefälligkeit fügte er hinzu: »Ich kenne Sie besser als Sie sich selbst.« Voll Zorn versuchte ich von ihm abzurücken und mein Gewicht selbst zu tragen, aber wieder brauste der Schmerz heran, heulend wie ein Zug in einem Tunnel. Ich lehnte mich noch schwerer gegen ihn, um nicht tiefer ins Wasser zu sinken. Pyle schlang beide Arme um mich und hielt mich hoch. Dann fing er an, mich Zoll um Zoll gegen das Ufer und den Straßenrand hinzuschieben. Als er mich dorthin geschafft hatte, ließ er mich flach in den seichten Schlamm unter der Böschung des Feldrains gleiten, und als der Schmerz wieder von mir wich, und ich die Augen aufschlug und freier atmete, konnte ich die kunstvollen Zeichen der Gestirne sehen — fremde Zeichen, die ich nicht zu lesen verstand: Es waren nicht die Sterne der Heimat. Sein Gesicht erschien über mir und löschte den Sternenhimmel aus. »Ich gehe die Straße entlang, Thomas, bis ich auf eine Patrouille stoße.«

»Seien Sie nicht verrückt«, sagte ich. »Die schießen Sie nieder, bevor sie wissen, wer Sie sind. Wenn nicht die Vietminh Sie vorher erwischen!«

»Es ist unsere einzige Chance. Sie können nicht noch sechs Stunden im Wasser liegen.«

»Dann legen Sie mich auf die Straße.«

»Es hat wohl nicht viel Sinn, Ihnen die Maschinenpistole dazulassen?« fragte er zweifelnd.

»Natürlich nicht! Wenn Sie schon unbedingt ein Held sein wollen, dann gehen Sie wenigstens vorsichtig durch den Reis.«

»Dann würde aber die Patrouille vorbeifahren, bevor ich ihr ein Signal geben kann.«

»Außerdem sprechen Sie nicht französisch.«

»Ich werde ›Je suis Frongçais‹ rufen. Keine Sorge, Thomas. Ich werde schon aufpassen.« Ehe ich noch etwas erwidern konnte, war er aus der Reichweite einer flüsternden Stimme entschwunden — er bewegte sich so geräuschlos wie er es nun schon konnte, mit häufigen Pausen. Ich konnte ihn im Lichtschein meines brennenden Wagens deutlich sehen, aber kein Schuß folgte; bald war er über den Bereich des Feuerscheins hinaus, und lautlose Stille schlug über seinen Schritten zusammen. O ja, er war vorsichtig, so wie er auf der Bootsfahrt flußabwärts nach Phat Diem vorsichtig gewesen war, mit der Vorsicht des Helden in einer Abenteuergeschichte für Jungen, so stolz auf seine Vorsicht wie auf ein Pfadfinderabzeichen, und ohne die leiseste Ahnung, wie unsinnig und unwahrscheinlich sein Abenteuer war.

Ich lag da und lauschte auf Schüsse von seiten der Vietminh oder einer Patrouille der Fremdenlegion, aber alles blieb still — Pyle würde wahrscheinlich eine Stunde oder sogar länger brauchen, um einen Wachtturm zu erreichen, falls er überhaupt so weit kam. Ich wandte den Kopf zur Seite, so daß ich erkennen konnte, was von unserem Turm übriggeblieben war: ein Haufen von Lehm, Bambusstöcken und Holzstützen, der tiefer zu sinken schien, während die Flammen meines Wagens in sich zusammensanken. Ich empfand ein Gefühl des Friedens, sobald der Schmerz abklang — gewissermaßen ein Waffenstillstand für die Nerven: Ich hatte Lust zu singen. Ich dachte, wie seltsam es war, daß Männer meines Berufs aus dieser ganzen Nacht eine Meldung von nur zwei Zeilen machen würden; es war bloß eine ganz gewöhnliche Nacht, und das einzig Ungewöhnliche daran war ich. Dann hörte ich, wie aufs neue ein leises Wimmern von der Turmruine her einsetzte. Einer der Posten mußte immer noch am Leben sein.

Der arme Teufel, ging es mir durch den Sinn. Wären wir nicht ausgerechnet vor seinem Turm steckengeblieben, hätte er sich beim ersten Anruf aus dem Megaphon entweder ergeben können, wie sich fast alle ergaben, oder er hätte fliehen können. Aber wir waren dagewesen — zwei Weiße, und wir hatten die Maschinenpistole, und sie wagten sich nicht zu rühren. Als wir sie endlich verließen, war es zu spät. Es war meine Schuld, daß dort in der Dunkelheit jemand wimmerte: Ich hatte mich gebrüstet, unbeteiligt zu sein, nichts mit diesem Krieg zu tun zu haben. Aber jene Wunden waren von mir geschlagen worden, genauso, als hätte ich mit der Maschinenpistole geschossen, wie es Pyle hatte tun wollen.

Ich mühte mich, über die Böschung auf die Straße hinaufzukriechen. Ich wollte zu dem Verwundeten gelangen. Es war das einzige, was ich tun konnte: seinen Schmerz teilen. Doch mein eigener Schmerz stieß mich zurück. Ich konnte niemanden mehr hören. Ich lag still und nahm nichts wahr als meinen eigenen Schmerz, der wie ein riesiges Herz pochte, hielt den Atem an und betete zu Gott, an den ich nicht glaubte: »Laß mich sterben oder ohnmächtig werden. Laß mich sterben oder ohnmächtig werden.« Und dann, glaube ich, verlor ich tatsächlich das Bewußtsein, und alle Sinneseindrücke erloschen, bis ich schließlich träumte, meine Augenlider seien zusammengefroren, und irgend jemand setze einen Meißel an, um sie auseinanderzusprengen; ich wollte ihn warnen, meine Augäpfel nicht zu beschädigen, konnte aber nicht sprechen, und der Meißel drang durch, und eine Taschenlampe leuchtete mir ins Gesicht.

»Wir haben's geschafft, Thomas«, sagte Pyle. Dessen entsinne ich mich noch, aber an die Einzelheiten, die Pyle später anderen Leuten schilderte, kann ich mich nicht erinnern: daß ich mit der Hand in die falsche Richtung gewiesen und gesagt hätte, im Turm sei ein Mann, und sie sollten sich um ihn kümmern. Jedenfalls hätte ich die sentimentale Begründung, die Pyle für mein Verhalten fand, nicht gegeben. Ich kenne mich, und ich kenne das Maß meiner Selbstsucht. Ich kann mich nicht behaglich fühlen (und mich behaglich zu fühlen, ist mein dringlichster Wunsch), wenn ein anderer Schmerzen leidet, sichtbar, hörbar oder fühlbar. Von arglosen Leuten wird dies bisweilen irrtümlich für Selbstlosigkeit gehalten, während ich doch nur einen kleinen Vorteil — in diesem Fall die sofortige Versorgung meiner Wunde — zugunsten eines viel größeren opfere, nämlich eines Seelenfriedens, in dem ich nur an mich selbst zu denken brauche.

Sie kamen zurück, um mir zu sagen, daß der Bursche tot war, und ich war glücklich — ich mußte nicht einmal große Schmerzen leiden, nachdem sich die Injektionsnadel mit dem Morphium in das verwundete Bein hineingebohrt hatte.

Drittes Kapitel

1

Langsam stieg ich die Treppe zu meiner Wohnung in der Rue Catinat hinauf; auf dem ersten Stiegenabsatz hielt ich an, um mich auszuruhen. Die alten Frauen schwatzten, wie sie es immer getan hatten, und hockten auf dem Boden vor dem Eingang zum Pissoir; sie trugen das Schicksal in den Runzeln ihrer Gesichter verzeichnet wie andere in den Linien der Hand. Sie verstummten, als ich an ihnen vorbeikam, und ich fragte mich, was sie mir, wäre ich ihrer Sprache mächtig gewesen, wohl erzählt hätten über das, was sich hier zugetragen hatte, während ich im Lazarett der Fremdenlegion an der Straße nach Tanyin war. Irgendwo, im Wachtturm oder in den Reisfeldern, hatte ich meine Schlüssel verloren, aber ich hatte Phuong eine Nachricht gesandt, die sie erhalten haben mußte, wenn sie noch da war. Dieses Wenn war das Maß meiner Ungewißheit. Ich hatte im Spital keinen Brief von ihr erhalten; aber sie schrieb Französisch nur mit Schwierigkeiten, und Vietnamesisch konnte ich wiederum nicht lesen. Ich klopfte an die Tür. Sie öffnete sich sofort, und alles schien wie früher zu sein. Ich betrachtete Phuong forschend, während sie sich nach meinem Befinden erkundigte, das geschiente Bein befühlte und mir ihre Schulter als Stütze bot, als ob man sich ohne Gefahr an eine so junge Pflanze lehnen könnte. Ich sagte: »Ich bin froh, wieder daheim zu sein.«

Sie sagte, daß sie mich sehr vermißt hätte, und natürlich wollte ich genau das hören: Wie ein Kuli, der Fragen beantwortet, sagte sie mir immer das, was ich hören wollte, es sei denn, sie verriet sich zufällig. Jetzt erwartete ich den Zufall.

»Hast du dich amüsiert?« fragte ich.

»Ach, ich habe öfter meine Schwester besucht. Sie hat bei den Amerikanern eine Stelle bekommen.«

»So, hat sie das? Hat Pyle nachgeholfen?«

»Nein, nicht Pyle — Joe.«

»Wer ist Joe?«

»Du kennst ihn — der Handelsattaché.«

»Ach, natürlich, Joe.«

Er war ein Mensch, den man immer vergaß. Bis heute kann ich ihn nicht beschreiben. Ich erinnere mich nur an seine Beleibtheit, seine gepuderten glattrasierten Wangen und sein dröhnendes Lachen; seine ganze Persönlichkeit entschlüpft mir, bis auf das eine, daß er Joe hieß. Es gibt Männer, deren Namen immer abgekürzt werden.

Mit Phuongs Hilfe legte ich mich aufs Bett und streckte mich aus. »Im Kino gewesen?«

»Ja. Im ›Catinat‹ läuft ein sehr lustiger Film«, und sogleich begann sie mir den Inhalt in allen Einzelheiten zu erzählen, während ich mich im Zimmer nach dem weißen Umschlag eines Telegramms umsah. Solange ich nicht danach fragte, konnte ich mir einreden, daß Phuong vergessen hatte, es zu erwähnen. Vielleicht lag es drüben auf dem Tisch neben der Schreibmaschine oder auf dem Schrank, oder hatte sie es sicherheitshalber in die Lade gelegt, wo sie ihre Sammlung von Seidenschals aufbewahrte?

»Der Postmeister — ich glaube, es war der Postmeister; es kann aber auch der Bürgermeister gewesen sein — verfolgte sie bis nach Hause, und er borgte sich eine Leiter vom Bäcker und stieg zu Corinnes Fenster hinauf, die war aber mit François ins Nebenzimmer gegangen. Weißt du, er hörte nicht, daß sich Madame Bompierre näherte; sie kam ins Zimmer, sah ihn auf der Leiter und glaubte ...«

»Wer war Madame Bompierre?« fragte ich und drehte den Kopf zur Seite, um zum Waschbecken hinüberzuschauen, wo sie manchmal wichtige Notizen zwischen die Fläschchen und Tiegel steckte.

»Das habe ich dir doch schon gesagt. Sie war Corinnes Mutter, und sie war auf der Suche nach einem Mann, weil sie Witwe war ...«

Sie saß auf dem Bett und legte ihre Hand unter mein Hemd. »Es war sehr komisch«, sagte sie.

»Küß mich, Phuong.« Koketterie war ihr unbekannt. Sofort erfüllte sie meinen Wunsch und erzählte dann die Handlung des Films weiter. Genauso würde sie sich mir hingegeben haben, wenn ich es verlangt hätte, ohne Frage würde sie ihre lange Hose abgestreift haben; und hernach hätte sie den Faden von Madame Bompierres Geschichte und dem peinlichen Erlebnis des Postmeisters wieder aufgegriffen.

»Ist vielleicht ein Telegramm für mich gekommen?«

»Ja.«

»Warum hast du es mir nicht gegeben?«

»Du sollst noch nicht arbeiten, das ist noch zu früh. Du mußt dich hinlegen und ausruhen.«

»Möglicherweise betrifft es nicht die Arbeit.«

Sie gab es mir, und ich sah, daß es aufgebrochen worden war. Das Telegramm lautete: »Benötigen dringend 400 Worte Situationsschilderung über Auswirkung Abreise De Lattres auf militärische politische Lage.«

»Doch«, sagte ich. »Es *betrifft* die Arbeit. Weshalb hast du es aufgemacht?«

»Ich dachte, es käme von deiner Frau. Ich hoffte, es wäre eine gute Nachricht drin.«

»Und wer hat es dir übersetzt?«

»Ich zeigte es meiner Schwester.«

»Und wenn es eine schlechte Nachricht gewesen wäre, hättest du mich verlassen, Phuong?«

Beruhigend streichelte sie mir die Brust; sie erkannte nicht, daß ich diesmal auf Worte wartete, mochten sie noch so unwahr sein. »Möchtest du eine Pfeife haben? Es *ist* ein Brief für dich gekommen. Ich denke, er ist vielleicht von ihr.«

»Hast du den auch aufgemacht?«

»Ich mache deine Briefe nicht auf. Telegramme sind öffentlich. Die Beamten lesen sie.«

Dieses Kuvert lag zwischen den Seidenschals. Sie holte es behutsam hervor und legte es aufs Bett. Ich erkannte die Handschrift. »Wenn es eine schlechte Nachricht ist, was wirst du...« Ich wußte sehr wohl, daß der Brief nur Schlimmes enthalten konnte. Ein Telegramm hätte einen spontanen Akt der Großzügigkeit bedeuten können; ein Brief konnte nur Erklärungen, Rechtfertigungen enthalten... Also brach ich meine Frage ab, denn es ist unfair, ein Versprechen abzufordern, das der andere nicht halten kann.

»Wovor fürchtest du dich?« fragte Phuong, und ich dachte: Ich fürchte mich vor der Einsamkeit, vor dem Presseklub und einem öden Zimmer in einer Pension, ich fürchte mich vor Pyle. –

»Bitte, gib mir einen Brandy und Soda«, sagte ich. Ich blickte auf den Anfang des Briefs, »Lieber Thomas!«, und auf das Ende, »Deine Helen«, und wartete auf den Brandy.

»Ist er von *ihr*?«

»Ja.« Bevor ich zu lesen begann, fragte ich mich, ob ich am Ende Phuong belügen oder ihr die Wahrheit sagen sollte.

»Lieber Thomas!
Dein Brief und die Nachricht, daß Du nicht allein bist, überraschten mich nicht. Du bist nicht der Mann, der es lange allein aushält. Die Frauen bleiben an Dir hängen wie

der Staub an Deinem Rock. Vielleicht wäre ich imstande, mehr Verständnis für Deine Lage aufzubringen, wenn ich nicht das Empfinden hätte, daß Du Dich bei Deiner Rückkehr nach London sehr schnell trösten wirst. Du wirst es mir wahrscheinlich nicht glauben, aber was mich innehalten läßt und daran hindert, Dir ein klares Nein zu telegrafieren, ist der Gedanke an die arme Frau. Wir neigen eben viel mehr als Du dazu, unser Herz zu verlieren.«

Ich nahm einen Schluck Brandy. Ich hatte nicht gedacht, wie sehr die Wunden der Liebe durch viele Jahre offenbleiben. Unbekümmert — ich hatte meine Worte offenbar nicht sorgfältig genug gewählt — hatte ich die ihren wieder zum Bluten gebracht. Wer konnte ihr einen Vorwurf daraus machen, daß sie Vergeltung übte, indem sie an meinen Narben rührte. Wenn wir unglücklich sind, verletzen wir.

»Ist es schlimm?« fragte Phuong.

»Ein bißchen hart«, sagte ich. »Aber sie hat das Recht dazu ...« Ich las weiter:

»Ich glaubte immer, Du liebtest Anne mehr als uns alle, bis Du Deine Sachen packtest und gingst. Jetzt scheinst Du wieder die Absicht zu haben, eine Frau zu verlassen, weil ich Deinem Brief entnehme, daß Du nicht wirklich eine ›günstige‹ Antwort erwartest. ›Ich werde mein möglichstes getan haben‹ — denkst Du nicht so? Was würdest Du tun, wenn ich ›ja‹ telegrafierte? Würdest Du sie tatsächlich heiraten? (Ich muß ›sie‹ schreiben, weil Du mir ihren Namen verschwiegen hast.) Vielleicht würdest Du es tun. Ich vermute, daß Du, wie wir alle, langsam alt wirst und nicht mehr gern allein lebst. Auch ich fühle mich manchmal sehr einsam. Anne hat, wie ich höre, einen neuen Freund gefunden. Aber sie hast Du ja noch zur rechten Zeit verlassen.«

Sie hatte den getrockneten Schorf über meiner Wunde genau getroffen. Ich nahm noch einen Schluck. Eine Blutfehde — dieser Ausdruck fiel mir ein.

»Laß dir eine Pfeife richten«, sagte Phuong.

»Wie du willst«, meinte ich, »wie du willst.«

»Das ist der eine Grund, weshalb ich nein sagen sollte. (Über den religiösen Grund brauchen wir nicht erst zu sprechen, weil Du den nie verstanden noch anerkannt hast.) Die Ehe hindert Dich nicht daran, eine Frau zu verlassen, nicht wahr? Sie verzögert nur den Prozeß; und in diesem Fall wäre es nur um so unfairer jener Frau gegenüber, wenn Du mit ihr so lange zusammenlebtest wie mit mir. Du würdest sie nach England mitbringen, wo sie verloren und völlig fremd wäre. Und wenn Du sie dann verläßt, wie furchtbar einsam wird sie sich fühlen! Ich nehme an, daß sie nicht einmal mit Messer und Gabel ißt, oder? Ich spreche mit solcher Härte, weil ich mehr an ihr Wohl denke, als an das Deine. Aber, mein lieber Thomas, ich denke wirklich auch an das Deine.«

Ich empfand körperliches Übelsein. Es war lange her, daß ich von meiner Frau einen Brief erhalten hatte. Ich hatte sie zum Schreiben gezwungen, und ich konnte ihren Schmerz aus jeder Zeile herausfühlen. Ihr Schmerz traf den meinen: Wir waren zu unserer alten Gewohnheit, einander weh zu tun, zurückgekehrt. Wenn es doch nur möglich wäre, zu lieben, ohne Leid zuzufügen — Treue allein ist nicht genug. Anne war ich treu gewesen, und doch hatte ich ihr weh getan. Die Verletzung liegt im Akt des Besitzens: Wir sind geistig und körperlich zu armselig, als daß wir einen anderen Menschen ohne Stolz besitzen oder ihn ohne Demütigung von uns Besitz ergreifen lassen könnten. In gewissem Sinn war ich froh, daß meine Frau wieder einmal auf mich losgeschlagen hatte — zu lange hatte ich ihren Schmerz vergessen, und dies war die einzige Sühne, die ich ihr bieten konnte. Leider sind es immer die Unschuldigen, die in jeden Konflikt hineingezogen werden. Immer und überall gibt es eine Stimme, die klagend aus einem Turm ruft.

Phuong zündete das Opiumlämpchen an. »Erlaubt sie dir, mich zu heiraten?« fragte sie.

»Das weiß ich noch nicht.«

»Sagt sie es denn nicht?«

»Wenn sie es sagt, dann sagt sie es sehr umständlich.«

Ich dachte: Wieviel hältst du dir darauf zugute, daß du *dégagé* bist, ein unbeteiligter Berichterstatter, nicht ein Leitartikler, und was für eine Verwirrung stiftest du hinter den Kulissen. Die andere Art des Kriegführens ist viel harmloser als diese. Mit einem Granatwerfer richtet man weniger Unheil an.

»Und wenn ich gegen meine innerste Überzeugung handelte und ja sagte, würde dies überhaupt zu Deinem Nutzen geschehen? Du sagst, Du seist nach England zurückberufen worden, und ich kann mir vorstellen, wie sehr Du das haßt und wie Du alles unternehmen wirst, um Dir diesen Schritt zu erleichtern. Ich kann mir denken, daß Du Dich zum Heiraten entschließt, wenn Du ein Glas über den Durst getrunken hast. Das erste Mal gaben wir uns alle Mühe — Du sowohl wie ich —, und es mißlang. Das zweite Mal gibt man sich nicht mehr so viel Mühe. Du behauptest, der Verlust dieser jungen Frau würde für Dich das Ende des Lebens bedeuten. Genau dieselbe Wendung hast Du einmal mir gegenüber gebraucht — den Brief könnte ich Dir zeigen; ich besitze ihn noch — und an Anne schriebst Du wahrscheinlich dasselbe. Du behauptest, wir hätten uns stets bemüht, einander die Wahrheit zu sagen. Aber, Thomas, Deine Wahrheit ist immer sehr zeitbedingt. Welchen Sinn hat es da, mit Dir zu zanken oder zu versuchen, Dich zur Vernunft zu bringen? Da fällt es schon leichter, so zu handeln, wie mein Glaube mir zu handeln vorschreibt — Deiner Ansicht nach widersinnigerweise —, und einfach zu erklären: Ich halte nichts von einer Scheidung; meine Religion verbietet sie, und deshalb, Thomas, ist die Antwort nein — nein.«

Es folgte noch eine halbe Seite, die ich nicht las, und dann kam: »In Liebe Deine Helen.« Ich glaube, die übersprungenen Zeilen enthielten Mitteilungen über das Wetter und über eine alte Tante von mir, dich ich sehr gern hatte.

Ich besaß keinen Grund zur Klage, und ich hatte auch keine andere Antwort erwartet. Es steckten viele Wahrheiten darin. Mein einziger Wunsch wäre gewesen, daß sie nicht in so ausführlicher Weise laut gedacht hätte, wenn diese Gedanken sie selbst genauso schmerzten wie mich.

»Sie sagt also nein?«

Fast ohne Zögern sagte ich: »Sie hat sich noch nicht entschieden. Es besteht noch Hoffnung.«

Phuong lachte: »Du redest von Hoffnung und machst dabei ein so langes Gesicht.« Sie lag zu meinen Füßen wie ein Hund auf dem steinernen Sargdeckel eines Kreuzfahrers und knetete das Opium, und ich überlegte, was ich Pyle sagen sollte. Nachdem ich vier Pfeifen geraucht hatte, fühlte ich mich gegen die Zukunft besser gewappnet und erzählte Phuong, daß guter Grund zur Hoffnung bestand — meine Frau habe vor, einen Rechtsanwalt zu Rate zu ziehen. Jeden Tag könne das Telegramm eintreffen, das mir die Freiheit schenken werde.

»Es würde nicht so viel ausmachen. Du könntest ja Geld auf meinen Namen überschreiben lassen«, sagte sie, und ich konnte die Schwester aus ihr reden hören.

»Ich besitze keine Ersparnisse«, sagte ich. »Pyle kann ich nicht überbieten.«

»Mach dir keine Sorgen. Wer weiß, was kommt. Es gibt immer Mittel und Wege«, meinte sie. »Meine Schwester sagt, du könntest zum Beispiel eine Lebensversicherung abschließen.« Ich sagte mir, wie realistisch es von ihr gedacht war, die Bedeutung des Geldes nicht zu schmälern und nicht großartige und bindende Liebeserklärungen zu machen. Ich fragte mich, wie Pyle auf die Dauer diesen harten Kern ihres Wesens ertragen würde, denn Pyle war sehr romantisch; allerdings würde er eine beträchtliche Summe auf sie übertragen, und die Härte mochte erschlaffen wie ein unbetätigter Muskel, wenn für sie keine Notwendigkeit mehr bestand. Die Reichen sind doppelt im Vorteil.

An jenem Abend erstand Phuong vor Ladenschluß in der Rue Catinat drei weitere Seidenschals. Auf dem Bett sitzend, führte sie sie mir vor und bejubelte die leuchtenden Farben. Mit ihrer singenden Stimme füllte sie eine Leere aus. Dann faltete sie die Tücher sorgsam zusammen und legte sie zu dem Dutzend anderer in die Lade: Es sah aus, als ob sie den Grundstein zu einem bescheidenen Vermögen legte. Und ich legte den verrückten Grundstein zu dem meinen, indem ich noch in derselben Nacht mit der unzuverlässigen Klarheit und Voraussicht, die das Opium verleiht, einen Brief an Pyle verfaßte. Ich schrieb folgende Zeilen — erst neulich fand ich sie wieder; das Blatt steckte in York Hardings Werk ›Die Rolle des Westens‹. Er muß das Buch gelesen haben, als mein Brief ankam. Vielleicht hatte er ihn als Lesezeichen benützt und dann nicht mehr weitergelesen.

»Lieber Pyle«, schrieb ich und war zum ersten und letztenmal versucht, »Lieber Alden« zu schreiben, denn eigentlich war dies ein Dankschreiben von einiger Wichtigkeit, und es unterschied sich von anderen Briefen ähnlicher Art nur insofern, als es eine Lüge enthielt:

»Lieber Pyle, ich wollte Ihnen schon vom Lazarett aus schreiben und mich für alles bedanken, was Sie in jener Nacht für mich taten. Ohne Zweifel bewahrten Sie mich vor einem recht ungemütlichen Ende. Ich kann mich jetzt mit Hilfe eines Stocks wieder bewegen — anscheinend brach ich gerade an der richtigen Stelle entzwei, und das Alter hat meine Knochen noch nicht erreicht und sie spröde gemacht. Wir müssen in nächster Zeit einmal zusammen ausgehen und gehörig feiern.« (Bei diesem Wort blieb mir die Feder stecken und nahm dann wie eine Ameise, die auf ein Hindernis stößt, eine andere Richtung, um es zu umgehen.) »Ich habe noch etwas anderes zu feiern und weiß, daß Sie sich darüber freuen werden, denn Sie haben immer wieder betont, wie sehr uns beiden Phuongs Glück am Herzen liegt. Bei meiner Rückkehr wartete ein Brief meiner Frau auf mich. Sie hat so gut wie zugesagt, sich von mir scheiden zu lassen. Sie brauchen sich also um Phuong nicht mehr zu sorgen« — es war ein grausamer Satz, aber die Grausamkeit wurde mir erst bewußt, als ich den Brief noch einmal durchlas, und dann war es für eine Änderung zu spät. Hätte ich diese Worte durchstreichen wollen, dann wäre es besser gewesen, den ganzen Brief zu zerreißen.

»Welcher Schal gefällt dir am besten?« fragte Phuong. »Mir der gelbe.«

»Ja, der gelbe. Geh zum Hotel hinunter und gib diesen Brief für mich auf.«

Sie warf einen Blick auf die Adresse. »Ich könnte ihn zur Gesandtschaft tragen. Da würdest du dir die Marke ersparen.«

»Nein, es ist mir lieber, wenn du ihn aufgibst.«

Dann legte ich mich zurück, und in der Entspannung, die mir das Opium schenkte, dachte ich: Wenigstens wird sie mich nicht vor meiner Abreise verlassen, und morgen, nach ein paar weiteren Pfeifen, wird mir vielleicht irgendein Weg einfallen, wie ich hierbleiben kann.

2

Das Alltagsleben geht weiter – dies hat schon manchen davor bewahrt, den Verstand zu verlieren. So wie es während eines Luftangriffs unmöglich war, die ganze Zeit über Angst zu haben, legte ich unter dem Bombardement gewohnter Arbeiten, zufälliger Begegnungen und unpersönlicher Sorgen oft für viele Stunden meine privaten Ängste ab. Die Gedanken an den nächsten April, an die Abreise von Indochina, an die nebelhafte Zukunft ohne Phuong wurden unterbrochen durch die täglichen Telegramme, die Kriegsberichte der vietnamesischen Presse und durch die Erkrankung meines Mitarbeiters, eines Inders namens Dominguez (seine Familie war über Bombay aus Goa gekommen), der mich bei weniger bedeutsamen Pressekonferenzen vertreten, allerorts mit gespitzten Ohren jeden Klatsch, jedes Gerücht aufgelesen und meine Berichte zu den Telegrafenämtern und zur Zensurstelle gebracht hatte. Mit der Hilfe indischer Händler unterhielt er besonders im Norden, in Haiphong, Nam Dinh und Hanoi, seinen eigenen Nachrichtendienst für mich, und ich bin überzeugt, daß er über die Lage der einzelnen Vietminh-Bataillone im Tonkin-Delta genauer unterrichtet war als das französische Oberkommando.

Da wir unsere Informationen nie benützten, außer wenn sie als Zeitungsmeldung interessant wurden, und sie niemals an den französischen Geheimdienst weitergaben, genoß Dominguez das Vertrauen und die Freundschaft mehrerer Agenten der Vietminh, die sich in Saigon und Cholon versteckt hielten. Der Umstand, daß er trotz seines Namens Asiate war, kam ihm dabei ohne Zweifel zustatten.

Ich mochte Dominguez gern. Während andere Menschen ihren Stolz wie eine Hautkrankheit an der Oberfläche tragen und so empfindlich sind, daß sie auf die leiseste Berührung reagieren, war sein Stolz tief in seinem Innern verborgen und auf das kleinste Maß reduziert, das bei einem Menschen, glaube ich, überhaupt möglich ist. Im täglichen Umgang mit ihm begegnete man nichts als Sanftmut, Bescheidenheit und absolute Wahrheitsliebe: Man hätte mit ihm verheiratet sein müssen, um den Stolz zu finden. Vielleicht gehen Wahrheitsliebe und Bescheidenheit Hand in Hand; so viele Lügen entspringen unserem Stolz — in meinem Beruf dem Stolz des Reporters, dem Wunsch, eine bessere Story zu bringen als der andere, und es war Dominguez, der mir half, diesen Ehrgeiz zu überwinden — all den Telegrammen von zu Hause zu widerstehen, in denen man gefragt wurde, warum nicht auch ich die Story des Soundso oder die Meldung eines anderen gebracht hätte, von denen ich von vornherein gewußt hatte, daß sie erlogen waren.

Nun, da er krank war, erkannte ich erst, wieviel ich ihm verdankte — ja, er sorgte sogar dafür, daß mein Wagen getankt war, und drängte sich doch nicht ein einziges Mal, weder durch eine Anspielung noch durch einen Blick, in mein Privatleben. Ich glaube, er war Katholik, doch besaß ich abgesehen von seinem Namen und seinem Geburtsort keinen Beweis für diese Annahme — nach allem, was ich aus Gesprächen mit ihm wußte, hätte er ebensogut ein Anhänger Krischnas sein oder, von einem Drahtrahmen gepeinigt, auf die jährliche Pilgerfahrt zu den Batuhöhlen gehen können.

Jetzt empfand ich seine Erkrankung als wahre Wohltat, weil sie mich von der Tretmühle meiner privaten Sorgen befreite. Ich war es nun, der an den langweiligen Pressekonferenzen teilnehmen mußte und zu einem Schwatz mit den Kollegen an den Tisch der Reporter im »Continental« zu humpeln hatte; nur war ich viel weniger als Dominguez imstande, Wahrheit und Lüge voneinander zu unterscheiden, weshalb ich es mir zur Gewohnheit machte, ihn jeden Abend zu besuchen und alles, was ich während des Tages gehört hatte, mit ihm zu besprechen. Bisweilen war einer seiner indischen Freunde anwesend und saß dann in der bescheidenen Wohnung, die Dominguez in einer der ärmlichen Seitenstraßen des Boulevard Gallieni mit einem zweiten Mieter teilte, an seinem schmalen Eisenbett. Dominguez selbst saß meist kerzengerade aufgerichtet und mit untergeschlagenen Beinen im Bett, so daß man weniger den Eindruck hatte, einen Kranken zu besuchen, als von einem Radscha oder Priester empfangen zu werden. Mitunter war sein Fieber so hoch, daß ihm der Schweiß über das Gesicht rann, dennoch verlor er nie sein klares Denkvermögen. Es war, als ob seine Krankheit den Körper eines anderen befallen hätte. Seine Hauswirtin stellte ihm einen Krug mit frischem Limonensaft ans Bett, ich sah ihn aber niemals davon trinken – vielleicht, weil es ein Eingeständnis gewesen wäre, daß er es war, der Durst empfand, und daß sein eigener Körper unter der Krankheit litt.

Von all den Abenden, an denen ich ihn damals besuchte, ist mir einer besonders im Gedächtnis geblieben. Aus Angst, meine Frage könne wie ein Vorwurf klingen, hatte ich es aufgegeben, mich nach seinem Befinden zu erkundigen, und immer war er es, der mit großer Besorgnis nach meiner Gesundheit fragte und sich für die vielen Treppen entschuldigte, die ich zu ihm hinaufsteigen mußte. Dann sagte er: »Ich möchte, daß Sie mit einem meiner Freunde zusammentreffen. Er hat eine Nachricht, die Sie sich anhören sollten.«

»Ja?«

»Ich habe seinen Namen aufgeschrieben, weil ich weiß, daß Sie sich chinesische Namen nur schwer merken können. Wir dürfen ihn natürlich nicht verwenden. Der Mann hat ein Lagerhaus für Altmetall am Quai Mytho.«

»Wichtige Sache?«

»Könnte sein.«

»Können Sie mir nicht eine Andeutung machen?«

»Es wäre mir lieber, wenn Sie die Sache von ihm selbst erführen. Es ist etwas Sonderbares daran, das ich nicht verstehe.« Der Schweiß floß ihm in Strömen übers Gesicht, aber er ließ ihn einfach rinnen, als ob die Tropfen lebendig und heilig wären — es steckte genug von einem Hindu in ihm, daß er niemals auch nur das Leben einer Fliege in Gefahr gebracht hätte. Er sagte: »Wieviel wissen Sie über Ihren Freund Pyle?«

»Nicht sehr viel. Unsere Wege kreuzen sich, das ist alles. Seit Tanyin habe ich ihn nicht mehr gesehen.«

»Was arbeitet er?«

»Er ist bei der Wirtschaftsmission, doch das umfaßt eine große Anzahl von Sünden. Ich glaube, er interessiert sich für die einheimischen Industrien — vermutlich mit amerikanischen Geschäftsverbindungen. Mir mißfällt die Art, wie sie die Franzosen Kriegführen lassen und sich unterdessen im Geschäft hier breitmachen.«

»Ich habe ihn neulich auf einer Party sprechen gehört, die die Gesandtschaft für amerikanische Kongreßmitglieder gab. Man hatte ihn dazu bestimmt, den Besuchern die hiesige Situation zu erläutern.«

»Gott sei dem Kongreß gnädig«, sagte ich. »Der Mann ist ja noch keine sechs Monate im Lande.«

»Er sprach über die alten Kolonialmächte — England und Frankreich, und daß keine dieser beiden Nationen damit rechnen könne, das Vertrauen der Asiaten zu gewinnen. Eben hier trete Amerika mit reinen Händen auf den Plan.«

»Siehe Honolulu, Puerto Rico, Neu-Mexiko«, meinte ich.

»Dann stellte einer der Gäste die übliche Frage, ob die hiesige Regierung Aussicht hätte, jemals die Vietminh zu besiegen, und er antwortete, daß eine Dritte Kraft dies schaffen könnte. Stets lasse sich eine solche Dritte Kraft finden, die frei sei vom Kommunismus und dem Makel des Kolonialsystems – eine nationale Demokratie nannte er sie, man müsse nur einen geeigneten Führer finden und ihn vor den alten Kolonialmächten schützen.«

»Das alles steht bei York Harding«, sagte ich. »Er las seine Bücher, bevor er hierherkam. Schon in der ersten Woche sprach er darüber und hat seither nichts dazugelernt.«

»Möglicherweise hat er seinen Führer inzwischen gefunden«, bemerkte Dominguez.

»Würde das etwas ausmachen?«

»Das weiß ich nicht. Ich weiß nicht, was er treibt. Aber gehen Sie hin und sprechen Sie mit meinem Freund am Quai Mytho.«

Ich fuhr nach Hause, um für Phuong in der Rue Catinat eine kurze Nachricht zu hinterlassen, und dann zum Kai hinaus und am Hafen vorbei. Eben ging die Sonne unter. Am Quai Mytho standen Tische und Stühle im Freien, neben den Dampfern und den grauen Kriegsschiffen, und in den kleinen mobilen Küchen brannte das Feuer und brodelte es. Unter den Alleebäumen des Boulevard de la Somme gingen die Friseure geschäftig ihrer Arbeit nach, und an den Hauswänden hockten die Wahrsager mit ihren schmutzigen Spielkarten. In Cholon war man in einer anderen Stadt, wo mit dem Schwinden des Tageslichts die Arbeit eher aufzuleben als zu Ende zu gehen schien. Es war, als betrete man das Bühnenbild einer Pantomime: Die langen, senkrecht herabhängenden chinesischen Ladenschilder, die hellen Lichter und das Gewühl von Statisten führten einen tief in die Kulissen, wo alles plötzlich so viel dunkler und stiller war. Entlang einer solchen Kulisse kam ich wieder hinunter zum Kai und zu einem dichten Gedränge chinesischer Wohnboote, wo im Schatten die Lagerhäuser gähnten und kein Mensch zu sehen war.

Ich fand das Gebäude mit einiger Schwierigkeit und beinahe durch Zufall. Das Tor des Lagers stand offen, und im

Schein einer alten Laterne konnte ich die bizarren, an Picasso gemahnenden Formen des Gerümpelhaufens erkennen: Bettgestelle, Badewannen, Aschenkübel, die Motorhauben von Automobilen, und wo das Licht hinfiel, leuchteten Streifen alter Farbe auf. Ich ging einen schmalen Pfad entlang, der wie in einem Steinbruch aus einem Berg von Eisen herausgehauen worden war, und rief laut nach Mr. Chou, doch es kam keine Antwort. Am Ende des Lagers führte eine Treppe nach oben, und ich nahm an, daß sich dort vielleicht Mr. Chous Wohnung befand – anscheinend hatte man mir den Weg zur Hintertür angegeben, und ich nahm an, daß Dominguez dafür triftige Gründe hatte. Sogar im Stiegenhaus war links und rechts Gerümpel aufgestapelt, Stücke von Schrott, die in diesem Dohlennest von einem Haus eines Tages noch von Nutzen sein mochten. Vom Treppenabsatz öffnete sich eine Tür in einen einzigen weiten Raum, in dem sich eine große Familie sitzend und liegend verteilte, so daß das Ganze wie ein Feldlager wirkte, das jeden Augenblick vom Feind überfallen werden konnte. Überall standen kleine Teetassen umher, und es gab eine Unmenge von Pappschachteln voll unbestimmbarer Gegenstände und fest verschnürte Fiberkoffer; eine alte Dame saß auf einem mächtigen Bett, man sah zwei Buben und zwei Mädchen, ein Baby, das auf dem Boden umherkroch, drei ältliche Frauen in abgetragenen braunen Bauernhosen und ebensolchen Jacken. Zwei alte Männer in den blauen Seidenröcken von Mandarinen spielten in einer Ecke Mah-Jongg, ohne von meinem Erscheinen Notiz zu nehmen. Sie spielten mit flinken Bewegungen, wobei sie die Steine durch die bloße Berührung erkannten, und das Geräusch, das sie dabei machten, glich jenem von Kieseln am Meeresstrand, wenn eine zurückflutende Woge sie umwendet. Auch sonst schenkte mir niemand Beachtung; nur eine Katze sprang auf einen Karton, und ein magerer Hund beschnupperte mich, um sich gleich wieder zurückzuziehen.

»Monsieur Chou?« fragte ich, worauf zwei der Frauen den Kopf schüttelten. Noch immer sah mich niemand an;

bloß eine der Frauen spülte eine Tasse aus und füllte sie mit Tee aus einer Kanne, die in einem mit Seide ausgeschlagenen Kästchen warmgehalten wurde. Ich nahm am Bettende neben der alten Dame Platz, und ein junges Mädchen reichte mir die Tasse: Es war, als ob ich in eine Gemeinschaft mit der Katze und dem Hund eingereiht worden wäre — vielleicht waren sie einmal auch so von ungefähr aufgetaucht wie ich. Das Baby kroch über den Fußboden und zerrte an meinen Schuhbändern, niemand wies es zurecht: Im Fernen Osten tadelte man Kinder nicht. An den Wänden hingen drei Geschäftskalender, von denen jeder ein Mädchen in heiterer chinesischer Tracht und mit grellen rosa Backen zeigte. Ein großer Spiegel trug mysteriöserweise die Aufschrift »Café de la Paix« —, wahrscheinlich war er durch irgendeinen Zufall unter das Gerümpel geraten: Ich selbst hatte das Gefühl, daß ich darunter geraten war.

Langsam trank ich den bitteren grünen Tee, wobei ich die henkellose Tasse immer wieder aus einer Handfläche in die andere schob, weil mir die Hitze die Finger verbrannte, und ich überlegte, wie lange ich bleiben sollte. Einmal versuchte ich die Familie auf französisch anzusprechen, ich fragte, wann sie Monsieur Chou erwarteten, aber niemand antwortete: Wahrscheinlich hatten sie mich nicht verstanden. Als meine Tasse leer war, füllten sie sie nach und setzten dann ihre eigenen Beschäftigungen fort: Eine Frau bügelte, ein Mädchen nähte, die zwei Jungen machten ihre Schulaufgaben, die alte Dame betrachtete ihre Füße, die winzigen, verkrüppelten Füße des alten China — und der Hund beäugte die Katze, die auf den Kartons sitzenblieb.

Ich begann zu begreifen, wie schwer Dominguez für seinen kargen Lohn arbeitete.

Ein äußerst abgemagerter Chinese trat in den Raum. Er schien überhaupt keinen Platz einzunehmen: Er erinnerte an das fettdichte Papier, das je zwei Lagen Keks in einer Dose trennt. Das einzige Körperhafte an ihm war sein gestreifter Flanellpyjama. »Monsieur Chou?« fragte ich.

Er sah mich mit dem abwesenden Blick des Opiumrauchers an: Die eingefallenen Wangen, die Handgelenke eines Babys, die Arme eines kleinen Mädchens – ihn auf diese Körpermaße einschrumpfen zu lassen, dazu hatte es vieler Jahre und vieler Pfeifen bedurft. »Mein Freund, Monsieur Dominguez, sagte mir, Sie hätten mir etwas zu zeigen. Sie sind doch Monsieur Chou?«

O ja, meinte er, er sei Monsieur Chou, und er lud mich mit einer höflichen Handbewegung ein, wieder Platz zu nehmen. Ich konnte ihm ansehen, daß der Zweck meines Besuchs irgendwo in den verqualmten Winkeln seines Schädels verlorengegangen war. Ob ich nicht eine Tasse Tee wollte? Er fühle sich durch mein Kommen sehr geehrt. Eine weitere Tasse wurde über dem Fußboden ausgespült und mir wie ein glühendes Kohlenstück in die Hand gedrückt – eine Feuerprobe durch Tee. Ich machte eine Bemerkung über den Umfang seiner Familie.

Er blickte sich ein wenig überrascht um, als ob er sie noch nie von diesem Gesichtspunkt aus betrachtet hätte. »Meine Mutter«, sagte er, »meine Frau, meine Schwester, mein Onkel, mein Bruder, meine Kinder, die Kinder meiner Tante.« Das Baby hatte sich von meinen Füßen fortgewälzt und lag jetzt strampelnd und quietschend auf dem Rücken. Ich überlegte, wem es gehören mochte. Keiner der Anwesenden schien jung genug – oder alt genug – für seine Erzeugung.

Ich sagte: »Monsieur Dominguez meinte, es wäre wichtig.«

»Ah, Monsieur Dominguez. Hoffentlich geht es ihm gut?«

»Er hat Fieber gehabt.«

»Ja, es ist eine ungesunde Jahreszeit.« Ich war nicht davon überzeugt, daß er sich überhaupt entsinnen konnte, wer Dominguez war. Er begann zu husten, und unter seiner Pyjamajacke, an der zwei Knöpfe fehlten, vibrierte die straffe Haut über den Rippen wie das Fell einer Buschtrommel.

»Sie sollten selbst zum Arzt gehen«, sagte ich. Ein Neuankömmling trat zu uns – ich hatte ihn nicht hereinkommen hören. Es war ein junger Mann in einem sauberen europäischen Anzug. Er sagte auf englisch: »Mr. Chou hat nur eine Lunge.«

»Es tut mir leid...«

»Er raucht täglich hundertfünfzig Pfeifen.«

»Eine schöne Menge.«

»Ja. Der Arzt sagt, es tut ihm nicht gut, aber Mr. Chou ist viel glücklicher, wenn er raucht.«

Ich murmelte, daß ich ihm das nachfühlen könne.

»Gestatten Sie, daß ich mich vorstelle: Ich bin Mr. Chous Geschäftsführer.«

»Und mein Name ist Fowler. Mr. Dominguez hat mich hergeschickt. Er meinte, daß Mr. Chou mir etwas Wichtiges mitzuteilen hätte.«

»Mr. Chous Gedächtnis hat sehr nachgelassen. Möchten Sie nicht eine Tasse Tee?«

»Vielen Dank, ich habe schon drei Tassen gehabt.« Unsere Unterhaltung klang wie Frage und Antwort in einem Sprachführer.

Mr. Chous Manager nahm mir die Tasse aus der Hand und hielt sie einem der Mädchen hin, das wieder den Teesatz auf dem Boden ausschüttete und sie von neuem füllte.

»Der ist nicht stark genug«, sagte er, nahm die Tasse, kostete, spülte sie sorgfältig aus und goß aus einer anderen Teekanne nach. »Der ist besser, nicht wahr?«

»Viel besser.«

Mr. Chou räusperte sich, jedoch nur, um eine gewaltige Menge von Auswurf in einen blechernen Spucknapf, der mit rosa Blüten verziert war, zu befördern. Das Baby kugelte im verschütteten Teesatz hin und her, während die Katze von der Pappschachtel auf einen Koffer hinübersetzte.

»Vielleicht wäre es besser, wenn Sie mit mir sprechen wollten«, sagte der junge Mann. »Mein Name ist Heng.«

»Wenn Sie mir sagen...«

»Gehen wir ins Lagerhaus hinunter«, sagte Mr. Heng. »Dort ist es ruhiger.«

Ich streckte Mr. Chou die Hand hin, der sie mit einer Miene völliger Überraschung zwischen seinen Handflächen ruhen ließ, dann blickte er in dem menschenerfüllten Raum umher, als versuche er, mich irgendwo einzuordnen.

Das Geräusch rieselnder Kieselsteine verebbte, während wir die Treppe hinabstiegen. Mr. Heng sagte: »Achtung! Die unterste Stufe fehlt.« Und er ließ eine Taschenlampe aufblitzen, um mir den Weg zu zeigen.

Da waren sie wieder, die eisernen Bettgestelle und die Badewannen, und Mr. Heng führte mich einen Seitengang hinab. Als er etwa zwanzig Schritte weit gegangen war, blieb er stehen und leuchtete mit seiner Lampe auf einen kleinen, trommelförmigen Blechkanister. »Sehen Sie das?« sagte er.

»Was ist damit?«

Er wandte die Trommel um und zeigte mir die Fabrikmarke: »Diolacton«.

»Das sagt mir immer noch nichts.«

Er fuhr fort: »Ich hatte zwei dieser Kanister hier. Sie wurden mit anderem Altmetall in Mr. Phan-Van-Muois Garage aufgesammelt. Kennen Sie ihn?«

»Nein, ich glaube nicht.«

»Seine Frau ist mit General Thé verwandt.«

»Ich begreife noch immer nicht ganz ...«

»Und wissen Sie, was das ist?« fragte Mr. Heng, indem er sich bückte und einen langen, hohlen Gegenstand aufhob, der wie ein großer Selleriestengel aussah und im Schein der Taschenlampe wie Chrom glitzerte.

»Das könnte ein Bestandteil aus einem Badezimmer sein.«

»Es ist eine Preßform«, erklärte Mr. Heng. Er war offensichtlich ein Mann, dem es ermüdenderweise Vergnügen bereitete, Belehrungen von sich zu geben. Er machte eine Pause, um mir nochmals Gelegenheit zu bieten, meine Unwissenheit zu beweisen. »Sie verstehen, was ich mit einer Preßform meine ...«

»O ja, selbstverständlich, aber ich begreife noch immer nicht ...«

»Diese Preßform wurde in den USA hergestellt. Diolacton ist eine amerikanische Marke. Beginnen Sie jetzt zu verstehen?«

»Offen gestanden, nein.«

»Diese Form war schadhaft. Deshalb wurde sie fortgeworfen. Sie hätte aber nicht beim Alteisen landen sollen — ebensowenig wie der Kanister. Das war ein Fehler. Mr. Muois Geschäftsleiter bemühte sich persönlich hierher. Die Preßform konnte ich nicht finden, aber ich gab ihm den anderen Kanister zurück. Ich erklärte ihm, das sei alles, was ich hätte, und er sagte mir, er brauche die Kanister zur Aufbewahrung von Chemikalien. Nach der Preßform erkundigte er sich natürlich nicht — damit hätte er zuviel verraten, aber er sah sich hier gründlich um. Später ging Mr. Muoi zur amerikanischen Gesandtschaft, um Mr. Pyle zu sehen.«

»Sie scheinen einen recht tüchtigen Geheimdienst zu haben«, sagte ich. Noch immer konnte ich mir nicht vorstellen, was das alles zu bedeuten hatte.

»Ich bat Mr. Chou, mit Mr. Dominguez in Verbindung zu treten.«

»Sie wollen also andeuten, daß Sie Pyle und den General in einen gewissen Zusammenhang gebracht haben. Allerdings in einen sehr schwachen«, sagte ich. »Das ist außerdem nichts Neues. Alle Leute stehen hier mit irgendeinem Geheimdienst in Verbindung.«

Mr. Heng schlug mit dem Absatz gegen die schwarze Blechtrommel, und der Ton hallte unter den Bettgestellen wider. Er sagte: »Mr. Fowler, Sie sind Engländer. Sie sind neutral. Sie sind zu uns allen fair gewesen. Sie bringen Verständnis dafür auf, wenn sich einige von uns auf der einen oder auf der anderen Seite engagieren.«

»Wenn Sie damit andeuten wollen, daß Sie Kommunist oder ein Vietminh sind — keine Sorge. Ich bin nicht schockiert. Ich habe keine politischen Ansichten.«

»Wenn hier in Saigon irgend etwas Unangenehmes passiert, wird man uns die Schuld geben. Mein Komitee möchte gern, daß Sie unparteiisch darüber urteilen. Deshalb habe ich Ihnen das hier gezeigt.«

»Was ist Diolacton?« sagte ich. »Es klingt nach Kondensmilch.«

»Es hat tatsächlich etwas mit Milch gemeinsam.« Mr.

Heng leuchtete mit der Taschenlampe in den Kanister hinein. Auf dem Boden lagen Reste eines weißen Pulvers wie Staub. »Es ist einer von den amerikanischen Kunststoffen«, sagte er.

»Ich habe ein Gerücht gehört, wonach Pyle Kunststoff zur Erzeugung von Spielwaren importiert.« Ich hob die Preßform auf und betrachtete sie. Ich versuchte, im Geiste die Gestalt zu erahnen. Der Gegenstand selbst würde nicht wie dies hier aussehen; dies war sein Negativ, das Spiegelbild.

»Nicht zur Erzeugung von Spielwaren«, sagte Mr. Heng.

»Es sieht wie der Teil eines Stabes aus.«

»Die Form ist ungewöhnlich.«

»Ich kann mir nicht denken, wozu das Ding dienen könnte.«

Mr. Heng wandte sich ab. »Ich möchte nur, daß Sie sich merken, was Sie hier gesehen haben«, sagte er, während wir im Schatten des Gerümpelhaufens zurückgingen. »Vielleicht werden Sie eines Tages einen Grund haben, über diese Dinge zu schreiben. Aber dann dürfen Sie nicht sagen, daß Sie den Kanister hier gesehen haben.«

»Auch nicht die Preßform?«

»Die Preßform erst recht nicht!«

3

Es ist nicht leicht, zum erstenmal wieder dem Menschen zu begegnen, dem man — wie es so schön heißt — das Leben verdankt. Ich hatte Pyle während meines Aufenthalts im Lazarett der Legion nicht gesehen, und sein Fernbleiben und Schweigen, beide leicht erklärlich (denn er reagierte auf Peinlichkeiten stärker als ich), beunruhigten mich bisweilen in übertriebenem Ausmaß, so daß ich mir abends, ehe die wohltuende Wirkung des Schlafmittels einsetzte, oft vorstellte, wie er meine Treppe hinaufging, an meine Tür klopfte und in meinem Bett schlief. Ich hatte ihm damit unrecht getan, und so hatte ich zu meiner anderen, mehr förmlichen Verpflichtung noch Schuldgefühle hinzugefügt. Überdies drückte mich wohl auch wegen meines Briefs das Gewissen. (Welch ferne Vorfahren hatten mir dieses törichte Gewissen hinterlassen? Sie waren doch bestimmt frei davon gewesen, als sie in ihrer paläolithischen Welt schändeten und mordeten.)

Sollte ich meinen Lebensretter zum Dinner einladen, fragte ich mich mitunter, oder sollte ich ein Treffen in der Bar des »Continental« vorschlagen und ihm einen Drink spendieren? Es war ein ungewöhnliches gesellschaftliches Problem, dessen Lösung vielleicht davon abhing, welchen Wert man dem eigenen Leben beimaß. Ein Essen und eine Flasche Wein, oder einen doppelten Whisky? – Diese Frage beschäftigte mich mehrere Tage lang, bis Pyle selbst die Lösung herbeiführte, als er erschien und durch die versperrte Tür zu mir hereinrief. Ich verschlief gerade die Nachmittagshitze, erschöpft von dem vormittäglichen Versuch, mein Bein zu bewegen, und hörte nicht sein Klopfen.

»Thomas, Thomas.« Sein Ruf drang in meinen Traum, in dem ich durch eine lange, menschenleere Straße ging und nach einer Seitengasse suchte, die nie kam. Die Straße entrollte sich vor mir so einförmig wie der Papierstreifen eines Telegrafenapparats und hätte sich nie verändert, wenn nicht die Stimme hereingebrochen wäre – zuallererst wie Schmerzensschreie aus einem Turm, und dann plötzlich wie eine Stimme, die mich persönlich ansprach: »Thomas, Thomas.«

Flüsternd sagte ich: »Gehen Sie weg, Pyle. Kommen Sie mir nicht nahe. Ich will nicht gerettet werden.«

»Thomas!« Er hämmerte mit dem Fuß gegen die Tür; aber ich lag da und gab kein Lebenszeichen, als wäre ich wieder im Reisfeld und er ein Feind. Plötzlich bemerkte ich, daß das Pochen aufgehört hatte, jemand sprach draußen mit leiser Stimme, und jemand anders antwortete. Geflüster ist etwas Gefährliches. Ich konnte nicht erkennen, wer die Sprecher waren. Ich erhob mich behutsam von meinem Bett und erreichte mit Hilfe des Stocks die Tür des Vorderzimmers. Vielleicht hatte ich mich zu hastig bewegt und sie hatten mich gehört, denn draußen entstand eine Stille. Eine Stille, die wuchs und gleich einer Pflanze Ranken ausstreckte: Sie schien unter der Tür hereinzuwachsen und ihre Blätter im Zimmer auszubreiten, in dem ich stand. Es war eine Stille, die ich nicht mochte, und ich zerriß sie, indem ich die Tür aufstieß. Auf dem Gang stand Phuong und Pyles Hände lagen auf ihren Schultern: Nach ihrer Stellung zu schließen, mochten sie sich gerade nach einem Kuß getrennt haben.

»Ach, kommen Sie doch herein«, sagte ich, »kommen Sie herein.«

»Ich klopfte so laut, aber Sie hörten mich nicht«, sagte Pyle.

»Zuerst schlief ich, und dann wollte ich mich nicht stören lassen. Jetzt bin ich gestört. Also kommen Sie herein.« Phuong fragte ich auf französisch: »Wo hast du ihn aufgelesen?«

»Hier. Im Korridor«, sagte sie. »Ich hörte jemand klopfen und lief herauf, um ihn einzulassen.«

»Nehmen Sie Platz«, sagte ich zu Pyle. »Möchten Sie eine Tasse Kaffee?«

»Nein, Thomas, und ich möchte mich auch nicht setzen.«

»Ich muß mich setzen. Das Bein ermüdet sehr schnell. Meinen Brief haben Sie doch erhalten?«

»Ja. Ich wollte, Sie hätten ihn nicht geschrieben.«

»Warum?«

»Weil er lauter Lügen enthält. Ich habe Ihnen vertraut, Thomas.«

»Sie sollten keinem Mann trauen, wenn eine Frau im Spiel ist.«

»Dann dürfen Sie mir in Hinkunft auch nicht trauen. Wenn Sie ausgehen, werde ich mich hier hereinschleichen; ich werde an Phuong Briefe schreiben, in einem mit Maschine beschriebenen Umschlag. Vielleicht werde ich erwachsen, Thomas.« Aber in seiner Stimme schwangen Tränen, und er sah jünger aus als je zuvor. »Konnten Sie nicht gewinnen, ohne zu lügen?«

»Nein. Das ist die europäische Doppelzüngigkeit, Pyle. Irgendwie müssen wir unseren Mangel an materiellen Gütern doch wettmachen. Aber ich muß es ungeschickt gemacht haben. Wie fanden Sie denn die Lügen heraus.?«

»Es war ihre Schwester«, sagte er. »Sie arbeitet jetzt in Joes Büro. Ich habe eben mir ihr gesprochen. Sie weiß, daß Sie nach Hause berufen worden sind.«

»Ach so, das«, sagte ich erleichtert. »Das weiß Phuong schon.«

»Und der Brief Ihrer Frau? Weiß Phuong von dem auch? Ihre Schwester hat ihn gesehen.«

»Wie?«

»Während Sie gestern außer Haus waren, kam sie her, um sich mit Phuong zu treffen, und Phuong zeigte ihn ihr. Die Schwester können Sie nicht hinters Licht führen, weil sie Englisch lesen kann.«

»Ich verstehe.« Es hatte keinen Sinn, auf irgend jemand böse zu sein, der Täter war nur zu offensichtlich ich selbst, und Phuong hatte ihrer Schwester den Brief nur gezeigt, um damit ein bißchen zu prahlen, nicht aus Mißtrauen gegen mich.

»Du hast das alles schon gestern abend gewußt?« fragte ich Phuong.

»Ja.«

»Es fiel mir auf, daß du so still warst.« Ich berührte sie am Arm. »Was für eine Furie hättest du sein können, doch du bist Phuong — du bist keine Furie.«

»Ich mußte nachdenken«, sagte sie, und es fiel mir ein, wie ich in der Nacht aufgewacht war und an der Unregelmäßigkeit ihres Atems erkannt hatte, daß sie nicht schlief. Ich hatte den Arm nach ihr ausgestreckt und sie gefragt: *»Le cauchemar?«* Sie hatte in der ersten Zeit nach ihrem Umzug in die Rue Catinat unter Alpträumen gelitten, doch vergangene Nacht hatte sie bei meiner Frage den Kopf geschüttelt: Ihr Rücken war mir zugewandt, und ich hatte ein Bein zu ihr hinüber geschoben — das war stets der erste Schritt zum Liebesakt. Selbst da hatte ich keine Verstimmung bemerkt.

»Thomas, können Sie mir nicht erklären, weshalb …«
»Das ist doch sonnenklar. Ich wollte sie behalten.«
»Selbst auf ihre Kosten?«
»Natürlich!«
»Das ist nicht Liebe.«
»Vielleicht nicht Ihre Art von Liebe, Pyle.«
»Ich möchte sie beschützen.«
»Ich nicht. Sie braucht keinen Schutz. Ich möchte sie um mich wissen, ich möchte sie im Bett haben.«
»Gegen ihren Willen?«
»Pyle, sie würde nicht gegen ihren Willen bleiben.«
»Nach diesem Vorfall kann sie Sie nicht mehr lieben.« So einfältig waren seine Ideen. Ich wandte mich nach Phuong um. Sie war ins Schlafzimmer gegangen und zog die Bettdecke zurecht, auf der ich gelegen hatte; dann nahm sie eines ihrer bebilderten Bücher vom Regal und setzte sich aufs Bett, als ob unsere Unterhaltung sie überhaupt nicht berühre. Ich wußte, welches Buch es war — eine Bilderserie aus dem Leben der Königin Elisabeth. Ich konnte, auf den Kopf gestellt, die Staatskarosse auf dem Weg nach Westminster sehen.
»Liebe ist ein Wort des Westens«, sagte ich. »Wir verwenden es aus sentimentalen Gründen, oder um damit die Tatsache zu verschleiern, daß wir von einer einzigen Frau besessen sind. Diese Menschen leiden nicht an Besessenheit. Sie werden noch Schlimmes durchmachen, Pyle, wenn Sie sich nicht vorsehen.«
»Ich hätte Sie verprügelt, wenn Sie nicht ihr verletztes Bein hätten.«
»Sie sollten mir dankbar sein — und natürlich auch Phuongs Schwester. Jetzt können Sie ohne Skrupel auf Ihr Ziel lossteuern — in mancher Hinsicht sind Sie nämlich voller Skrupel, wenn es sich nicht gerade um Kunststoff handelt.«
»Kunststoff?«
»Ich hoffe zu Gott, Sie wissen, was Sie da tun. Oh, ich weiß, Ihre Motive sind edel; sie sind es immer.« Er sah ver-

blüfft und argwöhnisch drein. »Ich wünschte manchmal, Sie hätten ein paar schlechte Motive, sie wären dann ein besserer Menschenkenner. Und das gilt auch für Ihr Land, Pyle.«

»Ich möchte ihr ein anständiges Leben bieten. In dieser Wohnung – riecht es.«

»Wir unterdrücken den Geruch mit Hilfe von Räucherstäbchen. Ich nehme an, Sie wollen ihr eine Tiefkühltruhe bieten, ein Auto für ihren eigenen Gebrauch, das neueste Fernsehgerät und ...«

»Und Kinder«, sagte er.

»Vielversprechende, junge amerikanische Staatsbürger, bereit, den Eid auf die Fahne zu leisten!«

»Und was gedenken Sie ihr zu bieten? Sie wollten sie gar nicht mit nach Hause nehmen.«

»Nein, so grausam bin ich nicht. Da müßte ich ihr schon die Rückfahrkarte kaufen können.«

»Sie behalten sie also als bequeme Schlafgelegenheit, bis Sie von hier abreisen.«

»Sie ist ein Mensch, Pyle, und fähig, über ihr Schicksal selbst zu entscheiden.«

»Auf Grund falscher Angaben. Ein Kind ist sie noch.«

»Sie ist kein Kind. Sie ist widerstandsfähiger, als Sie jemals sein werden. Kennen Sie die Art von Politur, die kratzfest ist? So ist Phuong. Sie ist imstande, ein Dutzend von uns zu überleben. Sie wird alt werden, das ist alles. Sie wird leiden unter der Geburt ihrer Kinder, unter Hunger, Kälte und Rheumatismus, aber sie wird niemals so wie wir unter Gedanken leiden, unter Besessenheit – sie wird keine Kratzspuren aufweisen, sie wird nur verwelken.« Doch noch während ich diese Rede hielt und dabei Phuong beim Umblättern beobachtete (jetzt kam ein Familienbild mit Prinzessin Anne), wußte ich, daß ich – nicht anders als Pyle – daran war, einen Charakter zu erfinden. Niemals kennt man einen anderen Menschen; und alles, was ich in Wirklichkeit über Phuong wußte, war, daß sie genauso Angst hatte wie wir alle: Sie verfügte nur nicht über die Gabe, ihr Ausdruck zu verleihen, das war alles. Und ich erinnerte mich an jenes erste quälende Jahr, als ich so leidenschaftlich versucht hatte, sie zu verstehen, als ich sie angefleht hatte, mir ihre Gedanken zu verraten, und sie durch meine sinnlosen Wutausbrüche über ihre Schweigsamkeit erschreckt hatte. Selbst meine Begierde war eine Waffe gewesen, als ob, indem man das Schwert in den Leib des Opfers stieß, ihre Beherrschtheit schwinden und sie reden würde.

»Sie haben genug gesagt«, sagte ich zu Pyle. »Sie wissen jetzt alles, was es zu wissen gibt. Bitte, gehen Sie.«

»Phuong!« rief er.

»Monsieur Pyle?« erkundigte sie sich und blickte von der Betrachtung des Schlosses Windsor auf. Ihre förmliche Art wirkte in diesem Augenblick zugleich komisch und beruhigend.

»Er hat Sie angeschwindelt«, sagte Pyle.

»Je ne comprends pas.«

»Ach, verschwinden Sie«, sagte ich. »Gehen Sie zu Ihrer Dritten Kraft und zu York Harding und zur Rolle der Demokratie. Gehen Sie und spielen Sie mit Ihrem Kunststoff!«

Später mußte ich zugeben, daß er diesen Aufforderungen wortwörtlich nachgekommen war.

Dritter Teil

Erstes Kapitel

1

Nach Pyles Tod vergingen fast vierzehn Tage, ehe ich Vigot wiedersah. Ich ging gerade durch den Boulevard Charner, als er mir aus dem Restaurant »Le Club« nachrief. Das Lokal erfreute sich damals größter Beliebtheit bei den Beamten der Sureté, die in einer Art herausfordernder Geste gegen jene, von denen sie gehaßt wurden, im Erdgeschoß zu tafeln pflegten, während das allgemeine Publikum im ersten Stock speiste, außerhalb der Reichweite eines Partisanen mit Handgranate. Ich setzte mich zu ihm, und er bestellte für mich einen Vermouth-Cassis. »Möchten Sie darum spielen?«

»Wenn Sie wollen.« Ich holte meine Würfel für das Ritual des Quatre Cent Vingt-et-un aus der Tasche. Wie diese Zahlen und der Anblick von Würfeln mir die Kriegsjahre in Indochina zurück ins Gedächtnis rufen! Wo auch immer ich in dieser Welt zwei Männer beim Würfeln sehe, fühle ich mich sofort in die Straßen von Hanoi oder Saigon oder mitten unter die zerschossenen Häuser von Phat Diem zurückversetzt. Ich sehe die Fallschirmjäger, durch die Musterung ihrer Uniformen wie Raupen getarnt, an den Kanälen entlang patrouillieren; ich höre das Granatwerferfeuer näherrücken, und vielleicht sehe ich ein totes Kind vor mir.

»Sans vaseline«, sagte Vigot und warf vier — zwei — eins. Er schob mir das letzte Streichholz hin. Den sexuellen Jargon des Spiels hatten alle Mitglieder der Sureté gemeinsam; vielleicht war er von Vigot selbst erfunden und von seinen Untergebenen übernommen worden, freilich ohne auch seine Schwärmerei für Pascal mit zu übernehmen.

»Sous-lieutenant.« Mit jeder Partie, die man verlor, stieg man einen Rang höher — man spielte so lange, bis der eine oder andere schließlich Hauptmann oder Major war. Vigot gewann auch die zweite Partie, und während er die Streichhölzer auszählte, sagte er: »Wir haben Pyles Hund gefunden.«

»Ja?«

»Ich vermute, daß er sich geweigert hatte, die Leiche seines Herrn zu verlassen. Jedenfalls schnitten sie ihm die Kehle durch. Er lag im Schlamm, fünfzig Meter von Pyle entfernt. Vielleicht hatte er sich so weit geschleppt.«

»Sie interessieren sich noch immer für die Sache?«

»Der amerikanische Gesandte gibt uns keine Ruhe. Gott sei Dank haben wir nicht solche Scherereien, wenn ein Franzose umgelegt wird. Allerdings besitzen diese Fälle auch keinen Seltenheitswert.«

Wir spielten um die Aufteilung der Streichhölzer, und dann fing das eigentliche Spiel an. Es war unheimlich, wie rasch Vigot einen Wurf vier — zwei — eins zustande brachte. Er verringerte die Zahl seiner Streichhölzer auf drei, und ich warf die niedrigste Anzahl, die überhaupt möglich war. *»Nanette«*, sagte Vigot und schob mir zwei Streichhölzer herüber. Als er sein letztes Streichholz los wurde, sagte er: *»Capitaine.«* Und ich rief nach dem Kellner und bestellte unsere Drinks. »Werden Sie eigentlich jemals geschlagen?« fragte ich.

»Nicht oft. Wollen Sie Revanche?«

»Ein anderes Mal. Was für ein Spieler könnten Sie sein, Vigot. Betreiben Sie noch andere Glücksspiele?«

Er lächelte schmerzlich, und aus irgendeinem Grund mußte ich an seine blonde Frau denken, von der es hieß, sie betrüge ihn mit den jüngeren Offizieren seiner Dienststelle.

»Ach ja«, sagte er, »da gibt es noch das größte aller Glücksspiele.«

»Das größte?«

»›Wägen wir Gewinn und Verlust ab‹«, zitierte er, »›in unserer Wette, daß Gott existiert. Schätzen wir diese beiden Chancen. Wenn du gewinnst, gewinnst du alles; wenn du verlierst, verlierst du nichts.‹«

Ich erwiderte mit einem anderen Zitat von Pascal — dem einzigen, das ich wußte: »›Sowohl jener, der den Kopf wählt, als auch jener, der den Adler wählt, begeht einen Fehler. Beide sind im Unrecht. Der richtige Weg besteht darin, daß man überhaupt nicht wettet.‹«

»›Ja, aber du mußt wetten. Es bleibt dir keine andere Wahl. Du hast dich in das Spiel eingelassen.‹ Sie werden Ihren eigenen Grundsätzen untreu, Mr. Fowler. Auch Sie sind *engagé* — wie wir alle.«

»Nicht in der Religion.«

»Ich habe nicht von Religion gesprochen. Eigentlich«, sagte er, »dachte ich an Pyles Hund.«

»Oh!«

»Erinnern Sie sich noch, was Sie neulich zu mir sagten — über die Möglichkeit, von den Pfoten Anhaltspunkte zu gewinnen, durch eine chemische Untersuchung des Schmutzes und so weiter?«

»Und Sie antworteten darauf, Sie seien kein Maigret oder Lecoq.«

»Trotzdem habe ich dabei gar nicht so schlecht abgeschnitten«, sagte er. »Wenn Pyle ausging, nahm er den Hund gewöhnlich mit, nicht wahr?«

»Vermutlich, ja.«

»Das Tier war zu wertvoll, als daß er es allein hätte herumlaufen lassen, nicht wahr?«

»Es wäre riskant gewesen. Hierzulande essen die Leute Chows, nicht?« Während ich dies sagte, steckte er die Würfel in die Tasche. »Meine Würfel, Vigot.«

»Oh, verzeihen Sie! Ich war ganz in Gedanken ...«

»Warum sagten Sie vorhin, ich sei *engagé*?«

»Fowler, wann sahen Sie Pyles Hund zum letztenmal?«

»Das weiß Gott! Ich führe kein Tagebuch über meine Begegnungen mit Hunden.«

»Und wann sollen Sie nach Hause fahren?«

»Das weiß ich nicht genau.« Ich gebe der Polizei nie gern Auskünfte. Man erspart ihr nur Mühe.

»Ich möchte Sie — abends — kurz besuchen. Paßt es Ihnen um zehn? Falls Sie zu der Zeit allein sind.«

»Ich werde Phuong ins Kino schicken.«

»Ist wieder alles in Ordnung — ich meine, zwischen Ihnen und ihr?«

»Ja.«

»Merkwürdig. Ich hatte den Eindruck, daß Sie — nun, daß Sie unglücklich sind.«

»Dafür gibt es gewiß eine Menge möglicher Erklärungen, Vigot«, sagte ich und fügte nicht gerade taktvoll hinzu: »Sie sollten das eigentlich wissen.«

»Ich?«

»Sie selbst sind nicht gerade sehr glücklich.«

»Ach, ich kann mich nicht beklagen. ›Eine Ruine ist nicht unglücklich.‹«

»Was sagen Sie da?«

»Auch von Pascal. Es ist ein Argument für eine stolze Haltung im Unglück. ›Ein Baum ist nicht unglücklich‹, sagt er.«

»Was hat Sie eigentlich dazu veranlaßt, Vigot, Polizeibeamter zu werden?«

»Nun, eine ganze Reihe von Gründen: die Notwendigkeit, mir einen Lebensunterhalt zu verdienen; eine gewisse Neugierde und — ja, auch das: eine Vorliebe für Gaboriau.«

»Vielleicht hätten Sie Priester werden sollen.«

»Dazu las ich nicht die richtigen Schriftsteller — zu jener Zeit.«

»Sie hegen noch immer den Verdacht, daß ich in die Sache verwickelt bin, nicht wahr?«

Er erhob sich und leerte den Rest seines Vermouth-Cassis.

»Ich möchte mit Ihnen sprechen, das ist alles.«

Nachdem er sich verabschiedet hatte und gegangen war, schien mir, daß er mich mitleidig angesehen hatte; so wie er wahrscheinlich einen Verbrecher betrachtete, den er zur Strecke gebracht hatte und der nun seine lebenslängliche Kerkerstrafe antrat.

2

Ich *war* bestraft worden. Es war mir so, als ob Pyle mich beim Verlassen meiner Wohnung zu mehreren Wochen quälender Ungewißheit verurteilt hätte. Jede Rückkehr nach Hause war mit der Erwartung einer Katastrophe verbunden. Manchmal war Phuong nicht daheim; dann war ich bis zu ihrer Heimkehr unfähig, irgendeine Arbeit in Angriff zu nehmen, denn ich überlegte jedesmal, ob sie überhaupt noch heimkehren würde. Ich wollte genau wissen, wo sie gewesen war (wobei ich versuchte, weder Sorge noch Argwohn in meiner Stimme mitklingen zu lassen). Manchmal gab sie mir zur Antwort, sie sei auf dem Markt oder in einem Laden gewesen, und zeigte mir ihr Beweisstück (selbst ihre Bereitwilligkeit, jede Antwort auf solche Weise zu bekräftigen, schien mir damals unnatürlich); manchmal war sie im Kino gewesen und hatte zum Beweis auch schon die Eintrittskarte zur Hand; manchmal war sie bei ihrer Schwester gewesen — und dort, so vermutete ich, traf sie Pyle. In jener Zeit nahm ich sie mit wilder Grausamkeit, so, als ob ich sie haßte. Was ich aber in Wahrheit haßte, war die Zukunft. In meinem Bett lag die Einsamkeit, und Einsamkeit schloß ich nachts in die Arme. Phuong veränderte sich nicht. Sie kochte für mich, machte mir die Pfeife, sanft und lieblich breitete sie ihren Körper zu meinem Genuß aus (aber es war kein Genuß mehr). Und genauso, wie ich in jenen ersten Tagen ihre Seele hatte gewinnen wollen, wollte ich jetzt ihre Gedanken lesen, doch diese waren verborgen in einer Sprache, die ich nicht sprechen konnte. Ich mochte sie nicht ausfragen; ich wollte sie nämlich nicht zum Lügen veranlassen (solange keine Lüge ausgesprochen war, konnte ich so tun, als ob sich zwischen uns nichts geändert hätte), aber auf einmal sprach meine Angst aus mir, und ich fragte sie: »Wann hast du Pyle zuletzt gesehen?«

Sie zögerte — oder dachte sie wirklich nach? »Als er hierherkam«, sagte sie.

Ich begann — fast unbewußt — alles Amerikanische herabzusetzen. Bei jeder Gelegenheit machte ich Bemerkungen über die Dürftigkeit der amerikanischen Literatur, über die Skandale in der amerikanischen Politik, die Ungezogenheit der amerikanischen Kinder. Es war, als ob Phuong mir von einer ganzen Nation und nicht von einem einzelnen Mann abspenstig gemacht würde. Nichts, was Amerika tat, war in Ordnung. Allmählich ging ich mit diesem Thema allen auf die Nerven, sogar meinen französischen Freunden, die nur zu gern bereit waren, meine Abneigung zu teilen. Es war, als sei ich verraten worden, aber man wird nicht verraten von einem Feind.

Gerade zu jener Zeit kam es zu dem Zwischenfall mit den Fahrradbomben. Als ich eines Tages aus der »Imperial-Bar« in die leere Wohnung zurückkehrte (war sie im Kino oder bei ihrer Schwester?), entdeckte ich, daß unter meiner Tür ein Brief hereingeschoben worden war. Er kam von Dominguez. Dieser entschuldigte sich dafür, daß er noch immer krank war, und bat mich, am folgenden Vormittag um halb elf vor dem großen Kaufhaus an der Ecke des Boulevard Charner zu sein. Er schrieb mir auf Ersuchen Mr. Chous. Ich hatte aber den Verdacht, daß es eher Mr. Heng war, der meine Anwesenheit wünschte.

Wie sich herausstellte, war die ganze Angelegenheit nicht mehr als eine kurze Notiz in der Zeitung wert, und noch dazu eine humoristische Notiz. Sie stand in keinem Verhältnis zu den traurigen und schweren Kämpfen im Norden, zu jenen Kanälen in Phat Diem, die mit grauen, tagealten Leichen vollgestopft waren, zu dem Trommelfeuer der Granatwerfer und dem grellweißen Leuchten der Napalmbomben.

Ich hatte ungefähr eine Viertelstunde in der Nähe eines Blumenstands gewartet, als aus der Richtung des Hauptquartiers der Sureté in der Rue Catinat ein Lastwagen voll Polizisten gefahren kam und mit knirschenden Bremsen und quietschenden Reifen hielt. Die Männer sprangen heraus und stürmten auf das Kaufhaus zu, als ob sie eine erbitterte Volksmenge angriffen; doch es gab keine Volksmenge, bloß ein dichtes Verhau von abgestellten Fahrrädern. Jedes größere Gebäude in Saigon ist von ihnen wie mit einem Zaun umgeben — in keiner Universitätsstadt des Westens gibt es so viele Fahrradbesitzer. Ehe ich Zeit fand, meine Kamera einzustellen, war die komische und unerklärliche Aktion auch schon beendet. Die Polizisten hatten sich zwischen die Fahrräder hineingezwängt und drei von ihnen herausgegriffen, die sie hoch über dem Kopf auf den Boulevard hinaustrugen und sie dort in das Becken eines Springbrunnens warfen. Noch bevor ich einen der Polizisten abfangen konnte, waren sie wieder in ihrem Wagen und rasten durch den Boulevard Bonnard davon.

»Unternehmen *Bicyclette*«, sagte eine Stimme hinter mir. Es war Mr. Heng.

»Was ist los?« fragte ich. »Eine Übung? Wozu?«

»Warten Sie noch etwas«, sagte Mr. Heng.

Ein paar Müßiggänger begannen sich dem Brunnen zu nähern, aus dem ein Rad wie eine Boje herausragte, als wollte es Schiffe vor versunkenen Wracks warnen: Ein Polizist überquerte rufend und gestikulierend die Straße.

»Sehen wir uns die Geschichte an«, sagte ich.

»Lieber nicht«, erwiderte Mr. Heng mit einem Blick auf seine Armbanduhr. Die Zeiger wiesen auf vier Minuten nach elf.

»Ihre Uhr geht vor«, sagte ich.

»Das tut sie immer.« Und in diesem Augenblick ging der Brunnen in die Luft. Ein Stück der Randverzierung flog durch eine Fensterscheibe, und das Glas rieselte wie Wasser in einem glitzernden Schauer herab. Niemand war verletzt. Wir schüttelten uns die Wassertropfen und Glassplitter vom Anzug. Auf dem Straßenpflaster drehte sich surrend wie ein Kreisel ein Rad, dann begann es zu torkeln und fiel um. »Es muß Punkt elf gewesen sein«, sagte Mr. Heng.

»Was im Himmel . . .?«

»Ich dachte, das würde Sie interessieren«, sagte Mr. Heng. »Hoffentlich *hat* es Sie interessiert.«

»Haben Sie Lust zu einem Drink?«

»Danke. Leider keine Zeit. Ich muß zu Mr. Chou zurück, aber vorher lassen Sie sich noch etwas zeigen.« Er führte mich zu dem Abstellplatz für Fahrräder und sperrte das Schloß seines eigenen Rads auf. »Sehen Sie genau hin!«

»Marke Raleigh«, stellte ich fest.

»Nein, die Pumpe müssen Sie sich ansehen. Erinnert sie Sie nicht an irgend etwas?« Er lächelte herablassend, als er mein verblüfftes Gesicht sah, schwang sich aufs Rad und fuhr davon. Einmal drehte er sich um und winkte mit der Hand, während er in Richtung Cholon und dem Lagerhaus voll Eisengerümpel radelte. In der Sureté, wo ich um Auskunft über diesen merkwürdigen Vorfall bat, wurde mir klar, was er gemeint hatte. Die Preßform, die ich in seinem Schuppen gesehen hatte, war der Model für eine halbe Fahrradpumpe gewesen. An diesem Tag hatten überall in Saigon harmlos scheinende Fahrradpumpen Plastikbomben enthalten und waren Schlag elf in die Luft gegangen, außer an jenen Punkten der Stadt, wo die Polizei auf Grund von Informationen, die, wie ich vermute, von Mr. Heng stammten, der Explosion noch zuvorkommen konnte. Das ganze Unternehmen war völlig belanglos – zehn Explosionen, sechs Leichtverwundete und weiß Gott wie viele beschädigte Fahrräder. Meine Kollegen – ausgenommen lediglich der Reporter des ›Extrême Orient‹, der die Sache als »unerhörtes Gewaltverbrechen« bezeichnete – wußten genau, daß sie ihre Berichte nur dann in ihren Zeitungen unterbringen konnten, wenn sie sich über die Geschichte lustig machten. »Fahrradbomben« ergab eine gute Schlagzeile. Alle machten die Kommunisten verantwortlich. Ich war der einzige, der schrieb, daß diese Bomben eine Demonstration des General Thé gewesen seien, und meine Meldung wurde von der Redaktion geändert. Der General war eine unbekannte Größe, und man konnte nicht mit einer Erklärung, wer er sei, Platz verschwenden. Durch Dominguez sandte ich an Mr. Heng ein paar Worte des Bedauerns – ich hatte mein möglichstes getan. Mr. Heng schickte mir mündlich eine höfliche Antwort. Damals gewann ich den Eindruck, daß er — oder sein Komitee der Vietminh — überempfindlich gewesen war; niemand machte aus der Sache den Kommunisten einen ernsthaften Vorwurf. Im Gegenteil, wenn irgend etwas dazu imstande gewesen wäre, hätte ihnen gerade dieser Zwischenfall den Ruf eingetragen, daß sie Sinn für Humor besaßen. »Was wird ihnen als nächstes einfallen?« sagten die Leute auf Partys, und auch für mich wurde die Absurdität der ganzen Sache durch das Rad symbolisiert, das sich mitten auf dem Boulevard wie ein Kreisel fröhlich gedreht hatte. Ich hatte Pyle gegenüber mit keinem Wort erwähnt, was ich von seiner Verbindung mit dem General gehört hatte. Mochte er harmlos mit seinem Kunststoff spielen: Das würde ihn vielleicht von Phuong ablenken. Nichtsdestotrotz besuchte ich eines Abends, weil ich zufällig in der Nähe war und nichts Besseres zu tun wußte, Mr. Muois Garage.

Sie war ein kleines, unsauberes Gebäude am Boulevard de la Somme, gar nicht unähnlich einem Gerümpellager. In der Mitte war ein Auto aufgebockt; die Motorhaube war hochgeklappt und glich dem weitgeöffneten Rachen eines prähistorischen Tiers, dessen Gipsabguß in einem Provinzmuseum unbeachtet verstaubt. Ich glaube nicht, daß sich noch irgend jemand an diesen Wagen erinnerte. Der Boden der Werkstatt war übersät mit Eisenabfällen und alten Kisten — die Vietnamesen werfen ungern etwas weg, ebenso wie ein chinesischer Koch eine Ente in sieben Gänge aufteilt und dabei nicht auf eine Zehe des Tiers verzichten würde. Ich fragte mich, warum man in so verschwenderischer Art die leeren Kanister und die beschädigte Preßform weggegeben hatte — vielleicht war es Diebstahl gewesen von einem Angestellten, der sich ein paar Piaster verdienen wollte, oder vielleicht hatte der findige Mr. Heng jemand dazu bestochen.

Niemand schien in der Nähe zu sein, also trat ich ein. Ich überlegte, daß sich die Inhaber vielleicht eine Zeitlang fernhielten, für den Fall, daß die Polizei erschien. Es war möglich, daß Mr. Heng Kontakte zur Sureté hatte; aber selbst dann war es unwahrscheinlich, daß die Polizei einschreiten würde. Von ihrem Standpunkt aus war es viel günstiger, die Bevölkerung bei dem Glauben zu belassen, daß die Bomben kommunistischen Ursprungs waren.

Abgesehen von dem Auto und dem Gerümpel, das über den Betonboden verstreut war, gab es nichts zu sehen. Ich konnte mir schwer vorstellen, wie man hier bei Mr. Muoi die Bomben hergestellt haben konnte. Ich hatte keine Ahnung, wie man das weiße Pulver in den Kanistern, die ich gesehen hatte, in einen Sprengstoff umwandelte, das Verfahren war aber gewiß viel zu kompliziert, als daß es sich hier hätte durchführen lassen, wo selbst die beiden Benzinpumpen draußen auf der Straße einen verwahrlosten Eindruck machten. Ich stand in der Einfahrt und blickte auf die Straße hinaus. Unter den Bäumen in der Mitte des Boulevards waren die Friseure an der Arbeit: Eine Spiegelscherbe, die an einen Baumstamm genagelt war, fing blinkend das Sonnenlicht ein. Ein Mädchen unter einem breiten, flachen Hut trabte vorüber, das auf einer langen Stange zwei Körbe trug. Der Wahrsager, der an der Mauer von Simon Frères hockte, hatte Kundschaft bekommen – einen alten Mann mit einem schütteren, strähnigen Bart, ähnlich jenem Ho-Chi-Minhs; gleichmütig sah er zu, wie die uralten Karten gemischt und aufgelegt wurden. Was für eine Zukunft hatte er noch zu erwarten, die einen Piaster wert gewesen wäre? Auf dem Boulevard de la Somme lebte man öffentlich: Jedermann wußte alles, was es über Mr. Muoi zu wissen gab, aber die Polizei besaß keinen Schlüssel, der zum Vertrauen dieser Leute geführt hätte. Dies war die Ebene des Lebens, auf der alles bekannt war, doch man konnte diese Ebene nicht so einfach betreten, wie man die Straße betrat. Ich dachte an die alten Frauen, wie sie auf unserem Treppenabsatz schwatzten, auch sie hörten alles, doch ich wußte nicht, was sie wußten.

Ich kehrte in die Garage zurück und betrat einen kleinen, dahinterliegenden Büroraum. Es gab dort den üblichen chinesischen Geschäftskalender, einen übersäten Schreibtisch

— Preislisten, eine Flasche Klebegummi, eine Addiermaschine, eine Teekanne und drei Tassen, eine Menge ungespitzter Bleistifte, und aus irgendeinem Grund eine unbeschriebene Ansichtskarte des Eiffelturms. York Harding mochte in anschaulichen Abstraktionen über die Dritte Kraft schreiben, doch letzten Endes lief sie auf diese Dinge hinaus — das war sie! In der Rückwand des Büros befand sich eine Tür; sie war versperrt, aber der Schlüssel lag unter den Bleistiften auf dem Schreibtisch. Ich schloß die Tür auf und ging weiter.

Ich kam in einen kleinen Schuppen von ungefähr denselben Ausmaßen wie die Garage. Er enthielt eine einzige Maschine, die auf den ersten Blick wie ein Käfig aus Stäben und Drähten aussah, mit zahllosen Aufsitzstangen für irgendwelche große, flügellose Vögel — sie sah so aus, als sei sie mit alten Lappen zusammengebunden worden; doch diese Lappen hatte man vermutlich zum Reinigen verwendet, bevor Mr. Muoi und seine Helfer weggerufen worden waren. Ich entdeckte den Namen der Erzeugerfirma — eine Fabrik in Lyon — und eine Patentnummer. Ein Patent wofür? Ich schaltete den Strom ein, und die alte Maschine erwachte zum Leben: Die Stäbe dienten einem Zweck — jetzt glich die Vorrichtung einem alten Mann, der seinen letzten Funken Lebenskraft sammelt und dann mit der Faust zuschlägt, immer wieder zuschlägt ... Dieses Ding war noch immer eine Presse, obwohl es ein Zeitgenosse der ersten Kinos gewesen sein mußte. Doch in diesem Land, wo nichts jemals fortgeworfen wurde und wo jedes Ding das Ende seiner Laufbahn erleben konnte (es fiel mir ein, wie ich in einer Hintergasse von Nam Dinh den uralten Film »Raubüberfall auf den Expreßzug« über die Leinwand dahinruckeln sah und der doch Unterhaltung geboten hatte), war auch diese Presse noch verwendbar.

Ich untersuchte sie näher und entdeckte Spuren eines weißen Pulvers. Diolacton, dachte ich, hat etwas mit Milch gemeinsam. Nirgends war ein Kanister oder eine Preßform zu sehen. Ich kehrte durch das Büro in die Garage zurück. Am liebsten hätte ich dem alten Auto freundlich auf den Kotflügel geklopft; es würde wohl noch geraume Weile warten müssen, aber eines Tages konnte es auch das Ende ... Zu dieser Stunde waren Mr. Muoi und seine Mitarbeiter wahrscheinlich schon in den Reisfeldern und unterwegs zum Heiligen Berg, wo General Thé sein Hauptquartier hatte. Als ich nun schließlich die Stimme erhob und laut »Monsieur Muoi!« rief, konnte ich mir vorstellen, ich sei weit entfernt von der Garage und dem Boulevard und den Friseuren und wieder draußen in den Reisfeldern, wo ich neben der Straße nach Tanyin Zuflucht gesucht hatte. »Monsieur Muoi!« Ich konnte einen Mann sehen zwischen den Reishalmen, der den Kopf wandte.

Ich ging nach Hause, und auf dem Treppenabsatz stimmten die alten Frauen ihr Gezwitscher an, wie in einer Hecke; ich konnte es genausowenig verstehen wie das Geschwätz der Vögel ... Phuong war nicht daheim — nur ein Zettel lag da, der mir mitteilte, daß sie bei ihrer Schwester war. Ich legte mich aufs Bett — ich ermüdete noch immer rasch — und schlief ein. Als ich erwachte, war es auf dem Leuchtzifferblatt meines Weckers ein Uhr fünfundzwanzig, und ich wandte den Kopf in der Erwartung, Phuong schlafend an meiner Seite zu finden. Aber ihr Kissen wies keine Einbuchtung auf. Sie mußte die Bettlaken an jenem Tag gewechselt haben — sie hatten noch die Kälte an sich, mit der sie aus der Wäscherei gekommen waren. Ich stand auf und öffnete die Lade, wo sie ihre Schals aufbewahrte: Sie waren verschwunden. Ich trat an das Bücherregal — auch der Bildband über das Leben der königlichen Familie war nicht mehr da. Sie hatte ihre Mitgift mit sich genommen.

Im Augenblick des Schocks verspürt man wenig Schmerz, der Schmerz setzte erst gegen drei Uhr morgens ein, als ich das Leben zu planen begann, das ich nun irgendwie würde hinschleppen müssen, und Erinnerungen in mir wachzurufen anfing, um sie dann auslöschen zu können. Glückliche Erinnerungen sind die schlimmsten, und so versuchte ich es mit den unglücklichen. Ich besaß Übung, ich hatte das alles schon einmal durchgemacht. Ich wußte, daß ich imstande war, das Nötige zu tun, aber ich war jetzt so viel älter – ich fühlte, daß mir wenig Kraft geblieben war, von neuem aufzubauen.

3

Ich ging zur amerikanischen Gesandtschaft, um mit Pyle zu sprechen. Man mußte am Eingang ein Formular ausfüllen und es einem Militärpolizisten übergeben. Der Mann sagte: »Sie haben den Zweck Ihres Besuchs nicht angeführt.«

»Er wird ihn schon wissen«, erwiderte ich.

»Sie haben also eine Verabredung mit ihm?«

»So können Sie es auch nennen, wenn Sie wollen.«

»Es kommt Ihnen wahrscheinlich blödsinnig vor, aber wir müssen sehr vorsichtig sein. Hier tauchen recht sonderbare Typen auf.«

»Davon habe ich gehört.« Er schob den Kaugummi von einer Backe in die andere und stieg in den Fahrstuhl. Ich wartete. Ich hatte keine Ahnung, was ich zu Pyle sagen sollte. Eine Szene wie diese hatte ich nie zuvor gespielt. Der Polizist kam zurück. Widerwillig sagte er: »Sie können hinaufgehen. Zimmer 12 A. Erster Stock.«

Als ich den Raum betrat, sah ich, daß Pyle nicht da war. Hinter dem Schreibtisch saß Joe, der Handelsattaché: Sein Familienname war mir noch immer entfallen. Phuongs Schwester beobachtete mich von einem Schreibmaschinentischchen aus. War es Triumph, was ich in ihren braunen, habgierigen Augen las?

»Nur herein, nur herein, Tom«, rief Joe mit aufdringlicher Lautstärke. »Freut mich, Sie zu sehen. Was macht das Bein? Wir bekommen nicht oft Besuch von Ihnen in unserem kleinen Laden hier. Holen Sie sich einen Stuhl heran und erzählen Sie mir, was Sie von der neuen Offensive halten. Gestern abend traf ich Granger im ›Continental‹. Er fliegt wieder nach dem Norden. Der Kerl geht scharf ran. Wo es Neuigkeiten gibt, ist auch Granger. Nehmen Sie sich eine Zigarette. Greifen Sie zu. Miss Hei kennen Sie, ja? Kann mir all diese Namen nicht merken — zuviel für einen alten Knaben wie mich. Ich rufe sie immer ›He, Sie!‹ — ihr gefällt das. Keine Spur von dem muffigen alten Kolonialismus. Was erzählt man sich auf dem Markt, Tom? Ihr Burschen hört ja das Gras wachsen. Habe mit Bedauern von der Sache mit Ihrem Bein gehört. Alden erzählte mir davon ...«

»Wo ist Pyle?«

»Oh, Alden ist heute morgen nicht im Büro. Nehme an, er ist zu Hause. Er arbeitet eine Menge zu Hause.«

»Ich weiß, was er zu Hause tut.«

»Der Mann ist tüchtig. Eh, was sagten Sie eben?«

»Nun, ich kenne jedenfalls eines von den Dingen, die er zu Hause tut.«

»Ich verstehe Sie nicht, Tom. Der begriffsstutzige Joe — das bin ich. War ich schon immer. Werde ich immer sein.«

»Er schläft mit meiner Freundin — der Schwester Ihrer Schreibkraft.«

»Ich weiß nicht, was Sie meinen.«

»Fragen Sie sie doch. Sie hat die Sache eingefädelt. Pyle hat mir mein Mädchen weggenommen.«

»Schauen Sie, Fowler, ich dachte, Sie wären dienstlich hergekommen. Wir können hier im Büro keine Szene gebrauchen, wissen Sie.«

»Ich bin hergekommen, um mit Pyle zu reden; aber wahrscheinlich versteckt er sich vor mir.«

»Also Sie sind wohl der allerletzte, der sich eine solche Bemerkung erlauben darf — nach allem, was Alden für Sie getan hat.«

»Ja, ja, natürlich. Er hat mir das Leben gerettet, nicht wahr? Aber ich habe ihn nie darum gebeten.«

»Unter großer Gefahr für sein eigenes Leben. Der Mann hat Nerven!«

»Seine Nerven sind mir verdammt schnuppe. Andere Teile seiner Anatomie stehen jetzt wohl eher zur Debatte.«

»Also, Fowler, solche Anspielungen können wir nicht dulden, noch dazu, wenn eine Dame im Zimmer ist.«

»Die Dame und ich kennen einander sehr gut. Bei mir ist es ihr nicht gelungen, sich den Kuppelpelz zu verdienen; dafür tut sie das jetzt bei Pyle. – Schon gut! Ich weiß, daß ich mich schlecht benehme, aber ich gedenke mich weiterhin schlecht zu benehmen. Das ist eine Situation, in der sich Leute schlecht benehmen.«

»Wir haben eine Menge Arbeit, einen Bericht über die Gummiproduktion ...«

»Keine Angst! Ich gehe schon. Aber falls Pyle anruft, sagen Sie ihm, daß ich da war. Vielleicht hält er es für angebracht, meinen Besuch zu erwidern.« Zu Phuongs Schwester sagte ich: »Hoffentlich haben Sie die Vermögensübertragung durch den öffentlichen Notar, den amerikanischen Konsul und durch die ›Christian-Science-Kirche‹ beglaubigen lassen.«

Ich trat in den Gang hinaus. Gegenüber erblickte ich eine Tür mit der Aufschrift »Männer«. Ich ging hinein, verriegelte die Tür hinter mir, und, den Kopf gegen die kühle Wand gelehnt, weinte ich. Ich hatte bis dahin nicht geweint. Selbst ihre Klosetts waren mit einer Klimaanlage versehen, und augenblicklich trocknete die wohltemperierte und wohlgemischte Luft meine Tränen, wie sie den Speichel im Mund und den Samen im Leib vertrocknen läßt.

4

Ich überließ Dominguez die Geschäfte und fuhr in den Norden. In Haiphong hatte ich Freunde im Luftgeschwader Gascogne, und ich verbrachte Stunden in der Bar des Flughafens oder beim Kugelspiel auf dem Kiesweg vor dem Kommandogebäude. Offiziell war ich an der Front: Ich konnte es an Einsatzbereitschaft mit Granger aufnehmen, für meine Zeitung aber war das Unternehmen genauso wertlos wie mein Ausflug nach Phat Diem. Doch wenn man über den Krieg berichtet, erfordert es die Selbstachtung, daß man gelegentlich die Gefahr der anderen teilt.

Freilich war es nicht leicht, sie auch nur für die kürzeste Zeitspanne zu teilen, weil aus Hanoi die Weisung gekommen war, daß ich nur horizontale Angriffsflüge mitmachen durfte — Flüge, die in diesem Krieg so harmlos waren wie eine Autobusreise, weil wir über der Reichweite der schweren Maschinengewehre flogen; nichts außer einem Fehler des Piloten oder einem Motordefekt konnte uns gefährden. Wir starteten fahrplanmäßig und kehrten fahrplanmäßig zurück: Die Bombenlasten segelten schräg in die Tiefe hinab, und eine Rauchsäule stieg von der Straßenkreuzung oder der Brücke, die wir anzugreifen hatten, in Spiralen hoch, dann flogen wir zur Stunde des Aperitifs zurück und rollten die eisernen Kugeln über den Kies.

Als ich eines Vormittags im Offizierskasino der Stadt mit einem jungen Offizier, der den leidenschaftlichen Wunsch hegte, die Vergnügungsstätten auf dem Pier von Southend aufzusuchen, gerade bei Brandy und Soda saß, kam der Befehl zu einem Einsatz. »Wollen Sie mitkommen?« Ich sagte ja. Selbst ein Horizontalangriff würde geeignet sein, die Zeit und die Gedanken totzuschlagen. Auf der Fahrt zum Flughafen bemerkte er: »Heute machen wir Sturzangriffe.«

»Ich dachte, ich sei nicht zugelassen . . .«

»Solange Sie nicht darüber schreiben. Sie werden eine Gegend oben an der chinesischen Grenze kennenlernen, die Sie noch nie gesehen haben. In der Nähe von Lai Chau.«

»Ich dachte, dort ist alles ruhig — und fest in französischer Hand?«

»So war es. Aber vor zwei Tagen haben sie diesen Ort erobert. Jetzt sind unsere Fallschirmjäger nur wenige Stunden davon entfernt. Wir sollen erreichen, daß die Vietminh ihre Köpfe nicht aus ihren Löchern herausstecken können, bis wir die Stellung zurückerobert haben. Das bedeutet also Sturzflug, Tiefangriff und Maschinengewehrbeschuß. Wir können nur zwei Maschinen dafür einsetzen — eine ist gerade im Angriff. Haben Sie schon mal einen Sturzflug mitgemacht?«

»Nein.«

»Es ist ein bißchen ungemütlich, wenn man es nicht gewöhnt ist.«

Das Geschwader Gascogne verfügte nur über kleine Bomber vom Typ B 26 — die Franzosen nannten sie Prostituierte, weil angesichts ihrer kurzen Flügel nicht zu erkennen war, wie sie in ihrem Element überhaupt existieren konnten. Ich wurde in einen kleinen Metallsitz hineingepfercht, der nicht größer war als ein Fahrradsattel, so daß meine Knie an den Rücken des Copiloten stießen. Erst flogen wir, langsam Höhe gewinnend, den Roten Fluß aufwärts, und zu dieser Stunde des Tages war der Rote Fluß wirklich rot. Man fühlte sich weit in die Vergangenheit zurückversetzt und sah den Fluß mit den Augen jenes alten Geographen, der ihn erstmals so genannt hatte, zu ebensolch einer Stunde, als die sinkende Sonne den Wasserlauf von Ufer zu Ufer ausfüllte. In fast dreitausend Meter Höhe drehten wir dann zum Schwarzen Fluß ab, der tatsächlich schwarz war, voll tiefer Schatten, weil das Licht nicht mehr im richtigen Winkel einfiel, und die gewaltige, majestätische Szenerie von Schluchten, Felsabstürzen und Dschungel schwenkte herum und ragte unter uns senkrecht empor. Man hätte ein ganzes Geschwader in jene Felder von Grün und Grau werfen können, und es hätte nicht mehr Spuren hinterlassen als ein paar Münzen in einem Kornfeld. Weit vor uns schwebte gleich einer Mücke ein winziges Flugzeug. Wir waren seine Ablösung.

Zweimal kreisten wir über dem Kirchturm und dem ins Grün gebetteten Dorf, dann schraubten wir uns in den blendend hellen Himmel hinauf. Der Pilot — der Trouin hieß — wandte sich um und zwinkerte mir zu. An seinem Rad befanden sich die Auslöseknöpfe für die Bordkanone und den Bombenschacht. Als wir die Position erreichten, aus der wir den Sturzflug unternehmen wollten, packte mich plötzlich jenes Schwächegefühl in den Eingeweiden, das jedes neue Erlebnis begleitet — den ersten Tanz, die erste Einladung zum Dinner, die erste Liebe. Die Situation erinnerte mich an die große Berg-und-Tal-Bahn der Weltausstellung in Wembley — dort konnte man auch nicht aussteigen, wenn der Wagen am höchsten Punkt angelangt war: Man saß fest mit seinem Erlebnis. Als wir in den Sturzflug übergingen, konnte ich auf dem Höhenmesser gerade noch die Zahl 3000 Meter ablesen. Gefühl war jetzt alles, Schauen war unmöglich. Ich wurde gegen den Rücken des Copiloten gepreßt: Es war, als legte sich mir ein riesiges Gewicht auf die Brust. Ich verpaßte den Augenblick, als die Bomben ausgelöst wurden; dann ratterte das Bordgeschütz, und das Cockpit war erfüllt vom Gestank von Kordit, und als wir wieder höher stiegen, entfernte sich das Gewicht von meiner Brust; dafür schien mir der Magen durchzufallen, ich meinte, er stürze sich gleich einem Selbstmörder in weiten Spiralen auf jenen Boden hinab, dessen Nähe wir eben verlassen hatten. Vierzig Sekunden lang hatte Pyle nicht existiert: Selbst die Verlassenheit hatte nicht existiert. Als wir in einer weiten Kurve höher klommen, konnte ich durch das Seitenfenster eine mächtige Rauchsäule nach mir heraufdeuten sehen. Vor dem zweiten Sturzflug spürte ich Angst — die Angst vor Erniedrigung, die Angst, ich könnte mich über den Rücken des Copiloten übergeben, die Angst, meine alternden Lungen könnten dem Luftdruck nicht standhalten. Nach dem zehnten Sturzangriff empfand ich nur noch Verdruß — die Sache dauerte mir zu lange; es war Zeit, nach Hause zu fliegen. Und wieder schossen wir steil in die Höhe, heraus aus der Reichweite der Maschinengewehre, schwenkten ab, und eine Rauchsäule deutete auf uns. Das Dorf war rings von Bergen umgeben. Jedesmal mußten wir dieselbe Anflugstrecke nehmen, durch denselben Einschnitt einfliegen. Es gab keine Möglichkeit, den Angriff zu variieren. Als wir zum vierzehnten Mal hinunterbrausten, dachte ich, nunmehr befreit von der Angst vor Erniedrigung: Sie brauchen bloß ein Maschinengewehr in Stellung zu bringen. Erneut hoben wir unsere Nase in die sichere Luft — vielleicht hatten sie da unten nicht einmal ein Maschinengewehr. Die vierzig Minuten unseres Einsatzes waren mir endlos vorgekommen, aber sie waren immerhin frei von der Unannehmlichkeit privaten Nachdenkens. Die Sonne ging gerade unter, als wir uns heimwärts wandten: Der Augenblick des Geographen war vorüber, der Schwarze Fluß war nicht mehr schwarz, und der Rote Fluß war nur noch golden.

Wieder ging es steil hinab, fort von dem knorrigen und zerklüfteten Wald und gegen den Fluß hinaus; über den vernachlässigten Reisfeldern gingen wir in Horizontalflug über, zielten dann gleich einer Gewehrkugel auf einen kleinen vereinzelten Sampan, auf dem gelben Strom. Aus der Bordkanone kam ein einziger, kurzer Feuerstoß von Leuchtspurmunition, und das Wohnboot stob in einem Funkenregen auseinander: Wir warteten nicht einmal so lange, um zu sehen, ob unsere Opfer ums Überleben kämpften, sondern stiegen auf und machten uns auf den Heimweg. Wieder dachte ich, wie ich schon einmal in Phat Diem beim Anblick des toten Kindes gedacht hatte: Ich hasse den Krieg. – Unsere plötzliche, vom Zufall gelenkte Wahl einer Beute hatte etwas so Erschütterndes an sich – wir waren wie von ungefähr vorbeigekommen, ein einziger Feuerstoß hatte genügt, niemand hatte unser Feuer erwidert, wir verschwanden wieder, unser bescheidener Beitrag zu den Toten dieser Welt war geleistet.

Ich setzte meine Kopfhörer auf, weil Hauptmann Trouin mit mir sprechen wollte. Er sagte: »Wir machen einen kleinen Abstecher. Der Sonnenuntergang in *Calcaire* ist unvergleichlich schön. Sie dürfen ihn nicht versäumen«, fügte er zuvorkommend hinzu, wie ein Gastgeber, der seinem Besucher die Vorzüge seines Landbesitzes zeigt, und wir verfolgten hundert Meilen weit die sinkende Sonne über der Baie d'Along. Das behelmte, marsmenschenähnliche Gesicht blickte voll weher Sehnsucht hinaus, auf die goldenen Wäldchen zwischen den mächtigen Höckern und Kuppen aus porösem Kalkstein hinunter und die Wunden des Mordes hörten zu bluten auf.

5

An diesem Abend bestand Hauptmann Trouin darauf, im Opiumhaus mein Gastgeber zu sein, obwohl er selbst nicht rauchen wollte. Er liebe zwar den Duft, erklärte er, er liebe das Gefühl der Ruhe am Ende eines Tages, aber mit Rücksicht auf seinen Beruf dürfe die Entspannung nicht weiter gehen. Es gebe Offiziere, die Opium rauchten, doch das seien Angehörige der Armee — er müsse den nötigen Schlaf haben. Wir lagen in einer kleinen Nische in einer langen Reihe ähnlicher Abteile, die jenen im Schlafsaal einer Schule glichen, und der chinesische Besitzer des Lokals bereitete meine Pfeifen vor. Ich hatte nicht mehr geraucht, seit Phuong mich verlassen hatte. Auf der anderen Seite lag eingerollt eine Eurasierin, *Métisse* nennen die Franzosen sie, mit langen, schöngeformten Beinen, und las nach dem Rauchen nun in einer Frauenzeitschrift auf Hochglanzpapier. In der Nische neben ihr hielten zwei Chinesen mittleren Alters eine geschäftliche Besprechung ab; sie schlürften Tee, die Pfeifen hatten sie beiseite gelegt.

Ich sagte: »Dieser Sampan — heute abend —, richtete er irgendeinen Schaden an?«

»Wer weiß?« entgegnete Trouin. »Jedenfalls haben wir Befehl, in diesem Abschnitt des Flusses auf alles zu schießen, was in Sicht kommt.«

Ich rauchte meine erste Pfeife. Ich versuchte, nicht an all die Pfeifen zu denken, die ich daheim in Saigon geraucht hatte. Trouin sagte: »Die heutige Sache — die ist für einen Mann wie mich nicht das Ärgste. Über dem Dorf hätten sie uns abschießen können. Unser Risiko war genauso groß wie das ihre. Was ich hasse, sind Napalmbomben. Aus tausend Meter Höhe, in völliger Sicherheit.« Er machte eine verzweifelte Handbewegung. »Man sieht, wie der Wald Feuer fängt. Weiß der Himmel, was man am Boden selbst sieht. Die armen Teufel verbrennen bei lebendigem Leib, die Flammen rinnen wie Wasser an ihnen hinab. Sie sind durchnäßt von Feuer.« Voll Zorn gegen eine ganze Welt, die nicht verstand, sagte er: »Ich kämpfe nicht in einem Kolonialkrieg. Glauben Sie, ich würde diese Dinge für die Plantagenbesitzer von Terre Rouge tun? Lieber ließe ich mich vors Kriegsgericht stellen. Wir führen alle eure Kriege, die Verantwortung aber überlaßt ihr uns!«

»Zum Beispiel für diesen Sampan«, sagte ich.

»Ja, auch für diesen Sampan.« Er beobachtete mich, wie ich mich in Erwartung der zweiten Pfeife ausstreckte. »Ich beneide Sie um Ihre Möglichkeit der Flucht.«

»Sie wissen nicht, wovor ich auf der Flucht bin. Es ist nicht der Krieg. Der geht mich nichts an. Ich bin nicht daran beteiligt.«

»Sie werden es noch alle sein. Eines Tages.«

»Ich nicht.«

»Sie hinken immer noch.«

»Die Vietminh hatten das Recht, auf mich zu schießen. Aber das taten sie nicht einmal. Sie sprengten einen Turm in die Luft. Man sollte Zerstörungstrupps immer aus dem Weg gehen. Selbst in Piccadilly.«

»Eines Tages wird etwas geschehen. Sie werden Partei ergreifen.«

»Nein, ich gehe nach England zurück.«

»Die Fotografie, die Sie mir einmal zeigten ...«

»Ach, die habe ich zerrissen. Sie hat mich verlassen.«

»Das tut mir leid ...«

»So geht es nun mal. Man selbst verläßt Menschen, und dann wendet sich das Blatt. Es läßt mich fast an Gerechtigkeit glauben.«

»*Ich* glaube daran. Als ich zum erstenmal eine Napalmbombe abwarf, dachte ich: Das ist das Dorf, in dem du geboren bist. Dort wohnt Monsieur Dubois, der alte Freund deines Vaters. Der Bäcker — als Kind hatte ich den Bäcker sehr ins Herz geschlossen — rennt dort unten in den Flammen, die ich abgeworfen habe. Die Männer der Vichy-Regierung bombardierten nicht ihr eigenes Land. Ich kam mir schlechter vor als sie.«

»Trotzdem machen Sie weiter.«

»Das sind so Stimmungen. Sie kommen nur beim Napalm. In der übrigen Zeit denke ich, daß ich Europa verteidige. Wissen Sie, die anderen — die tun auch etliche grauenhafte Dinge. Als sie 1946 aus Hanoi vertrieben wurden, ließen sie unter ihren eigenen Leuten — unter den Leuten, von denen sie annahmen, daß sie uns unterstützt hatten — entsetzliche Erinnerungsmale zurück. Im Leichenschauhaus lag eine junge Frau, der hatten sie nicht nur die Brüste weggeschnitten, nein, sie verstümmelten auch ihren Liebhaber und stopften ihr seinen ...«

»Deshalb will ich hier nicht hineingezogen werden.«

»Das hat mit Vernunft oder Gerechtigkeit gar nichts zu tun. In einem Augenblick der Gemütserregung werden wir alle hineingezogen, und dann kommen wir nicht mehr heraus. Krieg und Liebe — die beiden sind immer miteinander verglichen worden.« Traurig blickte er in dem Schlafsaal zur *Métisse* hinüber, die in ihrem tiefen vorübergehenden Frieden nun ausgestreckt dalag. »Ich möchte es gar nicht anders haben«, sagte er. »*Dort* ist eine junge Frau, die schon durch die Eltern hineingezogen wurde — wie wird ihre Zukunft aussehen, wenn diese Hafenstadt fällt? Frankreich ist nur zur Hälfte ihre Heimat ...«

»Wird die Stadt fallen?«

»Sie sind Journalist. Sie wissen besser als ich, daß wir nicht gewinnen können. Sie wissen, daß die Straße nach Hanoi Nacht für Nacht unterbrochen und vermint wird. Sie wissen, daß wir jedes Jahr einen ganzen Jahrgang von St. Cyr verlieren. 1950 wären wir um ein Haar geschlagen worden. De Lattre hat uns eine Gnadenfrist von zwei Jahren erwirkt — das ist alles. Doch wir sind Berufssoldaten: Wir müssen weiterkämpfen, bis uns die Politiker sagen, wir sollen aufhören. Wahrscheinlich werden sie sich eines Tages zusammensetzen und auf einen Frieden einigen, den wir von Anfang an hätten haben können, und damit all diese Jahre unsinnig erscheinen lassen.« Sein häßliches Gesicht, das mir vor dem Sturzflug zugezwinkert hatte, trug jetzt einen Ausdruck berufsmäßiger Brutalität — wie eine Faschingsmaske, aus deren Löchern zwei Kinderaugen hervorspähen. »Diesen Unsinn würden Sie nicht begreifen, Fowler. Sie sind nicht einer von uns.«

»Es gibt andere Dinge im Leben, die die Jahre unsinnig erscheinen lassen.«

In einer seltsam beschützenden Geste, als wäre er der Ältere, legte er mir die Hand aufs Knie. »Nehmen Sie sie mit nach Hause«, sagte er. »Das ist besser als eine Pfeife.«

»Woher wissen Sie, daß sie mitkommen würde?«

»Weil ich schon mit ihr geschlafen habe, und ebenso Leutnant Perrin. Fünfhundert Piaster.«

»Teuer.«

»Ich nehme an, sie würde auch um dreihundert mitgehen, aber unter den gegebenen Umständen mag man nicht handeln.«

Doch sein Rat erwies sich nicht als klug. Der Körper eines Mannes findet seine Begrenzung in den Taten, die er vollbringen kann, und der meine war durch die Erinnerung erstarrt. Was meine Hände in jener Nacht berührten, mochte schöner sein, als ich es gewohnt war, doch es ist nicht nur die Schönheit, die uns gefangennimmt. Sie verwendete das gleiche Parfum — und plötzlich, gerade im Augenblick des Eindringens, erwies sich der Geist jener anderen, die ich verloren hatte, als mächtiger denn dieser Körper, der sich meiner Lust darbot. Ich rückte weg und lag auf dem Rücken, während mein Begehren versiegte.

»Entschuldige«, sagte ich und log: »Ich weiß nicht, was heute mit mir los ist.«

Sie sagte sehr süß und voll Mißverständnis: »Mach dir nichts daraus. So was kommt vor. Es ist das Opium.«

»Ja«, sagte ich, »das Opium.« Und ich wünschte von Herzen, es wäre so gewesen.

Zweites Kapitel

1

Seltsam war es, zum erstenmal nach Saigon zurückzukehren, ohne daß mich jemand willkommen hieß. Am Flughafen wünschte ich, ich hätte dem Taxichauffeur einen anderen Bestimmungsort angeben können als die Rue Catinat. Ich dachte bei mir: Ist der Schmerz jetzt ein wenig geringer als bei meiner Abreise? Und ich suchte mir einzureden, daß es so war. Als ich den Treppenabsatz erreichte, sah ich, daß meine Wohnungstür offenstand, und eine unsinnige Hoffnung benahm mir den Atem. Sehr langsam näherte ich mich der Tür. Bis ich sie erreichte, würde die Hoffnung lebendig bleiben. Ich hörte einen Stuhl knarren, und als ich in die Tür trat, erblickte ich ein Paar Schuhe, aber es waren keine Damenschuhe. Ich ging schnell hinein, und fand Pyle vor, der unbeholfen sein Gewicht aus jenem Stuhl hob, den Phuong früher immer benützt hatte.

Er sagte: »Hallo, Thomas.«

»Hallo, Pyle. Wie sind Sie hier hereingekommen?«

»Ich traf Dominguez. Er brachte gerade Ihre Post. Ich bat ihn, hierbleiben zu dürfen.«

»Hat Phuong etwas vergessen?«

»O nein, aber Joe sagte mir, Sie wären in der Gesandtschaft gewesen. Ich dachte mir, hier läßt es sich leichter reden.«

»Worüber?«

Er machte eine hilflose Geste, wie ein Junge, der bei einer Schulfeier eine Ansprache halten soll und die Worte der Erwachsenen nicht finden kann. »Sie sind fortgewesen?«

»Ja. Und Sie?«

»Ach, ich bin herumgereist.«

»Spielen Sie immer noch mit Kunststoff?«

Er grinste unglücklich und sagte: »Ihre Briefe liegen dort drüben.«

Ein Blick genügte, um festzustellen, daß nichts darunter

war, was mich jetzt hätte interessieren können: Ein Schreiben kam von meiner Redaktion in London, etliche andere sahen wie Rechnungen aus, und eines war von meiner Bank. »Wie geht's Phuong?« sagte ich.

Sein Gesicht begann unwillkürlich zu strahlen — wie eines jener elektrischen Spielzeuge, die auf einen bestimmten Laut reagieren. »Oh, glänzend«, sagte er, und dann preßte er die Lippen zusammen, als sei er zu weit gegangen.

»Setzen Sie sich, Pyle«, sagte ich. »Entschuldigen Sie, daß ich mir rasch diesen Brief ansehe. Er kommt von meiner Redaktion.«

Ich öffnete ihn. Wie ungelegen kann doch das Unerwartete kommen. Der Chefredakteur schrieb, daß er sich meinen letzten Brief durch den Kopf hatte gehen lassen, und daß er in Anbetracht der verworrenen Lage in Indochina, die durch den Tod General De Lattres und den Rückzug aus Hoa Binh entstanden sei, meinen Erwägungen beipflichtete. Er hatte vorläufig einen Auslandsredakteur eingesetzt und wollte, daß ich noch mindestens ein Jahr in Indochina blieb. »Wir werden Ihnen Ihren Platz warmhalten«, versicherte er mir in völliger Verkennung der Lage. Er glaubte, mir lag etwas an dem Job und an der Zeitung.

Ich setzte mich Pyle gegenüber und las noch einmal den Brief, der zu spät gekommen war. Für einen Augenblick war ich in gehobener Stimmung gewesen, wie im Moment des Aufwachens, ehe die Erinnerungen wiederkehrten.

»Schlechte Nachrichten?« fragte Pyle.

»Nein.« Ich sagte mir, daß es ohnehin keinen Unterschied gemacht hätte: Ein Aufschub von einem Jahr konnte gegen einen Ehekontrakt nicht aufkommen.

»Sind Sie schon verheiratet?« fragte ich.

»Nein.« Er errötete — er hatte eine große Gewandtheit im Erröten. »Ich hoffe nämlich, eine Sondergenehmigung zu bekommen. Dann könnten wir zu Hause heiraten — in ordentlicher Form.«

»Ist es ordentlicher, wenn es zu Hause geschieht?«

»Nun, ich habe mir gedacht — es ist so schwer, Ihnen

diese Dinge zu sagen, Thomas, Sie sind so verdammt zynisch, aber ich habe mir gedacht, es wäre ein Zeichen der Achtung. Meine Eltern würden dabei sein – Phuong würde gewissermaßen in die Familie aufgenommen werden. Das wäre wichtig im Hinblick auf die Vergangenheit.«

»Die Vergangenheit?«

»Sie wissen schon, was ich meine. Ich möchte sie nicht mit einem Stigma behaftet dort zurücklassen...«

»Würden Sie sie zurücklassen?«

»Ich denke schon. Meine Mutter ist eine wunderbare Frau – sie würde sie überall einführen und bekanntmachen, wissen Sie, sie sozusagen in unsere Gesellschaft einpassen. Sie würde ihr helfen, für mich ein Heim vorzubereiten.«

Ich war mir nicht im klaren, ob ich Phuong bedauern sollte oder nicht – sie hatte sich schon so auf die Wolkenkratzer und die Freiheitsstatue gefreut; aber sie hatte so wenig Ahnung, was sie mit sich bringen würden: Professor Pyle und Mrs. Pyle, die Damenklubs; würde man sie Canasta spielen lehren? Ich dachte daran, wie sie an jenem Abend im »Grand Monde« in ihrem weißen Kleid ausgesehen, mit welch erlesener Grazie sich sich auf ihren achtzehn Jahre alten Füßen bewegt hatte, und ich dachte daran, wie sie vor einem Monat in den Fleischerläden am Boulevard de la Somme um den Braten gefeilscht hatte. Ob ihr wohl die hellen, blitzsauberen Lebensmittelgeschäfte von New England gefallen würden, wo selbst der Sellerie in Zellophan verpackt war? Vielleicht. Ich konnte es nicht sagen. Seltsamerweise ertappte ich mich dabei, daß ich zu Pyle nun das sagte, was er vor einem Monat hätte sagen können: »Seien Sie rücksichtsvoll zu ihr, Pyle. Suchen Sie nichts zu erzwingen. Sie ist ebenso verwundbar wie Sie oder ich.«

»Selbstverständlich, Thomas. Selbstverständlich.«

»Sie sieht so zart und zerbrechlich aus, so ganz anders als unsere Frauen, aber betrachten Sie sie nicht als – als ein Ornament.«

»Es ist komisch, Thomas, wie anders sich die Dinge oft entwickeln. Ich hatte diese Unterredung gefürchtet. Ich dachte, Sie würden grob werden.«

»Droben im Norden hatte ich Zeit zum Nachdenken. Dort war eine Frau ... Vielleicht sah ich dort, was Sie in jenem Bordell sahen. Es ist gut, daß Phuong zu Ihnen ging. Womöglich hätte ich sie eines Tages mit einem Menschen wie Granger zurückgelassen — als seine Puppe.«

»Und wir können Freunde bleiben, Thomas?«

»Ja, natürlich. Nur möchte ich Phuong lieber nicht mehr sehen. Und hier ist ohnehin mehr als genug von ihr vorhanden. Ich muß mir eine andere Wohnung suchen — sobald ich dazu Zeit finde.«

Er entwirrte die überkreuzten Beine und stand auf. »Ich bin so froh, Thomas. Ich kann Ihnen gar nicht sagen, wie froh ich bin. Ich weiß, ich habe das schon einmal gesagt, aber ich wünschte wahrhaftig, es hätte nicht ausgerechnet Sie getroffen.«

»Und ich bin froh, daß Sie es sind, Pyle.« Die Unterredung war anders verlaufen, als ich vorgehabt hatte: Auf einer tieferliegenden Ebene, unter den vom Zorn diktierten oberflächlichen Absichten, mußte sich der wahre Aktionsplan geformt haben. Während der ganzen Zeit, in der mich seine Einfalt erbittert hatte, war in mir gleichsam ein Richter damit beschäftigt gewesen, den Fall zu seinen Gunsten nochmals zusammenzufassen, hatte er Pyles Idealismus, seine unausgebackenen Gedanken, die den Büchern York Hardings entsprangen, mit meinem Zynismus verglichen. Oh, was die Tatsachen anlangte, hatte ich recht, aber hatte nicht auch er recht damit, jung und im Irrtum zu sein, und war er für ein Mädchen nicht vielleicht ein besserer Gefährte fürs Leben?

Wir schüttelten einander flüchtig die Hand, ein unbestimmtes Angstgefühl aber veranlaßte mich, ihm bis zur Treppe zu folgen und von dort aus nachzurufen. Vielleicht sprach in diesem inneren Gerichtshof, wo die wirklichen Entscheidungen gefällt werden, neben dem Richter auch ein Prophet, denn ich sagte: »Pyle, vertrauen Sie York Harding nicht allzusehr.«

»Harding!« Er starrte vom unteren Treppenabsatz zu mir herauf.

»Wir sind die alten Kolonialmächte, Pyle, aber wir haben ein wenig von der Realität gelernt, haben gelernt, nicht mit Streichhölzern zu spielen. Diese Dritte Kraft – die stammt aus einem Buch, weiter nichts. General Thé ist nichts als ein Bandit mit ein paar tausend Anhängern: Er ist keine nationale Demokratie.«

Es war, als hätte er die ganze Zeit durch einen Briefschlitz zu mir herausgespäht um zu sehen, wer vor der Tür stand, und nun, als er die Klappe herunterfallen ließ, den unerwünschten Eindringling ausgesperrt. Seine Augen waren nicht zu sehen. »Ich weiß nicht, was Sie meinen, Thomas.«

»Diese Fahrradbomben. Die waren ein netter Scherz, obwohl ein Mann dabei einen Fuß verlor. Aber Leuten wie General Thé kann man nicht trauen, Pyle. Die werden den Osten bestimmt nicht vor dem Kommunismus retten. Wir kennen diese Sorte.«

»Wir?«

»Wir, die alten Kolonialisten.«

»Ich dachte, Sie nehmen nicht Partei.«

»Das tue ich auch nicht, Pyle, aber wenn in Ihrem Laden schon jemand etwas verpfuschen muß, dann überlassen Sie das lieber Joe. Fahren Sie heim mit Phuong. Vergessen Sie die Dritte Kraft.«

»Ich schätze natürlich Ihre Ratschläge immer sehr, Thomas«, sagte er steif. »Also, wir sehen uns ja wieder.«

»Ich denke wohl.«

2

Die Wochen vergingen, aber irgendwie hatte ich noch keine neue Wohnung auftreiben können. Nicht, weil ich keine Zeit gehabt hätte. Die alljährliche kritische Phase des Krieges war wieder einmal vorübergegangen. Der *Crachin*, ein heißer, feuchter Wind, hatte vom Norden Besitz ergriffen: die Franzosen waren aus Hoa Binh verdrängt worden, in Tonkin war die Reisernte eingebracht worden, und in Laos die Opiumernte. Was im Süden zu tun war, konnte Dominguez spielend allein erledigen. Endlich raffte ich mich auf, mir ein Apartment in einem sogenannten modernen Gebäude (Pariser Ausstellung 1934?) anzusehen. Es lag am oberen Ende der Rue Catinat, jenseits des Hotels Continental, und war die Absteige eines Gummiplantagenbesitzers, der die Absicht hatte, nach Frankreich zurückzukehren. Er wollte die Wohnung mit allem Drum und Dran verkaufen. Ich habe mich immer gefragt, was ein Drum und Dran miteinschließt: Nun, dieses enthielt eine große Zahl von Kupferstichen aus dem Pariser Salon der Jahre 1880 bis 1900. Ihr größter gemeinsamer Faktor war eine vollbusige Dame mit einer ungewöhnlichen Frisur und einem kunstvoll drapierten Gewand aus dünnem Netzstoff, das irgendwie stets den Spalt des umfangreichen Gesäßes, dem Blick des Beschauers preisgab, während es das eigentliche Schlachtfeld geschickt verbarg. Im Badezimmer war der Plantagenbesitzer mit seinen Reproduktionen von Rops eher kühner gewesen.

»Sie sind Kunstliebhaber?« fragte ich, und er bedachte mich mit einem schmutzigen Grinsen, als seien wir zwei Verschwörer. Er war ein untersetzter Mann mit einem kleinen schwarzen Schnurrbärtchen und schütterem Haar.

»Meine besten Bilder befinden sich in Paris«, sagte er.

Im Wohnzimmer stand ein eigenartiger, hoher Aschenbecher in Gestalt einer nackten Frau, die im Haar eine Schale trug. Es gab Porzellanfiguren von nackten Mädchen, die Tiger umarmten, und die sehr sonderbare Statue eines bis zu den Hüften entkleideten Mädchens auf einem Fahrrad. Im Schlafzimmer hing an der Wand gegenüber dem riesigen Bett ein großes lasiertes Ölgemälde von zwei Frauen, die miteinander schliefen. Ich fragte ihn, wieviel das Apartment ohne seine Sammlung kosten würde; doch er war nicht gesonnen, die beiden getrennt abzugeben.

»Sie sind kein Sammler?« fragte er.

»Nein, eigentlich nicht.«

»Ich habe auch ein paar Bücher«, sagte er, »die ich umsonst dazugeben würde, obwohl ich sie eigentlich nach Frankreich mitnehmen wollte.« Er schloß die Glastür eines Bücherschranks auf und zeigte mir seine Bibliothek — bestehend aus kostspieligen illustrierten Ausgaben von »Aphrodite« und »Nana«, ferner »La Garçonne« und sogar mehreren Bänden von Paul de Kock. Ich war versucht, ihn zu fragen, ob er mit seiner Sammlung auch sich selbst verkaufen würde: Er paßte zu ihr, auch er entsprach dem Geist jener Zeit. »Wenn Sie allein in den Tropen leben, ersetzt eine Sammlung die fehlende Gesellschaft.«

Ich dachte an Phuong, eben wegen ihrer völligen Abwesenheit. So ist es stets: Wenn man in die Wüste entflieht, schreit einem die Stille ins Ohr.

»Meine Zeitung würde mir kaum die Anschaffung einer Kunstsammlung gestatten.«

»Sie würde natürlich auf der Zahlungsbestätigung nicht aufscheinen«, sagte er.

Ich war froh, daß Pyle ihn nicht gesehen hatte: Der Mann hätte leicht seine Züge Pyles Phantasiebild vom »alten Kolonialisten« leihen können, das auch ohne ihn schon abstoßend genug war. Als ich aus dem Haus trat, war es nahezu halb zwölf, und ich ging bis zum »Pavillon« hinab, um ein Glas eisgekühltes Bier zu trinken. Im »Pavillon« trafen sich europäische und amerikanische Frauen zum Kaffee, und ich war sicher, Phuong dort nicht zu sehen. Ja, ich wußte genau, wo sie sich um diese Stunde üblicherweise aufhielt — sie war keine Frau, die mit liebgewordenen Gewohnheiten brach. Deshalb hatte ich, als ich aus dem Haus des Plantagenbesitzers kam, die Straße überquert, um der Milchbar auszuweichen, wo Phuong um diese Zeit ihre Schokolade mit Malz trank. Am Nebentisch saßen zwei junge Amerikanerinnen, adrett und sauber trotz der Hitze, und löffelten Eiscreme. Beide hatten eine Handtasche über die linke Schulter geschlungen, und die Taschen sahen ganz gleich aus, auf jeder prangte ein Messingadler. Auch ihre langen, schlanken Beine sahen gleich aus, ebenso ihre Nasen, die eine Spur aufgebogen waren. Die beiden aßen ihre Eiscreme mit einer Konzentration, als ob sie im Laboratorium ihres College ein chemisches Experiment machten. Ich überlegte, ob sie Kolleginnen von Pyle waren: Sie waren bezaubernd, und ich wollte auch sie nach Hause schicken. Jetzt waren sie fertig, und eine von den beiden blickte auf die Uhr. »Ich glaube, wir sollten gehen«, sagte sie, »um ganz sicher zu sein.« Müßig überlegte ich, was für eine Verabredung sie haben mochten.

»Warren sagte, wir dürfen nicht länger als bis elf Uhr fünfundzwanzig hierbleiben.«

»Das ist schon vorbei.«

»Es wäre aufregend, dazubleiben. Ich habe keine Ahnung, was eigentlich los ist. Weißt du es?«

»Nicht genau. Aber Warren meinte, wir sollten lieber nicht bleiben.«

»Glaubst du, ist es eine Demonstration?«

»Ach, ich habe schon so viele Demonstrationen gesehen«, sagte die andere gelangweilt wie eine Touristin, die der Kirchenbesichtigungen überdrüssig ist. Sie erhob sich und legte das Geld für die Eiscreme auf den Tisch. Ehe sie fortging, sah sie sich im Café um, und die zahlreichen Spiegel fingen ihr Profil aus jedem sommersprossigen Winkel auf. Nun saß nur noch ich im Lokal, und außer mir eine reizlose ältliche Französin, die sich umständlich, aber erfolglos das Gesicht bemalte. Jene beiden hatten Make-up kaum nötig, nur rasch ein wenig Lippenstift und mit einem Kamm durchs Haar gefahren. Einen Moment lang ruhte der Blick der einen auf mir — es war nicht der Blick einer Frau, sondern der eines Mannes, offen und gerade, mit dem sie irgendeine Vorgehensweise zu überlegen schien. Dann wandte sie sich mit einer schnellen Bewegung ihrer Begleiterin zu. »Komm, wir müssen gehen.« Gleichgültig blickte ich ihnen nach, während sie Seite an Seite auf die im Sonnenglanz liegende Straße hinaustraten. Es war unmöglich, sich eine von beiden als Opfer einer zügellosen Leidenschaft vorzustellen: Zerknüllte Bettücher und der Schweiß von Sex gehörten nicht zu ihnen. Nahmen sie vielleicht Deodorants mit sich ins Bett? Ich stellte fest, daß ich sie einen Augenblick lang um ihre sterilisierte Welt beneidete, so verschieden von jener, die ich bewohnte — und die jetzt mit einem Schlag und auf unerklärliche Art in Trümmer sank. Zwei von den Wandspiegeln kamen auf mich zugeflogen und zerbarsten auf halbem Weg. Die abgetakelte Französin lag inmitten zertrümmerter Stühle und Tische auf den Knien. Ihre Puderdose lag offen und unbeschädigt in meinem Schoß, und seltsamerweise saß ich genauso da wie zuvor, obwohl mein Tisch sich zu dem Trümmerhaufen rings um die Französin gesellt hatte. Ein eigenartiges Geräusch, wie in einem Garten, erfüllte das Café: das gleichmäßige Tropfen eines Brunnens, und als ich zur Theke hinüberblickte, sah ich dort Reihen zerborstener Flaschen, die ihren Inhalt in einem bunten Strom über den Boden des Lokals ergossen — das Rot von Portwein, das Orange von Cointreau, das Grün von Chartreuse, das wolkigtrübe Gelb von Pastis. Die Französin setzte sich auf und sah sich in aller Ruhe nach ihrer Puderdose um. Ich gab sie ihr, worauf sie mir, noch immer auf dem Boden sitzend, förmlich dankte. Ich merkte, daß ich sie nur undeutlich hören konnte. Die Explosion war so nahe gewesen, daß mein Trommelfell sich erst vom Luftdruck erholen mußte.

Ziemlich verärgert dachte ich: Schon wieder so ein Scherz mit dem Kunststoff! Was für eine Zeitungsmeldung erwartete Mr. Heng jetzt von mir? Doch als ich die Place Garnier erreichte, erkannte ich an den schweren Rauchwolken, daß es diesmal kein Scherz war. Der Qualm kam von den brennenden Autos auf dem Parkplatz vor dem Nationaltheater. Autotrümmer lagen über den ganzen Platz verstreut, und am Rande des Ziergartens lag zuckend ein Mann, dem die Beine fehlten. Aus der Rue Catinat und vom Boulevard Bonnard drängten sich Menschenmengen heran. Das Sirenengeheul der Polizeiautos, das Glockengeläute der Krankenwagen und Feuerwehrautos drang nur gedämpft an meine benommenen Ohren. Einen Augenblick lang hatte ich vergessen, daß Phuong in der Milchbar auf der anderen Seite des Platzes gewesen sein mußte. Rauch lag dazwischen. Ich konnte nicht hindurchsehen.

Als ich auf den Platz hinaustrat, hielt mich ein Polizist an. Die Polizei hatte rund um den Rand des Platzes einen Kordon gezogen, um ein weiteres Anwachsen der Menschenmenge zu verhindern, und es tauchten bereits die ersten Sanitäter mit Tragbahren auf. Ich flehte den Polizisten vor mir an: »Lassen Sie mich hinüber. Ich habe drüben eine Bekannte ...«

»Zurück«, sagte er. »Jeder hier hat Bekannte.«

Er trat beiseite, um einen Priester durchzulassen, und ich versuchte, diesem zu folgen, aber der Polizist zog mich zurück. Ich sagte: »Presse«, und suchte vergebens nach meiner Brieftasche, in der ich meinen Ausweis hatte, aber ich konnte sie nicht finden. War ich heute früh ohne sie ausgegangen? Ich bat: »Sagen Sie mir wenigstens, was mit der Milchbar passiert ist«: Der Qualm begann sich zu verziehen, und ich versuchte hinüberzuschauen, aber die Menge, die sich vor mir angesammelt hatte, war zu groß. Der Polizist sagte etwas, was ich nicht verstand.

»Wie bitte?«

Er wiederholte: »Ich weiß es nicht. Treten Sie zurück. Sie versperren den Sanitätern den Weg.«

Konnte ich meine Brieftasche im »Pavillon« verloren haben? Ich machte gerade kehrt, um zurückzugehen, da stand Pyle vor mit. »Thomas«, rief er aus.

»Pyle«, sagte ich, »um Gottes willen, wo haben Sie Ihren Diplomatenpaß? Wir müssen auf die andere Seite hinüber. Phuong ist in der Milchbar.«

»Nein, nein«, sagte er.

»Bestimmt ist sie dort, Pyle. Sie geht immer hin. Um halb zwölf. Wir müssen sie suchen.«

»Sie ist nicht dort, Thomas.«

»Wieso wissen Sie das? Wo ist Ihr Paß?«

»Ich habe sie davor gewarnt, hinzugehen.«

Ich wandte mich wieder dem Polizisten zu, den ich beiseite stoßen wollte, um dann quer über den Platz zu rennen: Vielleicht würde er schießen; es kümmerte mich nicht — und dann erreichte das Wort »gewarnt« mein Bewußtsein. Ich faßte Pyle am Arm. »Gewarnt?« sagte ich. »Was soll das heißen: gewarnt?«

»Ich sagte ihr, sie soll sich heute vormittag fernhalten.«

Jetzt fügte sich plötzlich ein Teil zum andern wie in einem Zusammensetzspiel. »Und Warren?« fragte ich. »Wer ist Warren? Er warnte diese jungen Damen.«

»Ich verstehe nicht.«

»Unter den Amerikanern darf es keine Verluste geben, so ist es doch?«

Ein Ambulanzwagen erzwang sich den Weg durch die Rue Catinat herauf und schwenkte in den Platz ein. Der Polizist, der mich angehalten hatte, trat zur Seite, um ihn durchzulassen. Der nächste Polizist war in eine Auseinandersetzung verwickelt. Ich stieß Pyle vor mir her in den Platz hinein, bevor man mich aufhalten konnte.

Wir befanden uns bald inmitten einer Trauergemeinde. Die Polizei konnte zwar weiteren Menschen den Zutritt zum Platz verwehren, sie besaß aber nicht die Macht, den Platz selbst von den Überlebenden und den Neugierigen zu säubern, die schon vor ihr eingetroffen waren. Die Ärzte hatten soviel zu tun, daß sie sich um die Toten gar nicht kümmerten, und so wurden diese ihren Besitzern überlassen, denn man kann einen Toten genauso besitzen, wie man einen Stuhl besitzt. Eine Frau hockte auf dem Boden und hielt im Schoß das, was von ihrem Baby übriggeblieben war; in einer Art Schamhaftigkeit hatte sie es mit ihrem Bauernstrohhut bedeckt. Still und schweigend saß sie da.

Was mich auf dem Platz am meisten beeindruckte, war die Stille. Es war wie in einer Kirche, die ich einst während der Messe besucht hatte — die einzigen Geräusche kamen von jenen, die ihren Dienst versahen, nur da und dort hörte man Europäer schluchzen und flehen und wieder verstummen, als ob die Zurückhaltung, die Geduld und die Würde des Ostens sie beschämt hätten. Der beinlose Torso am Rande der Grünanlage zuckte noch immer, wie ein Huhn, das seinen Kopf verloren hat. Nach dem Hemd des Mannes zu schließen, war er wahrscheinlich ein Rikschalenker gewesen.

Pyle sagte: »Es ist grauenhaft.« Er blickte auf die feuchten Flecken an seinen Schuhen und fragte mit Übelkeit in der Stimme: »Was ist das?«

»Blut«, sagte ich. »Haben Sie noch nie Blut gesehen?«

»Ich muß mir die Schuhe putzen lassen, bevor ich den Gesandten aufsuche«, sagte er. Ich glaube, es war ihm gar nicht bewußt, was er redete. Er sah zum erstenmal den wirklichen Krieg: Er war im Boot nach Phat Diem gefahren, in einer Art Schuljungentraum; und Soldaten zählten in seinen Augen ohnehin nicht.

Die Hand auf seiner Schulter zwang ich ihn, sich umzusehen. »Um diese Zeit ist der Platz stets voll von Frauen und Kindern — es ist die Einkaufszeit«, sagte ich, »warum wählte man ausgerechnet diese Stunde?«

Er antwortete matt: »Es hätte eine Parade stattfinden sollen.«

»Und Sie hofften, ein paar Offiziere zu erwischen. Aber die Parade wurde gestern abgesagt, Pyle.«

»Das wußte ich nicht.«

»Das wußten Sie nicht!« Ich stieß ihn in eine Blutlache; eine Tragbahre hatte sie hinterlassen, die vorhin dort gestanden hatte. »Sie sollten besser informiert sein.«

»Ich war nicht in der Stadt«, sagte er, während er seine Schuhe betrachtete. »Man hätte die Sache abblasen sollen.«

»Und auf den Spaß verzichten?« fragte ich ihn. »Erwarten Sie denn, daß General Thé sich die Gelegenheit zu einer solchen Demonstration entgehen läßt? Das ist doch noch besser als eine Parade. Frauen und Kinder sind eine Sensation im Krieg, Soldaten sind es nicht. Das hier kommt in die Weltpresse. Sie haben General Thé ordentlich bekannt gemacht, Pyle. Und die Dritte Kraft und die nationale Demokratie haben Sie an Ihrem rechten Schuh kleben. Gehen Sie nach Hause zu Phuong und erzählen Sie ihr von Ihrer Heldentat — es gibt jetzt ein paar Dutzend ihrer Landsleute weniger, um die man sich Sorgen machen muß.«

Ein kleiner, dicker Priester hastete vorüber; er trug etwas in einer Schüssel, die mit einer Serviette bedeckt war. Pyle war schon lange verstummt, und ich hatte nichts mehr zu sagen. Ich hatte schon viel zuviel gesagt. Er sah bleich und gebrochen aus und schien einer Ohnmacht nahe. Ich dachte: Was hat es für einen Sinn? Er wird immer harmlos sein. Man kann die Harmlosen nicht tadeln, denn sie sind stets unschuldig. Man kann sie nur zügeln oder ausmerzen. Unschuld ist eine Form des Wahnsinns.

Er sagte: »Thé hätte das nicht getan. Ich bin überzeugt, daß er es nicht getan hätte. Es muß ihn jemand getäuscht haben. Die Kommunisten ...«

Er war bis zur Unverwundbarkeit gepanzert mit seinen guten Absichten und seiner Unwissenheit. Ich ließ ihn auf dem Platz stehen und ging die Rue Catinat hinauf, bis dorthin, wo die scheußliche rosarote Kathedrale den Weg versperrte. Die Menschen strömten schon in Scharen hinein. Es muß ihnen ein Trost gewesen sein, für die Toten zu den Toten beten zu können.

Zum Unterschied von ihnen hatte ich allen Grund zur Dankbarkeit, denn war nicht Phuong am Leben geblieben? War sie nicht »gewarnt« worden? Doch was meine Erinnerung behielt, war der Torso auf dem Platz, das Baby im Schoß der Mutter. Sie waren nicht gewarnt worden: Sie waren nicht so wichtig gewesen. Und selbst wenn die Parade stattgefunden hätte, wären sie nicht genauso dort gewesen, aus Neugierde, um die Soldaten zu sehen und die Ansprachen zu hören und Blumen zu streuen? Eine hundert Kilogramm schwere Bombe macht keine Unterschiede. Wie viele tote Offiziere rechtfertigen den Tod eines Kindes oder eines Rikschalenkers, wenn man eine nationaldemokratische Front errichtet? Ich hielt eine Motor-Riksche an und wies den Fahrer an, mich zum Quai Mytho zu bringen.

Vierter Teil

Erstes Kapitel

Ich hatte Phuong Geld für einen Kinobesuch mit ihrer Schwester gegeben, um völlig ungestört zu sein. Ich selbst ging mit Dominguez zum Dinner aus, kam aber rechtzeitig in meine Wohnung zurück und wartete bereits, als Vigot kurz vor zehn erschien. Er entschuldigte sich, daß er keinen Drink nahm — er sei zu müde, meinte er, und ein Drink würde ihn einschläfern; er habe einen sehr langen Tag hinter sich.

»Mord und plötzlicher Tod?«

»Nein. Kleine Gelegenheitsdiebstähle. Und ein paar Selbstmorde. Diese Leute sind leidenschaftliche Spieler, und wenn sie alles verloren haben, bringen sie sich um. Wenn ich gewußt hätte, wieviel Zeit ich in Leichenschauhäusern verbringen muß, wäre ich vielleicht nicht Polizeibeamter geworden. Ich kann den Geruch von Ammoniak nicht ausstehen. Nun, vielleicht trinke ich doch ein Glas Bier.«

»Ich habe leider keinen Kühlschrank.«

»Zum Unterschied vom Leichenschauhaus. Dürfte ich dann um einen kleinen englischen Whisky bitten?«

Mir fiel die Nacht ein, in der ich mit ihm in die Totenhalle hinuntergestiegen war, wo man Pyles Leichnam wie ein Tablett mit Eiswürfeln aus der Kühlanlage hervorgezogen hatte.

»Sie fahren also nicht nach Hause?« fragte er.

»Sie haben das überprüft?«

»Ja.«

Ich streckte ihm das Glas Whisky hin, damit er sehen konnte, wie ruhig meine Nerven waren. Dabei sagte ich: »Vigot, möchten Sie mir nicht erklären, weshalb Sie glauben, daß ich an Pyles Ermordung beteiligt war? Ist es eine Frage des Motivs? Etwa, weil ich Phuong zurückhaben wollte? Oder bilden Sie sich ein, daß es Rache war, weil ich sie verloren habe?«

»Nein. So dumm bin ich nicht. Man nimmt sich nicht das Buch seines Feindes als Andenken mit. Dort drüben steht es in Ihrem Bücherschrank. ›Die Rolle des Westens‹. Wer ist dieser York Harding?«

»Er ist der Mann, den Sie suchen, Vigot. Er tötete Pyle — aus der Ferne.«

»Das begreife ich nicht.«

»Er ist eine verbesserte Ausgabe eines Journalisten — diplomatische Korrespondenten nennen sich solche Leute. Er greift eine Idee auf und fälscht dann jede Situation so um, daß sie zu seiner Idee paßt. Pyle kam hierher, erfüllt von York Hardings Idee. Harding war einmal eine ganze Woche hier, auf seinem Weg von Bangkok nach Tokio. Pyle beging den Fehler, Hardings Idee in die Praxis umzusetzen. Harding schrieb von einer Dritten Kraft. Pyle bildete eine solche — einen schäbigen kleinen Banditenhäuptling mit zweitausend Mann und ein paar gezähmten Tigern. Er hat sich hier eingemischt.«

»Sie tun das niemals, nicht wahr?«

»Ich habe mich bemüht, es nicht zu tun.«

»Das ist Ihnen aber mißlungen, Fowler.« Aus irgendeinem Grund fielen mir plötzlich Hauptmann Trouin und die Ereignisse jener Nacht im Opiumhaus von Haiphong ein, die jetzt schon viele Jahre zurückzuliegen schienen. Was hatte doch Trouin damals gesagt? Daß wir alle früher oder später im Augenblick einer heftigen Gemütsbewegung Partei ergreifen und hineingezogen werden. »Sie hätten einen guten Priester abgegeben, Vigot. Was haben Sie an sich, daß es einem so leicht fallen würde, Ihnen zu gestehen — wenn es etwas zu gestehen gäbe?«

»Ich wollte niemals irgendwelche Geständnisse haben.«

»Sie haben Sie aber bekommen?«

»Hin und wieder.«

»Liegt es vielleicht daran, daß es wie bei einem Priester Ihre Aufgabe ist, nicht schockiert zu sein, sondern Verständnis zu zeigen? ›Monsieur Flic, ich muß Ihnen genau erzählen, warum ich der alten Dame den Schädel eingeschlagen habe.‹ ›Ja, Gustave, laß dir nur Zeit und sag mir, warum du es getan hast.‹«

»Sie haben eine wunderliche Phantasie, Fowler. Sagen Sie, trinken Sie nichts?«

»Für einen Verbrecher ist es bestimmt nicht ratsam, mit einem Polizeioffizier zu bechern, nicht wahr?«

»Ich habe nie behauptet, daß Sie ein Verbrecher sind.«

»Aber angenommen, der Alkohol löst sogar in mir den Wunsch aus, ein Geständnis abzulegen, was dann? In Ihrem Beruf gibt es doch kein Beichtgeheimnis.«

»Geheimhaltung ist für jemanden, der beichtet, selten von großer Wichtigkeit, selbst wenn er einem Priester beichtet. Er hat andere Beweggründe.«

»Etwa den Wunsch, sich zu reinigen?«

»Nicht immer. Manchmal möchte er sich nur selbst mit aller Klarheit so sehen, wie er ist. Manchmal ist er bloß der Täuschung überdrüssig. Sie sind kein Verbrecher, Fowler. Dennoch möchte ich wissen, warum Sie mich belogen haben. Sie sahen Pyle am Abend seines Todes.«

»Wie kommen Sie auf diesen Gedanken?«

»Ich habe nicht einen Augenblick lang angenommen, daß Sie ihn töteten. Sie hätten sich kaum eines rostigen Bajonetts bedient.«

»Rostig?«

»Das sind so die Einzelheiten, die wir durch eine Obduktion ermitteln. Doch ich sagte Ihnen schon, daß die Stiche nicht die Todesursache waren. Der Schlamm von Dakow.« Er streckte sein Glas aus für einen weiteren Whisky. »Lassen Sie mich jetzt einmal überlegen. Um sechs Uhr zehn nahmen Sie einen Drink im ›Continental‹, stimmt das?«

»Ja.«

»Und um sechs Uhr fünfundvierzig unterhielten Sie sich mit einem anderen Journalisten am Eingang des ›Majestic‹?«

»Ja, mit Wilkins. Das alles habe ich Ihnen doch schon längst erzählt in jener Nacht, Vigot.«

»Richtig. Inzwischen habe ich Ihre Aussagen überprüft. Es ist bewundernswert, wie Sie sich solche belanglose Einzelheiten merken.«

»Ich bin Reporter, Vigot.«

»Vielleicht stimmen die Zeitangaben nicht ganz genau, aber niemand könnte es Ihnen übelnehmen, nicht wahr, wenn Sie sich hier um eine Viertelstunde und dort um zehn Minuten geirrt hätten. Sie hatten ja keine Veranlassung, anzunehmen, daß es einmal auf die verschiedenen Zeitpunkte ankommen würde. Im Gegenteil: wie verdächtig würde es wirken, wenn Sie in allen Ihren Angaben auf die Minute genau gewesen wären.«

»War ich das nicht?«

»Nicht ganz. Es war fünf Minuten vor sieben, als Sie sich mit Wilkins unterhielten.«

»Schon wieder zehn Minuten!«

»Natürlich. Wie ich es schon sagte. Und es hatte eben erst sechs geschlagen, als Sie ins ›Continental‹ kamen.«

»Meine Uhr geht immer ein bißchen vor«, sagte ich. »Wie spät ist es jetzt auf Ihrer Uhr?«

»Zehn Uhr acht.«

»Und auf meiner ist es zehn Uhr achtzehn. Sehen Sie.«

Er nahm sich nicht die Mühe, nachzusehen. Er sagte: »Dann betrug also der Fehler in der Berechnung des Zeitpunkts, zu dem Sie nach Ihrer Angabe mit Wilkins sprachen, volle fünfundzwanzig Minuten — nach Ihrer Uhr. Das ist ein ganz bedeutender Irrtum, nicht wahr?«

»Vielleicht korrigierte ich die Zeit ganz unbewußt. Vielleicht hatte ich an diesem Tag gerade meine Uhr zurückgestellt. Das tue ich bisweilen.«

»Was mich interessiert«, sagte Vigot, — »könnte ich noch ein wenig Soda haben? Sie haben ihn diesmal ziemlich stark gemacht — ist die Tatsache, daß Sie mir gar nicht böse sind. Es ist nicht gerade angenehm, so ausgefragt zu werden, wie ich Sie ausfrage.«

»Ich finde es interessant, wie einen Krimi. Außerdem wissen Sie ja, daß ich Pyle nicht ermordete — Sie haben es selbst gesagt.«

»Ich weiß, daß Sie beim Mord nicht anwesend waren«, sagte Vigot.

»Mir ist nicht klar, was Sie durch den Nachweis, daß ich mich hier um zehn und dort um fünf Minuten verrechnet habe, beweisen wollen.«

»Es ergibt einen kleinen Spielraum«, erwiderte Vigot, »eine kleine Lücke in der Zeit.«

»Eine Lücke — wozu?«

»Für einen Besuch Pyles bei Ihnen.«

»Warum legen Sie solchen Wert darauf, das nachzuweisen?«

»Wegen des Hundes«, sagte Vigot.

»Und des Schmutzes zwischen seinen Zehen?«

»Es war nicht Schmutz. Es war Zement. Sehen Sie, während der Hund in jener Nacht Pyle begleitete, trat er irgendwo in feuchten Zement. Es fiel mir ein, daß im Erdgeschoß Ihres Hauses Maurer an der Arbeit waren — sie sind noch immer dort. Als ich vorhin zu Ihnen heraufkam, ging ich an ihnen vorüber. Hierzulande arbeiten sie bis spät in die Nacht hinein.«

»Ich möchte nur wissen, in wie vielen Häusern Maurer zu finden sind — und feuchter Zement. Hat sich einer von ihnen an den Hund erinnert?«

»Natürlich fragte ich sie danach. Aber selbst wenn sich die Leute daran erinnert hätten, würden sie es mir nicht gesagt haben. Ich bin die Polizei.« Er brach ab, lehnte sich in seinem Stuhl zurück und starrte auf das Glas in seiner Hand. Ich hatte das Gefühl, daß ihm irgendeine Analogie eingefallen und er mit seinen Gedanken weit fort war. Eine Fliege kroch ihm über den Handrücken, er fegte sie nicht weg — genausowenig, wie Dominguez dies getan hätte. Ich hatte das Empfinden, eine unerschütterliche, tief gegründete Kraft vor mir zu haben. Wer weiß, vielleicht betete er.

Ich stand auf, teilte den Vorhang, der das Schlafzimmer abschloß, und ging hinein. Ich wollte dort nichts weiter, außer für einen Augenblick von der stummen Gestalt im Lehnstuhl loszukommen. Phuongs Bildbände standen wieder auf dem Regal. Zwischen die Tiegel mit ihren kosmetischen Mitteln hatte sie ein Telegramm gesteckt – offenbar irgendeine Nachricht von der Londoner Redaktion. Ich war nicht in der Stimmung, es zu öffnen. Alles war so, wie es vor Pyles Ankunft gewesen war. Zimmer ändern sich nicht, Ziergegenstände bleiben, wo man sie hinstellt: Nur das Herz verfällt.

Ich kehrte ins Wohnzimmer zurück, und Vigot führte das Glas an seine Lippen. Ich sagte: »Ich habe Ihnen nichts mitzuteilen, ganz und gar nichts.«

»Dann werde ich mich wohl auf den Weg machen«, meinte er. »Ich glaube nicht, daß ich Sie noch einmal belästigen werde.«

An der Tür wandte er sich nochmals um, als ob er nicht gewillt wäre, die Hoffnung aufzugeben – seine Hoffnung oder die meine. »Sonderbar, daß Sie sich an jenem Abend ausgerechnet einen solchen Film ansahen. Ich hätte mir nicht gedacht, daß ein Kostümfilm Ihrem Geschmack entspricht. Was war es doch nur? ›Robin Hood‹?«

»›Scaramouche‹, glaube ich. Ich mußte irgendwie die Zeit totschlagen. Und ich brauchte Ablenkung.«

»Ablenkung?«

»Wir alle haben unseren privaten Kummer, Vigot«, erklärte ich mit Sorgfalt.

Als er gegangen war, mußte ich noch eine Stunde auf Phuong und lebende Gesellschaft warten. Seltsam, wie sehr mich Vigots Besuch beunruhigt hatte. Es war, als ob mir ein Dichter seine Werke zu einer kritischen Beurteilung gebracht und ich sie durch eine Unvorsichtigkeit zerstört hätte. Ich war ein Mann ohne Berufung – Journalismus kann man nicht ernsthaft als Berufung ansehen, aber ich war imstande, bei jemand anderem die Berufung zu erkennen. Nun, da Vigot gegangen war, um seine unvollständige Akte abzuschließen, wünschte ich, ich hätte den Mut besessen, ihn zurückzurufen und zu sagen: »Sie haben recht. Ich sah Pyle tatsächlich in jener Nacht, als er starb.«

Zweites Kapitel

I

Auf dem Weg zum Quai Mytho begegneten mir mehrere Ambulanzwagen, die von Cholon herüberkamen und zur Place Garnier fuhren. Die Geschwindigkeit, mit der sich ein Gerücht verbreitete, konnte man beinahe nach dem Ausdruck der Gesichter auf der Straße errechnen; jemandem, der wie ich aus der Richtung des Platzes kam, wandten sie sich zunächst erwartungsvoll und nachdenklich zu. Als ich aber endlich Cholon erreichte, da hatte ich die Nachricht vom Bombenanschlag bereits überholt — das geschäftige Leben ging dort ganz normal und ohne Unterbrechung weiter. Niemand wußte etwas.

Ich fand Mr. Chous Lagerhaus und stieg die Treppe zu seiner Wohnung hinauf. Seit meinem letzten Besuch dort hatte sich nichts verändert. Die Katze und der Hund sprangen vom Boden zur Pappschachtel und weiter zum Koffer, wie zwei Springer im Schachspiel, die einander nie zu fassen bekommen. Das Baby kroch auf dem Fußboden umher, und die beiden alten Herrn spielten immer noch Mah-Jongg. Nur die jungen Leute waren abwesend. Sowie ich in der Tür auftauchte, begann auch schon eine der älteren Frauen Tee einzugießen. Die alte Dame saß auf dem Bett und betrachtete ihre Füße.

»Monsieur Heng?« fragte ich. Den Tee wehrte ich durch Kopfschütteln ab: Ich war nicht in der Stimmung, nochmals zahllose Tassen jenes armseligen bitteren Gebräus über mich ergehen zu lassen. »*Il faut absolument que je voie* Monsieur Heng.« Es schien unmöglich zu sein, ihnen die

Dringlichkeit meiner Bitte nahezubringen, doch die Schroffheit, mit der ich den Tee zurückwies, verursachte vielleicht ein wenig Unruhe. Oder vielleicht hatte ich wie Pyle Blut an den Schuhen. Jedenfalls führte mich nach kurzem Zaudern eine der Frauen aus dem Zimmer und die Treppe hinab, durch das Menschengewühl zweier mit Fahnen behangener Gassen und ließ mich schließlich vor dem Eingang eines Ladens stehen, den man in Pyles Heimat vermutlich als »Bestattungssalon« bezeichnet hätte, voll mit steinernen Urnen, in denen die wiederauferstandenen Gebeine verstorbener Chinesen endlich ihre letzte Ruhestätte finden. »Monsieur Heng«, sagte ich zu einem greisen Chinesen im Eingang. »Monsieur Heng.« Dieser Ort schien mir ein passender Ruhepunkt an einem Tag, der mit der erotischen Sammlung des Plantagenbesitzers begonnen und mit den Mordopfern der Place Garnier seine Fortsetzung gefunden hatte. Jemand rief aus einem Hinterzimmer heraus, und der alte Chinese trat zur Seite und ließ mich ein.

Mr. Heng kam persönlich hervor, begrüßte mich herzlich und führte mich in ein kleines Zimmer, an dessen Wänden die schwarzen, geschnitzten und unbequemen Stühle standen, die man in jedem chinesischen Warteraum findet, kaum benützt und wenig einladend. Es schien mir aber, daß an diesem Tag die Stühle schon gebraucht worden waren, denn auf dem Tisch standen fünf winzige Teetassen, und zwei von ihnen waren noch nicht leer.

»Ich habe eine Zusammenkunft gestört«, sagte ich.

»Eine geschäftliche Angelegenheit«, sagte Mr. Heng ausweichend. »Ohne Belang. Ich freue mich immer, wenn ich Sie sehe, Mr. Fowler.«

»Ich komme eben von der Place Garnier«, sagte ich.

»Ich dachte mir schon, daß es sich darum handelt.«

»Sie haben davon gehört?«

»Man hat mich angerufen, man hielt es für das Beste, daß ich mich von Mr. Chous Haus eine Zeitlang fernhalte. Die Polizei wird heute sehr rührig sein.«

»Sie haben doch damit nichts zu tun.«

»Es ist Aufgabe der Polizei, einen Schuldigen zu finden.«

»Es war wiederum Pyle«, sagte ich.

»Ja.«

»Eine furchtbare Tat.«

»General Thé ist keine sehr beherrschte Persönlichkeit.«

»Und Plastikbomben sind kein Spielzeug für kleine Jungen aus Boston. Wer ist Pyles Vorgesetzter, Heng?«

»Ich habe den Eindruck, daß Pyle weitgehend sein eigener Herr ist.«

»Was ist er denn? Agent des O.S.S.?«

»Die Anfangsbuchstaben sind nicht das Entscheidende. Ich glaube jetzt, sie lauten anders.«

»Heng, was kann ich unternehmen? Man muß ihm das Handwerk legen.«

»Sie können die Wahrheit veröffentlichen. Oder ist Ihnen das vielleicht unmöglich?«

»Meine Zeitung interessiert sich nicht für General Thé. Dort interessiert man sich nur für Ihre Leute, Heng.«

»Mr. Fowler, Sie wollen wirklich, daß Mr. Pyle das Handwerk gelegt wird?«

»Wenn Sie ihn gesehen hätten. Er stand da und behauptete, es sei alles ein bedauerlicher Irrtum gewesen. Eigentlich hätte eine Parade stattfinden sollen. Er meinte, er müsse sich die Schuhe putzen lassen, bevor er zum Gesandten gehe.«

»Natürlich könnten Sie das, was Ihnen bekannt ist, auch der Polizei mitteilen.«

»Die interessiert sich ja auch nicht für Thé. Und glauben Sie, sie würde es wagen, einen Amerikaner anzurühren? Er genießt die Privilegien eines Diplomaten. Er ist Absolvent der Universität Harvard. Der Gesandte hält sehr viel von Pyle. Heng, dort war eine Frau, deren Baby — sie bedeckte es mit ihrem Strohhut. Der Anblick verfolgt mich. Und in Phat Diem sah ich ein anderes Kind.«

»Sie müssen versuchen, die Ruhe zu bewahren, Mr. Fowler.«

»Heng, was wird er als nächstes tun?«

»Wären Sie tatsächlich bereit, uns zu helfen, Mr. Fowler?«

»Er führt sich hier auf wie der Elefant im Porzellanladen, und wegen seiner Irrtümer müssen Menschen sterben. Hätten ihn Ihre Leute doch nur auf seiner Flußfahrt nach Nam Dinh erwischt. Das hätte für so viele Leben so viel Unterschied gemacht.«

»Ich bin ganz Ihrer Meinung, Mr. Fowler. Man muß ihn aufhalten. Ich mache Ihnen einen Vorschlag.« Jemand hüstelte leise hinter einer Tür und spuckte dann geräuschvoll aus. Heng sagte: »Laden Sie ihn doch heute abend zum Dinner im ›Vieux Moulin‹ ein. Zwischen halb neun und halb zehn.«

»Was erhoffen Sie sich davon?«

»Wir könnten auf dem Weg dorthin mit ihm sprechen«, sagte Heng.

»Es kann aber sein, daß er schon verabredet ist.«

»Dann wäre es vielleicht besser, wenn Sie ihn bäten, er möge Sie besuchen — sagen wir um sechs Uhr dreißig. Da wird er Zeit haben: Er wird gewiß kommen. Wenn es ihm möglich ist, mit Ihnen essen zu gehen, dann treten Sie mit einem Buch in der Hand ans Fenster, als ob Sie zum Lesen besseres Licht haben wollten.«

»Warum gerade das ›Vieux Moulin‹?«

»Es liegt an der Brücke nach Dakow — ich glaube, dort werden wir einen Platz ausfindig machen, wo wir uns mit ihm ungestört unterhalten können.«

»Und was haben Sie vor?«

»Das werden Sie nicht wissen wollen, Mr. Fowler. Aber ich verspreche Ihnen, daß wir so rücksichtsvoll mit ihm umgehen werden, wie es die Situation gestattet.«

Hinter der Wand bewegten sich Hengs unsichtbare Freunde gleich Ratten. »Werden Sie das für uns tun, Mr. Fowler?«

»Ich weiß nicht«, sagte ich, »ich weiß nicht.«

»Früher oder später«, sagte Heng und erinnerte mich an Hauptmann Trouins Äußerungen im Opiumhaus, »muß man Partei ergreifen. Wenn man ein Mensch bleiben will.«

2

Ich hinterließ eine Nachricht in der Gesandtschaft, in der ich Pyle bat, mich zu besuchen, und ging dann die Straße hinauf zu einem Drink ins »Continental«. Die Trümmer waren bereits weggeräumt worden; die Feuerwehr hatte den Platz mit ihren Schläuchen abgespritzt. Ich hatte damals noch keine Ahnung, wie wichtig Zeit und Ort noch werden sollten. Ich spielte sogar mit dem Gedanken, den ganzen Abend dort zu sitzen und meine Verabredung sausen zu lassen. Dann überlegte ich, daß ich Pyle vielleicht durch eine Warnung vor der ihm drohenden Gefahr — worin immer diese bestehen mochte — einschüchtern und so von weiteren Aktivitäten abhalten konnte. Also trank ich mein Bier aus und ging nach Hause; und als ich dort angekommen war, begann ich zu hoffen, daß Pyle nicht kommen würde. Ich versuchte zu lesen, doch in meinen Bücherregalen gab es nichts, was fesselnd genug gewesen wäre. Vielleicht hätte ich rauchen sollen, aber es war niemand da, der mir eine Pfeife gerichtet hätte. Widerwillig lauschte ich nach Schritten, und endlich kamen sie. Es klopfte. Ich öffnete die Tür, doch es war nur Dominguez.

Ich sagte: »Was wollen Sie denn, Dominguez?«

Er sah mich etwas erstaunt an. »Was ich will?« Er blickte auf seine Uhr. »Um diese Zeit komme ich doch immer hierher. Haben Sie irgendwelche Telegramme?«

»Verzeihung — das hatte ich ganz vergessen. Nein, nichts.«

»Aber einen Bericht über die Auswirkungen des Bombenattentats? Wollen Sie bei der Zensur gar nichts einreichen?«

»Ach, arbeiten Sie einen Bericht für mich aus, Dominguez. Ich weiß nicht, wieso es kommt — ich war ja dort, und ich glaube fast, ich habe einen leichten Schock erlitten. Ich bin nicht imstande, an das Ereignis im Sinne eines Pressetelegramms zu denken.« Ich schlug nach einem Moskito, der mir um die Ohren surrte, und sah Dominguez instinktiv bei meinem Hieb zusammenzucken. »Schon gut, Dominguez, ich habe ihn sowieso verfehlt.« Er lächelte kläglich. Er konnte seine Abneigung gegen das Töten nicht rechtfertigen: Schließlich war er ein Christ — einer von jenen, die von Nero gelernt hatten, wie man Menschenleiber in Fackeln verwandelt.

»Kann ich irgend etwas für Sie tun?« erkundigte er sich. Er trank nicht, er aß kein Fleisch, er tötete nicht — ich beneidete ihn um seine Sanftmut. »Nein, Dominguez. Lassen Sie mich heute abend nur allein.« Ich sah ihm vom Fenster aus nach, wie er fortging und die Rue Catinat überquerte. Ein Rikschalenker hatte meinem Fenster gegenüber sein Fahrzeug geparkt; Dominguez wollte es mieten, aber der Mann schüttelte den Kopf. Wahrscheinlich wartete er auf einen bestimmten Fahrgast aus einem der Geschäfte; denn hier war kein Standplatz für Rikschas. Als ich auf die Uhr sah, stellte ich zu meiner Überraschung fest, daß ich kaum länger als zehn Minuten gewartet hatte; und als Pyle klopfte, hatte ich seinen Schritt gar nicht gehört.

»Herein.« Doch wie gewöhnlich war es der Hund, der zuerst erschien.

»Ich war über Ihre Nachricht sehr erleichtert, Thomas. Heute morgen glaubte ich, Sie seien auf mich böse.«

»Vielleicht war ich es auch. Es war kein hübscher Anblick.«

»Jetzt wissen Sie schon so viel, daß es nicht schaden kann, wenn ich Ihnen ein bißchen mehr erzähle. Ich sprach heute nachmittag mit Thé.«

»Sie sprachen mit ihm? Ist er denn in Saigon? Ich nehme an, er kam her, um zu sehen, wie seine Bombe funktioniert.«

»Das ist streng vertraulich, Thomas. Ich habe ihn gehörig abgekanzelt.« Er redete wie der Kapitän des Fußballteams einer Schule, der bemerkt hat, daß einer seiner Spieler die Trainingsvorschriften durchbrochen hat. Trotzdem fragte ich ihn mit aufkeimender Hoffnung: »Werden Sie mit ihm Schluß machen?«

»Ich erklärte ihm, wenn er noch einmal eine wilde Demonstration veranstaltet, dann wollen wir nichts mehr mit ihm zu tun haben.«

»Sie haben noch nicht mit ihm gebrochen, Pyle?«

Ungehalten trat ich nach seinem Hund, der mir um die Knöchel schnupperte.

»Das kann ich nicht. (Leg dich, Herzog.) Auf lange Sicht ist er die einzige Hoffnung, die wir haben. Wenn er mit unserer Unterstützung an die Macht käme, könnten wir uns auf ihn verlassen...«

»Wie viele Menschen müssen denn sterben, bis Sie erkennen...« Aber ich konnte es ihm ansehen, daß dies ein wirkungsloses Argument war.

»Was erkennen, Thomas?«

»Daß es in der Politik so etwas wie Dankbarkeit nicht gibt.«

»Zumindest werden sie uns nicht so hassen, wie sie die Franzosen hassen.«

»Sind Sie sicher? Zuweilen empfinden wir eine Art Liebe für unsere Feinde, und zuweilen empfinden wir Haß gegen unsere Freunde.«

»Sie sprechen wie ein Europäer. Diese Leute sind nicht so kompliziert.«

»Ist es das, was Sie in den paar Monaten gelernt haben? Demnächst werden Sie sie kindlich nennen.«

»Nun – in gewisser Hinsicht...«

»Zeigen Sie mir ein unkompliziertes Kind, Pyle. Wenn wir jung sind, sind wir doch ein Dschungel an Kompliziertheiten. Erst mit zunehmendem Alter vereinfachen wir.« Doch wozu redete ich mit ihm? Es lag etwas Unwirkliches in den Argumenten eines jeden von uns beiden. Ich war daran, schon vor der Zeit zum Leitartikler zu werden. Ich stand auf und trat an den Bücherschrank.

»Was suchen Sie, Thomas?«

»Ach, nur ein paar Verse, die ich früher einmal sehr mochte. Können Sie mit mir heute abend essen gehen?«

»Mit dem größten Vergnügen. Ich bin so froh, Thomas, daß Sie nicht mehr böse sind. Ich weiß, daß Sie anderer Meinung sind als ich, aber wir können doch trotz unserer Meinungsverschiedenheit Freunde sein, nicht?«

»Das weiß ich nicht. Ich glaube nicht.«

»Schließlich war doch Phuong viel wichtiger als diese Sache.«

»Glauben Sie das wirklich, Pyle?«

»Nun, sie ist das Wichtigste, was es gibt. Für mich. Und für Sie, Thomas, auch.«

»Für mich nicht mehr.«

»Das war heute ein furchtbarer Schock. Aber Sie werden sehen, Thomas, in einer Woche haben wir die Geschichte vergessen. Wir sorgen auch für die Angehörigen.«

»Wir?«

»Wir haben nach Washington telegrafiert. Wir werden die Erlaubnis bekommen, einen Teil unserer Geldmittel dafür aufzuwenden.«

Ich unterbrach ihn: »Also im ›Vieux Moulin‹? Zwischen neun und halb zehn?«

»Wo immer sie wollen, Thomas.« Ich trat ans Fenster. Die Sonne war hinter den Dächern versunken. Der Rikschalenker wartete noch immer auf seinen Gast. Ich blickte zu ihm nieder, und er hob das Gesicht und sah zu mir herauf.

»Erwarten Sie jemand, Thomas?«

»Nein. Es gab da nur eine Stelle, nach der ich gesucht habe.« Um mein Verhalten zu bemänteln, las ich laut vor, das Buch hoch erhoben im Tageslicht.

> »Ich saus' durch die Straßen ganz achtlos dahin.
> Die Leute, die starr'n und fragen, wer ich bin.
> Überfahr' ich so'n Kerl und brech' ihm das Bein,
> Ich bezahl' doch den Schaden, mag er noch so groß sein.
> Ein Glück, daß man Geld hat wie Heu, hei ho!
> Ein Glück, daß man Geld hat wie Heu!«

»Ein komisches Gedicht ist das«, sagte Pyle etwas mißbilligend.

»Der Verfasser war ein Dichter des neunzehnten Jahrhunderts, einer, der geistig erwachsen war. Von der Sorte gab es damals nicht viele.« Wieder blickte ich auf die Straße hinunter. Der Rikschafahrer war verschwunden.

»Ist Ihnen der Alkohol ausgegangen?« fragte Pyle.

»Nein, aber ich dachte nicht, daß Sie ...«

»Vielleicht werde ich allmählich etwas lockerer. Ihr Einfluß«, sagte Pyle. »Ich habe das Gefühl, daß Sie mir gut tun, Thomas.«

Ich holte die Flasche und Gläser — ich vergaß eines von ihnen bei meinem ersten Gang, und dann mußte ich um Wasser nochmals zurückgehen. Alles, was ich an diesem Abend tat, brauchte sehr viel Zeit. Er sagte: »Wissen Sie, ich habe eine wunderbare Familie; aber vielleicht waren meine Leute ein wenig auf der strengen Seite. Wir besitzen eines jener alten Häuser in der Chestnut Street, rechter Hand, wenn Sie die Anhöhe hinaufgehen. Meine Mutter sammelt Glas, und mein Vater — wenn er nicht gerade seine alten Klippen erodiert — alle Manuskripte Darwins und Exemplare der ersten englandfeindlichen Verträge zwischen den einstigen amerikanischen Kolonien, deren er habhaft werden kann. Sie sehen also, daß sie in der Vergangenheit leben. Vielleicht hat deshalb York Harding einen solchen Eindruck auf mich gemacht. Er schien irgendwie den modernen Bedingungen gegenüber aufgeschlossen zu sein. Mein Vater dagegen ist Isolationist.«

»Ich würde mich mit Ihrem Vater vielleicht recht gut verstehen«, entgegnete ich. »Ich bin nämlich auch Isolationist.«

Für einen stillen Menschen war Pyle an diesem Abend in gesprächiger Stimmung. Ich hörte nicht alles, was er sagte, denn ich war mit meinen Gedanken woanders. Ich suchte mir einzureden, daß Heng andere Mittel zur Verfügung standen als das primitive und naheliegende. Doch ich wußte, daß man in einem solchen Krieg keine Zeit hat, wählerisch zu sein: Man nimmt die Waffe, die gerade zur Hand ist — die Franzosen die Napalmbombe, und Mr. Heng die Kugel oder das Messer. Ich sagte mir zu spät, daß ich nicht dazu geschaffen war, Richter zu sein — ich würde Pyle eine Weile reden lassen, und dann würde ich ihn warnen. Er konnte die Nacht in meiner Wohnung verbringen. Hier würden sie kaum eindringen. Ich glaube, er sprach gerade von seiner alten Amme — »sie stand mir tatsächlich näher als meine Mutter, und die Preiselbeerkuchen, die sie machte!« —, als ich ihm ins Wort fiel: »Haben Sie jetzt einen Revolver bei sich, ich meine, seit jener Nacht?«

»Nein, wir haben von der Gesandtschaft den Befehl erhalten ...«

»Sie haben doch einen Sonderauftrag, nicht wahr?«

»Es hätte keinen Zweck — wenn sie mich erwischen wollten, könnten sie das jederzeit. Und außerdem bin ich blind wie ein Huhn. Im College nannten sie mich die Fledermaus — weil ich nur in der Dunkelheit ebensoviel, oder ebensowenig, sehen konnte wie die anderen. Als wir uns einmal nachts herumtrieben ...« Wieder erzählte er drauflos. Ich kehrte ans Fenster zurück.

Auf der anderen Straßenseite wartete eine Rikscha. Ich war nicht sicher — sie sehen einander alle so ähnlich —, aber ich hatte den Eindruck, daß es jetzt ein anderer Fahrer war. Vielleicht hatte er wirklich einen Fahrgast. Der Gedanke kam mir, daß Pyle in der Gesandtschaft am sichersten sein würde. Seit meinem Signal mußten die anderen ihre Pläne für den späteren Abend gefaßt haben: Pläne, die die Brücke nach Dakow einbezogen. Wie und warum, das war mir nicht klar. Pyle würde bestimmt nicht so leichtsinnig sein, nach Sonnenuntergang durch Dakow zu fahren, und unsere Seite der Brücke war von gut bewaffneter Polizei bewacht.

»Heute rede immer nur ich«, sagte Pyle. »Ich weiß nicht, woran es liegt, aber irgendwie ist dieser Abend ...«

»Sprechen Sie nur weiter«, sagte ich. »Ich bin bloß nachdenklich gestimmt, das ist alles. Vielleicht sollten wir unser Dinner lieber ausfallen lassen.«

»Nein, tun Sie das nicht. Ich habe das Gefühl gehabt, daß zwischen uns eine Wand steht, seit ... nun ...«

»Seit Sie mir das Leben retteten«, ergänzte ich und vermochte den bitteren Schmerz der Wunde, die ich mir selbst zugefügt hatte, nicht zu verbergen.

»Nein, das meinte ich nicht. Trotzdem: was für Gespräche führten wir doch in jener Nacht, nicht wahr? Als ob es unsere letzte sein sollte. Ich lernte viel über Sie, Thomas. Gut, ich teile Ihre Ansichten nicht, aber von Ihrem Standpunkt aus mag es richtig sein — sich nicht hineinziehen zu lassen. Und diesen Standpunkt haben Sie konsequent beibehalten. Selbst nachdem Ihnen das Bein zerschmettert worden ist, sind Sie neutral geblieben.«

»Aber irgendwo gibt es immer einen entscheidenden Wendepunkt«, sagte ich. »Einen Augenblick der Gemütserregung ...«

»Den haben Sie noch nicht erreicht. Und ich bezweifle, ob Sie ihn je erreichen werden. Auch meine Haltung wird sich kaum ändern — es sei denn durch den Tod«, fügte er fröhlich hinzu.

»Nicht einmal nach heute morgen? Könnte das einen Menschen nicht völlig umstimmen?«

»Das waren nur Kriegsverluste«, sagte er. »Es war bedauerlich, aber man kann nicht immer sein Ziel treffen. Jedenfalls starben die Leute für die richtige Sache.«

»Hätten Sie dasselbe gesagt, wenn es Ihre alte Amme mit dem Preiselbeerkuchen getroffen hätte?«

Er überging meinen schwachen Hieb. »In gewissem Sinn könnte man behaupten, daß sie für die Sache der Demokratie gefallen sind.«

»Ich wüßte nicht, wie ich das ins Vietnamesische übersetzen sollte.« Mit einemmal wurde ich unsagbar müde. Ich wünschte, er möge schnell fortgehen und sterben. Dann konnte ich das Leben von neuem beginnen — und zwar dort, wo ich war, bevor er erschien.

»Sie werden mich wohl nie ernst nehmen, nicht wahr, Thomas«, beklagte er sich mit jener jungenhaften Heiterkeit, die er sich anscheinend ausgerechnet für diesen Abend aufgespart hatte. »Ich mache Ihnen einen Vorschlag — Phuong ist im Kino — wie wäre es, wenn sie und ich den ganzen Abend zusammen verbringen? Ich habe nichts zu tun.« Es war, als schien ihn jemand von außen her anzuleiten, wie er seine Worte zu wählen hätte, um mir jede mögliche Ausflucht zu rauben. Er fuhr fort: »Warum gehen wir nicht ins ›Chalet‹? Ich bin seit jenem Abend nicht mehr dort gewesen. Man ißt dort genauso gut wie im ›Vieux Moulin‹, und Musik gibt es auch.«

Ich sagte: »Ich möchte lieber nicht an jenen Abend erinnert werden.«

»Verzeihung. Manchmal bin ich ein richtiger Tölpel, Thomas. Wie wär's mit einem chinesischen Dinner drüben in Cholon?«

»Um ein gutes zu bekommen, muß man vorausbestellen. Fürchten Sie sich denn vor dem ›Vieux Moulin‹? Es ist doch gut gesichert, und auf der Brücke steht immer Polizei. Sie würden doch nicht so närrisch sein, durch Dakow zu fahren, nicht wahr?«

»Das ist nicht der Grund. Ich dachte mir nur, es wäre ein Spaß, sich einmal so richtig die Nacht um die Ohren zu schlagen.«

Er machte eine Bewegung und stieß dabei sein Glas um, das auf den Boden fiel und zerbrach. »Scherben bringen Glück«, sagte er mechanisch. »Entschuldigen Sie, Thomas.« Ich begann, die Splitter aufzulesen und in den Aschenbecher zu legen. »Was sagen Sie zu meinem Vorschlag, Thomas?« Das zerbrochene Glas erinnerte mich an die Flaschen, die in der Bar des »Pavillon« ihren bunten Inhalt verströmt hatten. »Ich habe Phuong gewarnt, daß ich vielleicht mit Ihnen ausgehen werden.« Wie schlecht gewählt war doch das Wort »gewarnt«. Ich hob den letzten Glassplitter auf. »Ich habe eine Verabredung im ›Majestic‹«, sagte ich, »und vor neun kann ich nicht.«

»Na, dann muß ich wohl oder übel ins Büro zurückgehen. Ich fürchte nur immer, daß man mich dort aufhalten wird.«

Es konnte nicht schaden, ihm noch diese eine Chance zu geben. »Es spielt keine Rolle, wenn Sie später kommen. Sollten Sie wirklich aufgehalten werden, dann besuchen Sie mich nachher hier. Um zehn bin ich wieder daheim und warte auf Sie, falls es Ihnen mit dem Dinner nicht ausgehen sollte.«

»Ich werde Sie verständigen ...«

»Nur keine Umstände. Entweder kommen Sie ins ›Vieux Moulin‹ oder wir treffen uns später hier.« Damit gab ich die Entscheidung an jenen Jemand zurück, an den ich nicht glaubte: Du kannst eingreifen, wenn Du willst; durch ein Telegramm auf seinem Schreibtisch, durch eine Weisung vom Gesandten; Du kannst nicht existieren, wenn Du nicht die Macht besitzt, die Zukunft zu ändern.

»Gehen Sie jetzt, Pyle. Ich habe noch verschiedenes zu erledigen.« Ein seltsames Gefühl der Erschöpfung überkam mich, während ich ihn die Treppe hinabgehen und die Pfoten seines Hundes leise tappen hörte.

3

Es gab keinen näheren Standplatz für Fahrradrikschas als in der Rue d'Ormay, als ich ausging. Also machte ich mich zu Fuß auf den Weg hinunter zum »Majestic«, wo ich eine Zeitlang stehenblieb und zusah, wie die amerikanischen Bomber ausgeladen wurden. Die Sonne war untergegangen, und die Arbeit ging im Schein von Bogenlampen vor sich. Es lag mir fern, mir ein Alibi zu verschaffen, doch ich hatte zu Pyle gesagt, ich würde ins »Majestic« gehen, und ich empfand eine unbegründete Abneigung dagegen, mehr zu lügen, als unbedingt erforderlich war.

»Guten Abend, Fowler.« Es war Wilkins.

»Guten Abend.«

»Wie geht's dem Bein?«

»Wieder ganz normal.«

»Haben sie eine gute Story eingereicht?«

»Das habe ich Dominguez überlassen.«

»Oho! Man sagte mir doch, Sie seien dabei gewesen.«

»War ich auch. Aber der Platz ist heutzutage knapp bemessen. Die Redaktion braucht keine langen Meldungen.«

»Ja, die Sache hat ihren Reiz verloren«, meinte Wilkins. »In den Tagen Russells und der alten *Times* hätten wir leben müssen. Depeschen mittels Ballon. Damals hatte man noch Zeit, der Phantasie freien Lauf zu lassen. Russell hätte sogar aus *dem* hier eine ganze Spalte gemacht: das Luxushotel, die Bomber, die Nacht bricht herein. Heutzutage bricht die Nacht nicht mehr herein — für so und soviel Piaster Worthonorar.« Hoch droben über uns klang im Nachthimmel leises Lachen auf: Jemand zerbrach ein Glas, wie Pyle es getan hatte. Wie Eiszapfen fiel der Klang auf uns herab. »›Die Lampen schienen über schönen Frauen und kühnen Männern‹«, zitierte Wilkins boshaft. »Haben Sie heute abend schon was vor, Fowler? Hätten Sie Lust zu einem kleinen Dinner?«

»Ich bin schon zum Dinner verabredet. Im ›Vieux Moulin‹.«

»Dann wünsche ich Ihnen gute Unterhaltung. Granger wird nämlich dort sein. Die Leute sollten eigene Granger-Abende ankündigen. Für jene, die eine Geräuschkulisse lieben.«

Ich wünschte ihm eine gute Nacht und ging ins Kino nebenan — Errol Flynn — oder vielleicht war es Tyrone Power (ich weiß nicht, wie man die beiden auseinander hält, wenn sie Trikothosen tragen) — schwang sich an Seilen durch die Luft, sprang von Balkonen in die Tiefe und ritt ohne Sattel in eine Morgenröte in Technicolor. Er rettete eine Jungfrau und tötete seinen Feind und stand überhaupt unter einem Glücksstern. Es war das, was die Leute einen Film für große Jungen nennen. Aber das Bild von Oedipus, wie er mit blutenden Augäpfeln aus dem Palast in Theben tritt, wäre mit Sicherheit eine bessere Vorbereitung auf das heutige Leben. Keiner ist unter einem Glücksstern geboren. In Phat Diem und auf der Straße nach Tanyin hatte Pyle Glück gehabt; doch ein solches Glück hält nicht an, und die anderen hatten noch zwei Stunden Zeit, dafür zu sorgen, daß kein Glücksstern am Werk war. Neben mir saß ein französischer Soldat, die Hand im Schoß eines Mädchens. Ich beneidete ihn um die schlichte Einfalt seiner Freude oder seines Elends — welches von beiden es auch sein mochte. Ich ging noch vor dem Ende der Vorstellung und nahm mir eine Rikscha, die mich zum »Vieux Moulin« hinausbrachte.

Das Restaurant war zum Schutz vor Handgranaten von einem Drahtgitter umgeben, und am Ende der Brücke waren zwei schwerbewaffnete Polizisten postiert. Der *patron*, der an seiner üppigen burgundischen Küche fett geworden war, ließ mich höchstpersönlich durch die Tür im Drahtgitter ein. Das Lokal verströmte in der lastenden Abendschwüle einen Geruch von Kapaunen und zerlassener Butter.

»Gehören Sie zur Gesellschaft von Monsieur Granger?« fragte er mich.

»Nein.«

»Ein Tisch für eine Person?« Da geschah es zum erstenmal, daß ich an die Zukunft dachte und an die Fragen, die ich vielleicht würde beantworten müssen. »Ja, für eine«, sagte ich, und es war beinahe so, als ob ich laut ausgesprochen hätte, daß Pyle tot war.

Das Restaurant bestand nur aus einem einzigen Raum, und Grangers Gesellschaft hatte einen großen Tisch ganz hinten; der *patron* gab mir ein kleines Tischchen dicht am Drahtgitter. In den Fenstern waren keine Glasscheiben, aus Angst vor den Splittern. Ich erkannte einige von Grangers Gästen, und ich verbeugte mich zu ihnen hin, ehe ich Platz nahm: Granger selbst blickte weg. Ich hatte ihn seit Monaten nicht gesehen — nur ein einziges Mal seit jener Nacht, als Pyle sich verliebte. Vielleicht hatte irgendeine abfällige Bemerkung, die ich damals gemacht hatte, seinen Alkoholnebel durchdrungen, denn er saß mit finsterer Miene am Kopfende der Tafel, während Madame Desprez, die Gattin eines Verbindungsoffiziers, und Hauptmann Duparc vom Pressedienst mir zunickten und herüberwinkten. Außer ihnen saß noch ein kräftig gebauter Mann am Tisch, der, glaube ich, ein Hotelier aus Pnom Penh war, ferner eine junge Französin, die ich noch nie gesehen hatte, und zwei oder drei andere Gesichter, die mir in den verschiedenen Bars aufgefallen waren. Es schien ausnahmsweise eine ruhige Party zu sein.

Ich bestellte einen Pastis, weil ich Pyle eine Spanne Zeit gewähren wollte, in der er immer noch kommen konnte – Pläne gehen mitunter schief, und solange ich mit dem Dinner auf ihn wartete, konnte ich mir einbilden, ich hätte noch Zeit zur Hoffnung. Und dann fragte ich mich, worauf ich hoffte. Viel Glück dem O.S.S., oder wie sich seine Bande nannte? Auf ein langes Leben der Plastikbomben oder General Thé? Oder hoffte ich – ausgerechnet ich! – auf eine Art Wunder, auf eine von Mr. Heng eingeführte Methode der Auseinandersetzung, die nicht einfach mit dem Tod gleichbedeutend war? Wieviel leichter wäre es gewesen, wenn wir beide auf der Straße nach Tanyin ums Leben gekommen wären. Ich saß zwanzig Minuten bei meinem Pastis, dann bestellte ich das Dinner. Es war kurz vor halb zehn; jetzt kam er nicht mehr.

Gegen meinen Willen horchte ich: Worauf? Einen Schrei? Einen Schuß? Eine plötzliche Bewegung unter den Polizisten draußen auf der Brücke? Wahrscheinlich hätte ich ohnehin nichts gehört, weil Grangers Gesellschaft allmählich in Schwung kam. Der Hotelier, der eine angenehme, unausgebildete Stimme besaß, begann zu singen, und während der Korken einer Sektflasche knallte, fielen die anderen Gäste ein, ausgenommen Granger. Der saß da und starrte mit geröteten Augen grimmig zu mir herüber. Ich überlegte, ob es zu einer Rauferei kommen würde: Granger war ich nicht gewachsen.

Sie sangen ein sentimentales Lied, und während ich ohne Appetit auf den schwachen Ersatz eines *Chapon duc Charles* auf meinem Teller starrte, dachte ich beinahe zum erstenmal, seit ich sie in Sicherheit wußte, an Phuong. Es fiel mir ein, wie Pyle in der Erwartung der Vietminh auf dem Boden des Turmzimmers gehockt und gesagt hatte: »Taufrisch erscheint sie mir – wie eine Blume«, und ich frivol erwidert hatte: »Arme Blume!« Jetzt würde sie niemals Neu England sehen oder in die Geheimnisse des Canasta eingeweiht werden. Vielleicht würde sie nie eine gesicherte Existenz kennenlernen: Mit welchem Recht wollte ich sie geringer einschätzen als die Toten von der Place Garnier? Das Leid wächst nicht mit der Zahl: Ein Menschenleib kann all das Leid in sich schließen, das die ganze Welt empfinden mag. Ich hatte wie ein echter Journalist nur nach Begriffen der Menge geurteilt und war meinen eigenen Grundsätzen untreu geworden; ich war mittlerweile genauso *engagé* wie Pyle, und es schien mir, daß nie wieder eine Entscheidung einfach sein würde. Ich sah auf die Uhr und stellte fest, daß es fast ein Viertel vor zehn war. Vielleicht war Pyle doch noch aufgehalten worden; vielleicht hatte dieser »Jemand«, an den er glaubte, zu seinen Gunsten eingegriffen, und er saß nun in seinem Büro in der Gesandtschaft und plagte sich verdrossen mit der Dechiffrierung eines Telegramms. Und bald würde er die Treppe zu meiner Wohnung in der Rue Catinat hinaufgestapft kommen. Ich dachte: Wenn er das tut, werde ich ihm alles sagen.

Plötzlich erhob sich Granger von seinem Tisch und kam auf mich zu. Er sah nicht einmal den Stuhl, der ihm im Wege stand, und er stolperte und hielt sich mit der Hand an der Kante meines Tischs fest. »Fowler«, sagte er, »kommen Sie mit raus!« Ich legte genügend Geldscheine auf den Tisch und folgte ihm. Ich hatte keinerlei Lust auf einen Zweikampf mit ihm, aber es hätte mir in jenem Augenblick nichts ausgemacht, wenn er mich bewußtlos geschlagen hätte. Wir haben so wenige Möglichkeiten, unser Schuldgefühl zu beschwichtigen.

Er lehnte sich ans Brückengeländer, und die zwei Polizisten beobachteten ihn aus einiger Entfernung. Er sagte: »Ich muß mit Ihnen sprechen, Fowler.«

Ich trat auf Schlagweite an ihn heran und wartete ab. Er rührte sich nicht. Er stand da wie eine symbolhafte Statue, die all das verkörperte, was ich an Amerika zu hassen meinte — so unschön wie die Freiheitsstatue und ebenso sinnlos. Ohne sich zu bewegen, sagte er: »Sie glauben, ich bin besoffen. Sie täuschen sich.«

»Was ist los, Granger?«

»Ich muß mit Ihnen reden, Fowler. Ich mag heute abend nicht mit den Franzosen dort drinnen sitzen. Sie sind mir nicht sympathisch, Fowler, aber Sie sprechen wenigstens Englisch. Eine Art von Englisch.« Im matten Licht der Lampen lehnte er dort, dick und unförmig – ein unerforschter Kontinent.

»Was wollen Sie von mir, Granger?«

»Ich kann Engländer nicht leiden«, sagte er. »Ich verstehe nicht, wie Pyle es mit Ihnen aushalten kann. Vielleicht liegt es daran, daß er aus Boston stammt. Ich bin aus Pittsburgh und stolz darauf.«

»Warum auch nicht?«

»Da haben wir's ja wieder.« Er unternahm einen schwachen Versuch, meinen Akzent nachzuäffen: »Ihr redet alle wie Schauspieler. Ihr tut so verdammt überlegen. Ihr glaubt, ihr wißt alles.«

»Gute Nacht, Granger. Ich habe eine Verabredung.«

»Gehen Sie nicht fort, Fowler. Haben Sie denn kein Herz? Ich kann mich nicht mit den Franzosen dort drinnen unterhalten.«

»Sie sind betrunken.«

»Ich habe zwei Gläser Champagner getrunken, nicht mehr, und wären Sie an meiner Stelle etwa nicht betrunken? Ich muß nach dem Norden.«

»Was stört Sie daran?«

»Oh, habe ich es Ihnen noch nicht gesagt? Ich glaube immer, daß jeder es schon weiß. Heute früh bekam ich ein Telegramm von meiner Frau.«

»Ja, und?«

»Mein Sohn hat Kinderlähmung. Es geht ihm schlecht.«

»Das tut mir leid.«

»Ihnen braucht es nicht leid zu tun. Es ist ja nicht Ihr Sohn.«

»Können Sie nicht nach Hause fliegen?«

»Das kann ich nicht. Sie wollen einen Bericht von mir über irgendeine verdammte Säuberungsaktion in der Nähe von Hanoi, und Connolly ist krank.« (Connolly war sein Mitarbeiter.)

»Das tut mir wirklich leid, Granger. Ich wollte, ich könnte Ihnen helfen!«

»Heute ist sein Geburtstag. Um halb elf Uhr abends nach unserer Zeit ist er acht Jahre alt. Deshalb arrangierte ich ein Sektgelage, bevor ich noch von seiner Erkrankung erfuhr. Ich mußte jemand mein Herz ausschütten, Fowler, und diesen Franzosen kann ich es nicht sagen.«

»Heutzutage kann man bei Kinderlähmung schon viel machen.«

»Es macht mir nichts aus, wenn er ein Krüppel bleibt, Fowler, wenn er nur am Leben bleibt. Ich — ich wäre als Krüppel verloren, aber er hat Verstand. Wissen Sie, was ich dort drinnen tat, während der Kerl sang? Gebetet habe ich. Ich dachte, wenn Gott schon ein Leben nehmen will, könnte er doch das meine nehmen.«

»Sie glauben also an einen Gott?«

»Ich wollte, ich täte es«, sagte Granger. Er fuhr sich mit der flachen Hand über das Gesicht, als ob ihn der Kopf schmerzte, aber tatsächlich sollte die Geste verschleiern, daß er sich Tränen aus den Augen wischte.

»Ich würde mir einen Rausch antrinken, wenn ich Sie wäre«, sagte ich.

»Nein, nein, ich muß nüchtern bleiben. Ich möchte mir nicht später sagen müssen, daß ich stockbesoffen war in der Nacht, in der mein Junge starb. Meine Frau kann sich auch nicht betrinken, nicht wahr?«

»Können Sie nicht Ihrer Zeitung mitteilen, daß ...«

»Connolly ist in Wirklichkeit gar nicht krank. Er ist nach Singapur unterwegs, hinter einem Weib her. Ich muß den Bericht für ihn machen. Wenn sie die Wahrheit wüßten, würden sie ihn rausschmeißen.« Er straffte seinen formlosen Körper. »Entschuldigen Sie, Fowler, daß ich Sie aufgehalten habe. Aber ich mußte es einfach jemandem sagen. Jetzt muß ich wohl hineingehen und die Trinksprüche in Gang bringen. Komisch, daß gerade Sie es waren, wo Sie mich doch nicht riechen können.«

»Ich könnte die Story für Sie schreiben. Ich könnte ja so tun, als käme sie von Connolly.«

»Sie würden nicht den richtigen Ton treffen.«

»Granger, ich habe nichts gegen Sie. Ich war gegen so vieles blind.«

»Ach, Sie und ich, wir sind wie Hund und Katze. Jedenfalls danke ich Ihnen für Ihre Anteilnahme.«

War ich wirklich so anders als Pyle, überlegte ich. Mußte man nicht auch meinen Fuß erst in den Unrat des Lebens stoßen, ehe ich das Leid sah? Granger ging zurück, und ich konnte hören, wie sich drinnen die Stimmen zu seiner Begrüßung erhoben. Ich fand eine Rikscha und ließ mich nach Hause radeln. Dort war niemand, und ich saß da und wartete bis Mitternacht. Dann ging ich, ohne jegliche Hoffnung, auf die Straße hinab und fand dort Phuong.

Drittes Kapitel

»Ist Monsieur Vigot bei dir gewesen?« fragte Phuong.

»Ja. Er ging vor einer Viertelstunde fort. War der Film gut?« Sie hatte bereits im Schlafzimmer das Tablett hergerichtet, und eben zündete sie das Lämpchen an.

»Er war sehr traurig«, sagte sie. »Aber die Farben waren wunderschön. Was wollte Monsieur Vigot?«

»Er wollte mir einige Fragen stellen.«

»Worüber?«

»Über dies und jenes. Ich glaube nicht, daß er mich nochmals belästigen wird.«

»Ich mag am liebsten Filme mit einem Happy-End«, erklärte Phuong. »Bist du zum Rauchen bereit?«

»Ja.« Ich legte mich auf das Bett, und Phuong ging mit der Nadel an die Arbeit. Sie sagte: »Sie köpften eine junge Frau.«

»Ein merkwürdiges Vorgehen.«

»Es war in der Französischen Revolution.«

»Ach, ein historischer Film. Ich verstehe.«

»Trotzdem war er sehr traurig.«

»Ich kann für Leute aus der Geschichte kein rechtes Mitgefühl aufbringen.«

»Und ihr Geliebter – er ging in seine Dachkammer zurück und er war sehr unglücklich, und er schrieb ein Lied – weißt du, er war ein Dichter, und bald sangen all die Leute, die seiner Geliebten den Kopf abgehackt hatten, dieses Lied. Es war die Marseillaise.«

»Das klingt nicht sehr historisch«, bemerkte ich.

»Er stand am Rande der Menschenmenge, während sie sangen, und er sah sehr verbittert aus, und wenn er lächelte, wußte man, daß er noch mehr verbittert war und daß er an seine Geliebte dachte. Ich mußte schrecklich weinen, und meine Schwester auch.«

»Deine Schwester? Das kann ich nicht glauben.«

»Oh, sie ist sehr empfindsam. Granger, dieser widerliche Kerl, war auch da. Er war betrunken und lachte in einem fort. Aber es war gar nicht lustig. Traurig war es.«

»Man kann es ihm nicht verübeln«, sagte ich. »Er hat Grund zum Feiern. Sein Sohn ist außer Gefahr. Das hörte ich heute im ›Continental‹. Auch mir ist ein Happy-End lieber.«

Nachdem ich zwei Pfeifen geraucht hatte, lehnte ich mich zurück, den Nacken auf dem ledernen Kissen, und legte die Hand in Phuongs Schoß. »Bist du glücklich?«

»Natürlich«, sagte sie unbekümmert. Ich hatte keine besser überlegte Antwort verdient.

»Es ist wieder genauso«, log ich, »wie vor einem Jahr.«

»Ja.«

»Du hast dir schon lange keinen Schal gekauft. Warum gehst du nicht morgen einkaufen?«

»Morgen ist ein Feiertag.«

»Ach ja, richtig, das habe ich ganz vergessen.«

»Du hast dein Telegramm noch nicht geöffnet«, sagte Phuong.

»Nein. Auch das habe ich völlig vergessen. Ich möchte heute abend nicht an die Arbeit denken. Überdies ist es zum Einreichen eines Telegramms schon zu spät. Komm, erzähle mir noch etwas über den Film.«

»Also, der Geliebte versuchte, sie aus dem Gefängnis zu befreien. Er schmuggelte Männerkleider und eine Kappe hinein, die genauso aussah wie die des Kerkermeisters. Doch als sie gerade durch das Gefängnistor hinausgehen wollte, fiel ihr langes Haar herunter, und die anderen schrien: ›*Une aristocrate! Une aristocrate*!‹ Ich glaube, das war ein Fehler in der Handlung. Man hätte sie entkommen lassen sollen. Dann hätten die beiden mit seinem Lied eine Menge Geld verdient und wären ins Ausland gegangen, nach Amerika — oder nach England«, setzte sie, wie sie meinte, schlau hinzu.

»Ich werde das Telegramm lieber doch lesen«, sagte ich. »Hoffentlich muß ich nicht morgen nach dem Norden fliegen. Ich hätte es gern geruhsam mit dir.«

Sie holte den Umschlag zwischen ihren Cremetiegeln hervor und reichte ihn mir. Ich öffnete ihn und las: »Habe über Deinen Brief nochmals nachgedacht stop ich handle vernunftwidrig, wie Du es hofftest stop Rechtsanwalt angewiesen, Scheidungsklage einzureichen stop Grund böswilliges Verlassen stop Gott segne Dich Helen.«

»Mußt du fort?«

»Nein«, sagte ich, »ich muß nicht fort. Ich lese es dir vor. Das ist dein Happy-End.«

Sie hüpfte vom Bett herab. »Das ist ja wundervoll. Ich muß gleich zu meiner Schwester und es ihr erzählen. Sie wird so froh sein. Ich werde zu ihr sagen: ›Weißt du, wer ich bin? Ich bin die zweite Mrs. Fowler‹.«

Im Bücherschrank mir gegenüber stand »Die Rolle des Westens« so beherrschend wie ein Porträtfoto — das eines jungen Mannes mit Bürstenhaarschnitt, gefolgt von einem schwarzen Hund. Er konnte niemandem mehr etwas zuleide tun. »Vermißt du ihn sehr?« fragte ich Phuong.

»Wen?«

»Pyle.« Seltsam, wie es mir sogar jetzt, sogar Phuong gegenüber unmöglich war, ihn beim Vornamen zu nennen.

»Kann ich gehen, bitte? Meine Schwester wird ganz aufgeregt sein.«

»Du hast einmal im Schlaf seinen Namen genannt.«

»Ich kann mich an meine Träume niemals erinnern.«

»Ihr hättet so vieles zusammen unternehmen können. Er war jung.«

»Du bist nicht alt.«

»Die Wolkenkratzer. Das Empire State Building ...«

Sie zögerte kurz, dann sagte sie: »Ich möchte die Cheddarschlucht sehen.«

»Die ist nicht der Grand Canyon.« Ich zog sie zu mir aufs Bett herab. »Es tut mir leid, Phuong.«

»Was tut dir leid? Das ist doch ein herrliches Telegramm. Meine Schwester ...«

»Ja, geh schon und sag es deiner Schwester. Aber zuerst küß mich!« Ihr aufgeregter Mund glitt mir hastig über das Gesicht, und schon war sie fort.

Ich dachte an den ersten Tag, und wie Pyle damals an meinem Tisch im »Continental« gesessen hatte, den Blick hinüber auf die Milchbar gerichtet. Seit seinem Tod war mir alles geglückt. Doch wie sehr wünschte ich, daß jemand existierte, dem ich hätte sagen können, wie leid es mir tat.

März 1952 — Juni 1955

Graham Greene im dtv

Orient-Expreß
Roman

Im Jahre 1930 rast der Orient-Expreß durch Europa. Sein Ziel ist Konstantinopel. Seine Insassen u.a.: eine Varieté-Tänzerin, die sich in einen jüdischen Fabrikanten verliebt, eine trinkfreudige Reporterin, die einen politischen Flüchtling entlarven will, ein Mörder. Verspätung in Wien: 20 Minuten, wegen Schneesturms. Verspätung in Konstantinopel: drei Stunden, wegen einer niedergeschlagenen Revolution.
dtv 11530

Ein Sohn Englands
Roman

Der erste Roman Graham Greenes, der die persönliche Verantwortung zum Thema hat, in Situationen, wo die geforderte Pflichterfüllung den menschlichen Anstand verletzen würde. »Sein Werk zählt, die Epoche betrachtet, zum Bestand der großen Literatur«, schreibt Joachim Fest in der ›Frankfurter Allgemeinen Zeitung‹.
dtv 11576 (Sep. '92)

Ein Mann mit vielen Namen
Roman

Der »Captain« alias Colonel Claridge hat den zwölfjährigen Victor beim Backgmmon vom »Teufel« gewonnen und wird trotz oder gerade wegen seiner zahlreichen, unerklärlichen Abwesenheiten zur beherrschenden Figur im Leben des jungen Mannes. Liebe und Angst, auch Furcht, vom angebeteten Captain verraten zu werden, läßt in diesem Roman alle lügen, weil das ihre Wahrheit ist. Doch erst im fernen Lateinamerika zeigt sich der wahre Charakter des Mannes mit den vielen Namen. dtv 11429

Saul Bellow im dtv

Foto: Thomas Victor

Eine silberne Schale
Das alte System

Diese beiden Erzählungen schildern die vielschichtigen Beziehungen und Konflikte innerhalb einer großen jüdischen Familie, zeigen, wie man sich quält und verwöhnt, hilft und übers Ohr haut, und wie man sich trotzdem liebt. dtv 10425

Mr. Sammlers Planet

Mit den Augen eines weise gewordenen europäischen Intellektuellen zeigt Saul Bellow New York aus einer Perspektive, die voller Tragik und Komik zugleich ist: »Alle menschlichen Typen sind reproduziert: der Barbar, die Rothaut, der Dandy, der Büffeljäger, der Desperado, der Schwule, der Sexualphantast, Dichter, Maler, Schürfer...« dtv 11200

Der mit dem Fuß im Fettnäpfchen
Erzählungen

»Ich sehe nicht einmal aus wie ein Amerikaner«, sagt Mr. Shawmut, Held der Titelgeschichte, »– ich bin groß, aber ich habe einen krummen Rücken, mein Hintern sitzt höher als bei anderen Menschen, ich habe stets das Gefühl, daß meine Beine unverhältnismäßig lang sind: man brauchte einen Ingenieur, um die Dynamik auszutüfteln...« – der amerikanische Nobelpreisträger von einer leichten, heiteren Seite. dtv 11215

Der Regenkönig

Eugene Henderson, ein spleeniger Millionär, hat die Nase voll vom »American way of life«, läßt Familie und Reichtum hinter sich und sucht sein Glück in Afrika. Dort wird er von den Wariwaris zum Regenkönig gekürt – ein nicht ganz ungefährliches Amt, wie sich herausstellt. Ein moderner Schelmenroman voll hintergründiger Komik. dtv 11223

Mehr noch sterben
an gebrochnem Herzen

Der international geschätzte Botaniker Benn Crader erweist sich, wenn's ums andere Geschlecht geht, als Ignorant und Laie. Auch Kenneth Trachtenberg, Benns Neffe und treuer Begleiter, ist kein Frauenheld. Mit Entsetzen verfolgt er die amourösen Abenteuer seines ältlichen Onkels und dessen Heirat mit der wesentlich jüngeren Matilda Layamon. Doch er gerät bald selbst in die Netze der Liebe. dtv 11364

Charles Bukowski im dtv

Foto: Bettina Morlock-Kazenmaier

Gedichte die einer schrieb bevor er im 8. Stockwerk aus dem Fenster sprang
dtv 1653

Faktotum
Ein illusionsloser Roman über einen Mann, den die Ansprüche bürgerlicher Moral nie gequält haben, der nur eines will: Überleben – essen, trinken und gelegentlich eine Frau.
dtv 10104

Pittsburgh Phil & Co.
»Stories vom verschütteten Leben«, Kurzgeschichten, in denen »primitive« männliche Bedürfnisse und Regungen artikuliert werden.
dtv 10156

Ein Profi
Der zweite Teil der »Stories vom verschütteten Leben«.
dtv 10188

Das Schlimmste kommt noch oder Fast eine Jugend
Bukowski erzählt in diesem autobiographischen Roman die Geschichte seiner Jugend im Amerika der zwanziger und dreißiger Jahre.
dtv 10538

Gedichte vom südlichen Ende der Couch
dtv 10581

Flinke Killer
Gedichte
dtv 10759

Nicht mit sechzig, Honey
Gedichte
dtv 10910

Das Liebesleben der Hyäne
Henry Chinaski ist auf Erfolgskurs. Man reißt sich um ihn, und die Ladies geben sich in seiner Wohnung buchstäblich die Klinke in die Hand.
dtv 11049

Pacific Telephone
51 Gedichte
dtv 11327

Die letzte Generation
Gedichte
dtv 11418